講談社文庫

新装版

娼婦の眼

池波正太郎

講談社

目次

娼婦の眼

娼婦の眼

1

九と書いて（いちじく）と読む。

珍らしい苗字なのだが、此頃の九ひろ子は（津村さん）で通っている。

ひろ子自身が命名した職業用の姓名だったが、その（津村さとみ）という名前には、七年ほど前まで、浅草のレヴューで踊っていたひろ子の好みがよく現われているようだ。

だが、二年ぶりで会った羽田重一は、東京駅のホームで列車から降りて来たひろ子を迎え、顔中を口だらけにして笑いかけながら、

「よく出て来てくれたな、ひろ子——」

たくましい両腕をひろげ、抱きつかんばかりの馴れ馴れしさで本名を呼び、

「ヒャー。またぐっと女っぷりが良うなったやないか。よだれが出てくるわ」

あんこ玉みたいな眼をむき、大阪弁をまぜこぜに入れては大げさに感嘆して見せる。

悪い気持ではなかった。

別れてから二年になるが、ひろ子は大阪で羽田と同棲《どうせい》していたことがある。その一年間は（津村さとみ）から別れて暮した一年間だった。

白タクの運転手をしている羽田だけを守って何とかやって行くつもりでいたのだ。別れたのは、ひろ子のしたことが原因になっている。羽田が怒るのも無理はなかったというところだが、ひろ子は今でも、（重ちゃんも、案外、気の小さい男やったな。別れてよかった）と思っている。

「夜行で疲れたやろな、ひろ子――」

羽田が、ひろ子の手から小さな赤革の旅行鞄をとって話しかけるのへ、ひろ子は、

「何という物の言い方をするのや。ひろ子、ひろ子と馴れ馴れしい。厭やわ」

「そうか。いかんか？」

「あんたと私は、今はもう赤の他人やものね」

「そら、そうやけど……」

「早く車呼んで頂戴。ホテルで話聞くわ」

「ホテル？」

「常宿やね、私の……」

「そんな、キミ――ぼくのところへ来てくれよ」

「危い危い」

「何が？」

「ま、ええわ。それよりも、車、くるま！」

ひろ子は羽田に声を浴びせながら、降車口の改札を先に立って出て行った。

「よし！　一寸《ちよつと》待ってくれや」

羽田は、真新らしい春のコートの中で揺れているひろ子の、背中にはりついているようにふくらんだ腰のあたりを未練そうな視線で射つけながら、ずんぐりとした背中をまるめて走り出した。

ラッシュ・アワーの人波の中に、羽田の姿はたちまちに呑み込まれた。

(あの人も、人間はわるないねんけど……男って駄目なもんやわ。二年たっても昔のまんま、垢臭くて脂臭いわ)

ひろ子は颯爽《さつそう》と胸を張り、羽田の後から駅の構内を出て行った。

2

ひろ子が、羽田重一と同棲するようになったのは三年前の春、売春防止法が施行されたあの年のことである。

といっても、ひろ子は赤線で商売をしていたわけではない。街娼というのでもなかった。

あの当時も現在と同じように、彼女は娼婦という生活環境を、一人前の、ちゃんとした、明るい春の陽光の中で他のBG達が働いているのと少しも変りがないのだという職業意識で働いていたのだ。

当時は手取り一万円以下では客をとらなかったものだが、今では最低一万五千円すっぽりと手に入らなくては絶対に商売をしない。いや商売なぞといわれるのを、ひろ子は厭がる。

(商売やない、仕事やわ)

どっちにしても同じことだが、ひろ子自身にしてみれば、自分のしているやり方が(仕事)という言葉のニュアンスにぴったりするからだと思い込んでいるのだろう。

ひろ子は戦災孤児だった。

浅草の千束町で間借り暮しをしながら、母親は近くの女学校の小使をして、ひろ子を育ててくれていた。

ひろ子は父親の顔を全く知らず、母親もつとめて父親のことを口に出さなかった。

「あたいのお父ちゃん、どこにいるの？」

小学校へ行くようになって、はじめてこう訊いてみると、

「あんな、インチキなずくにゅうのことなんか、忘れちまったよ」

「ずくにゅうって、何さ？」

「何でもいい。これからは、つまらないことを訊くと承知しないよ」

コツンと頭を叩かれた。

母親は、まことに威勢のいい働きもので、ひろ子も荒っぽく育てられたが、それでも一人きりの子供だったし、ずいぶん可愛がってもらった。

三月十日の東京空襲で浅草一帯が火の海になったとき、ひろ子を見失って逃げ惑っているうちに、煙と火炎に追いつめられ、母親は焼死してしまった。

そのとき、ひろ子は十歳だったから母親は三十三か四だった筈だ。いま生きていれば五十になる。

戦災孤児の収容所みたいなところで高校を出してもらうと、すぐに、ひろ子は世の中へ飛び出してしまった。

浅草のM座へ入ってストリップをやるようになってから、ひろ子は、母親が言った〈ずくにゅう〉とか言う父親のことを思い出し、文芸部の青年に辞書を借りてきて調べてみたことがある。

〈木菟入〉――僧、または肥満してにくにくしい坊主頭の人を罵っていう語。

と辞書に記されてあった。

〈とにかく、坊主頭のデブ公がお母ちゃんを騙《だま》して逃げちゃったんだわ。もしかすると、本当の坊主だったかも知れないな〉

父親は〈ずくにゅう〉としか知らないのだが、母親のことも、ひろ子は何一つ知ってはいない。

本所石原町で生れたと聞いてはいたが、母親には親類も兄弟もないらしく、そうした人びとが家へ訪ねて来たり、または訪ねて行ったりしたおぼえは、全くないと言ってよかった。

「ひろ子も、あんまり幸せじゃアないけど、お母ちゃんなんか、ひろ子より、もっともっと、ひどい目に会ってきたもんね」

「ひどい目って、どんな目よ？」

「もっと大きくなったら話したげる。それまでに、お母ちゃん、うんとお金ためなきゃ──お金ためて、おしる粉屋かなんかやりたいもんだけどさ」

母親の身の上話を聞かされないまに、ひろ子は独りぼっちになってしまった。

ひろ子は母親ゆずりの切長の眼で肌の色も浅黒い方だったが、鼻も唇も引きしまった顔だちで、不幸な環境にもかかわらず病気ひとつせずに育っていった。

「ヒー子は、やろうと思えばね、相当のとこまで行けるわよ。だからね、一生懸命勉強して、堅くやんなさい、いいわね」

M座のスターだった浜村奈津子が、ひろ子の肉体的な素質を買ってくれ、よく可愛がってくれたし、アクトの技術を嚙んでふくめるように教えてくれたものだ。

奈津子はT歌劇出身のダンサーだったが、身につけた技術はずばぬけていた。

ストリップ全盛の頃で、M座もエロチックな劇とストリップショウの二本立で客をよんでいたのだが、奈津子は決してヌードにはならない。

それでいて、彼女が舞台へ出ると、場内に詰めかけた客の眼の色が一斉に変った。

「奈津ちゃん、奈津ちゃん、奈津ちゃーん！」

「懐中電気イ！」

と声がかかる。

奈津子は気が向くと、棒状の懐中電灯を手にして、それを自分の腰部や股間に当てがいながら、凄いアクトをやってのけた。今もって、それはストリップ・ファンの語り草になっているほどである。

エロだとか猥褻《わいせつ》だとか言いきれるものではない。

オーケストラの連中が思わず昂奮してしまい、伴奏の調子が狂うこともあったほどだ。

薄いドレスの下でくねる腰や、微妙にふるえる手や脚や、官能の呻きにゆがむその表情の変化や、痩せた白い奈津子の体の何処《どこ》にこんな恐ろしいものが潜んでいるのだろうと、ひろ子は舞台の袖で見守りながら息は詰まってくるし膝はガクガクするしで、もう終いにはたまりかねてトイレへ駈け込む、といったことが何度かある。

この頃には、ひろ子も二人や三人の男に抱かれていたけれども、奈津子の舞台が表現するような豊饒《ほうじょう》なエクスタシーは、まるで夢のようにしか考えられなかったものだ。

「本当のステージ・ダンサーというものはね、自分の体のどんなところでも思い通りに動かせなくちゃダメよ。ヒー子にだって、やろうと思えば私ぐらいのことやれるわよ」

「教えて！　おねえさん――」

ひろ子が熱望するので、奈津子は特別に、レッスンをしてくれた。

その頃には、すでに奈津子の病気は相当に進んでいたらしい。何時《いつ》も透き徹るような青みがかった白い顔をしていて、激しく咳込むと仲々とまらなくなり、血を吐くのを見たこともある。舞台もよく休むようになってきた。

奈津子の死んだときのことは、長くなるので書くまい。

ともかく、一年そこそこのレッスンで、ひろ子の技術は、かなり進歩した。他の肉体のすべてを静止させておきながら腰の一部や、乳房の右か左かの一つを、思い通りに動かすことが出来るようになってきていた。ということは、音楽のリズムを、肉体のすべての機能を、フルに使って表現することが出来るように――いや、或る程度は出来るようになったのである。

ことに、大柴と関係が出来るようになってからは、ひろ子のストリップは亡き浜村奈津子についでM座の呼び物となった。

大柴は、浅草のS組でも羽振りのいい遊び人だった。しかも奈津子の情人だった中年男である。

奈津子が大柴によって搾《しぼ》りつくされたように、ひろ子も大柴には、ひどい目に会った。

金も搾られたが、体も搾られた。

(おねえさんの病気も、大柴のせいだったんだわ)

気がついたときには、もうどうにもならなくなっていた。

針金を何本も束ねたように細い大柴の体は四十いくつかには見えないほど、固く固く締まっていた。そして、この体が、ひろ子に何も彼《か》も教え込んだのだ。

何も彼もどころではない。

「お前、こうしてみろよ。ここんとこを、ああしてみろよ」

奈津子のレッスンと同じだった。

大柴は、男と女のあのことの技巧については百科辞典みたいなやつだった。

百科辞典を憎みながらも、その一頁一頁を少しずつ読ませて貰う愉悦にも離れがたく、その上、下手に逃げ出せばどんなことをされるか知れたものではない。

しかし、そのうちに舞台がつづかなくなってきた。

息切れもひどくなってくるし、奈津子ゆずりのアクトを演ずる気力も体力も湧いてはこないほど疲れが激しい。それでいて、夜になると、責めさいなむ大柴にも死もの狂いで応じてゆくような生活だった。

（こんなことしてたら死んでしまう。いけない！）

思い切って大阪へ逃げて行った。

新世界の小屋に出ていたひろ子は、東京から来演したストリッパーから、大柴のことを聞いた。何でも信州の郷里で病死したという噂があったらしい。浅草には二年ほど前から顔を見せなかったと言う。

それも奈津子と同じ病気だったと聞き、ひろ子は蒼くなって健康診断を受けに駈けつけたものである。

白タクの運転手だった羽田重一は、この頃から新世界の歓楽街へ入りびたっていて、ひろ子のファンだった。

だが、ひろ子が羽田と口をきくようになったのは、もっと後になってからだ。

3

「しる粉屋をやりたいって言うてたろ。いや、言うてたよ、キミ——たしかに言うてたよ」

羽田重一は、髭あとの濃い肉の厚い顔中に汗を浮かせて、しきりに力説するのである。

「そやったかなあ……あんたにも、そないに言うたかしら——」

ひろ子は、アメリカ煙草の封を切って羽田にすすめながら、

「それはねえ、死んだ母さんが、口ぐせのように言うてたのを、子供の頃から聞いてたからや」

「言うた！　ぼく、何度も聞いたもん」

「だからさ、おしる粉がどうしたと言うの？」

じれったそうに、ひろ子は足を踏み鳴らした。

新橋のDホテル新館のロビイだった。

卓に紅いチュウリップが、窓から射し込む春の午前の陽射しを胸一杯に吸い込んでいる。

本館のロビイの混雑と違って、ここのロビイは人影もまばらだった。

二人とも東京生れのくせに大阪弁がどうしても交じるのは、やはり大阪での生活が、ひろ子にも、それぞれの意味において羽田にも強烈に印象づけられてしまっているからだろう。

羽田は、昂奮のいろを隠しきれないといった表情で「まあ、キミ。これを見てや！」と、そそくさ薄汚れた背広の内ポケットから封筒包みを出し、ひろ子に渡した。

開いて見ると、銀行の貯金帳が出て来た。

羽田の名義で、中身は五百万円もある。

「へえ……一体、これどういうわけやの？」

「伯父夫婦ね、いつか話したろ、あのケチンボのさ」

「うん。一人っ子が戦死してしもうて、身よりは重やん一人とか言うてた……あれ？」

「そや、そや。キミ――」

「これ、遺産やね？」

「そや、そや。一人生き残っていた伯母がな、つい此間、ポックリや」

「へえ。うまいことしよったなあ、重やん」

ひろ子は目を瞠《みは》った。そして、男というものは女と違い、金ができても、すぐにそれが身なりに現われてはこないものだな、と思いもした。

「その他に、まだあるでエ」

「へえ……」

「土地や。東京に三ヵ所ばかりな」

「へえ……」

「まだあるでエ」

「へえ、まだあるの？」

「しる粉屋の店や」

「あ――」と、ひろ子は思い出した。

羽田の伯父夫婦が、終戦後、目黒に近い私鉄沿線の繁華街で、しる粉屋を経営し、それが大いに繁昌《はんじょう》しているということを、ひろ子は羽田から聞いたことがある。そのときに「私もしてみたいなあ、おしる粉屋――」と思わず口をすべらし、亡母のことをしのんだこともあった筈だ。

羽田に二年ぶりで出会ったのは、去年の暮のことである。

大阪の千日前付近の喫茶店で、ひろ子が休んでいると、ひょっこり羽田が入って来たのである。

ひろ子と別れてから、すぐに羽田は東京へ舞い戻って行った筈だった。

悪びれずに声をかけ、すぐにクリーム・ソーダを注文してやったとき、羽田は、さも嬉しげな笑いに満面をほころばせたものだ。自分の好物を、ひろ子がおぼえてくれていたのが、よほど嬉しかったと見える。

そのとき羽田は、休暇中の著名な映画俳優とその情婦を乗せ、四日がかりで熱海から、浜松、琵琶湖から京都——そして先刻、大阪へ着くと、ようやく解放され、これから夕飯でも食べて、まっすぐに帰京するつもりでいたのだと言う。

「うへえ！　二年前より、ぐっときれいになったやないか」

外套をぬいでいたひろ子の体に、やわらかく密着している淡いグリーンのジャージイのドレスへ、まぶしそうな視線を投げながら、羽田の声は、もう上ずっていたものだ。

「どや？　金なら、たんまり持ってるぜ。一緒に遊ばんか？　何かうまいもの食おうやないか」

「食べて、すぐ別れるのやったら、ええわ」

「チエ。殺生なこと言うなよ」

「いまの私、一晩二万円やわ。それでもええの？」

「二万……」

ゴクリと喉を鳴らしたがすぐに、羽田は真剣になってしまって、強くうなずいた。

「ええとも！」

その一晩が忘れられなかったらしい。

帰京した羽田から何度も手紙が来たが、ひろ子は返事も出さなかった。

何しろ、羽田と同棲していた頃のひろ子と今のひろ子では、まるで違う。

いいや、ストリップをやめて、神戸の業者に引抜かれ、高級娼婦になっていた頃のひろ子と比べてもまるで違う。

その頃は一晩一万円でも、その三分の一か半分は業者に搾取《さくしゅ》されていたし、ひろ子自身も、何とかこの辺で身をかためてという気持も、かなり強く持っていたものだから、商売、いや仕事に対する情熱の度合いが今とは違っていたのだ。

ひろ子はいま二十六歳である。

背も高くはないし、体重も十二貫ちょっとで、むろんグラマアではない。けれど、ひろ子の肉体のどの部分も、磨き抜かれ、良い匂いがし、舞台に励んでいたころの成果が、みじんのたるみもなく体の一つ一つの機能に生気をよんでくれている。

月収は約二十万円。ときによっては三十万も稼ぐときもあった。

大きな仕事にかかる前には必ず、北のK美容室で全身美容二千五百円。ヘヤー・セット千円。顔のマッサージと化粧が千円。それにチップを入れて合計五千円の元をかけているひろ子だった。

しかも、亡き奈津子おねえさん直伝のレッスンをアパートで毎朝やる。

東清水町のアパートは上下で四組の小さなものだが、バスもつき、二間つづきの高級アパートで部屋代が月に三万円もとられる。

こういうわけで、ひろ子の全身には女の精気がみなぎり、何時も溌剌《はつらつ》と匂いたっている。

あの夜――ホテルのベッドで、一緒に暮していたときにしてやったように、ひろ子が羽田重一の体をほんろうしてやると、感きわまった羽田は、おぼえず泣声をたてたものだった。

翌朝になって別れるとき、羽田は映画俳優から貰った車代とチップの全部を、ひろ子にとられ、さすがに情なさそうに、

「一緒に暮していたときは一晩十円やったのにな」と、嘆息した。

同棲していたときも、ひろ子は羽田と房事を行うたびに「十円でもいいから頂戴」と言う。

「夫婦のくせに水臭いやないか」と、重一は嘆いたものだがたとえ十円でもよい、貰わないとエキサイト出来ないのだ。自分ばかりではなく、羽田を懸命によろこばせて

やろうというファイトが、もう一つ湧いてこないのである。

神戸での足かけ二年の娼婦生活が、ひろ子の体にしみつけてしまった官能なのだった。

その頃も羽田は相変らず白タクで働いていて、大阪市内のコール・ガールを扱う業者三軒ほどと結んで、その方の客も送り込んでいた。

あるとき、東京から来たカメラ会社の重役を三日にわたって連れて廻ったとき、どんな女を当てがっても、その重役は、

「ありゃ、いかんよ、君——もっと良いのいないか」の一点張りで、そのたびに気前よく金もチップも払ってくれるだけに、羽田も懸命になったが、どうも満足して貰えない。

「明後日帰るから、それまでに何とかしろよ」と言われ、羽田は大阪港に近い入舟町の小さなアパートへ帰って来て、思わず、ひろ子にこぼした。

「弱ったよ、全く物好きがいるもんやね」

「ふーん。その重役って何処に泊っているの?」

「新大阪ホテルや。金、たんまり持ってるわ」

「へーえ……」

ひろ子は、うまくもちかけて、その重役の名前をきき出した。そして、その日の明け方に、羽田が眠ってしまってから新大阪ホテルへ電話をしたのだ。

羽田は夕方出て明け方に帰り、昼すぎまで眠っている。ひろ子は昼近くなってから、重役と待合せ、桜ノ宮のホテルへ行った。

むろん「羽田さんの紹介で来ました」と言ってあった。

「僕の名を誰にも洩らしちゃ困ると、あれほど羽田君に念を押しといたのになあ」などと、ブツブツ言っていた重役も、ひろ子を見ると、たちまち眼を輝かした。

ベッドで重役は感泣した。

(どうです。私に敵うもんなんかいないんだから——)

世界中の女体を打ち負かした快適さで、ひろ子は意気揚々と夜になってからアパートへ帰って来た。

羽田には八尾の女友達のところへ行くと置手紙をしてあったから安心だし、重役がくれた一万円で、ひろ子は黒革ハンドバッグを心斎橋で買った。

ところがだ。その夜ふけに、また羽田は重役に呼び出されたらしい。帰京をもう一日延ばすから今日の女にもう一度会わせろと言われ、羽田はパチクリした。

「何言ってるんです。旦那——私は、まだ……」

「何を言っとるんだ、君――ま、これを見てくれ。よく、撮れたろ」

桜ノ宮のホテルで、何時の間に盗み撮りしたものか――ひろ子のヌードを何枚も見せつけられて、羽田は泡を喰った。

これには、ひろ子も気がつかなかった。さすがにカメラ会社の重役だ。

まっ青になってアパートへ引返して来た羽田と大喧嘩になった。

それで別れた。

その一年前に、神戸へ遊びに来た羽田に元町の通りで声をかけられ、自分のファンだったと聞かされ、ことに同じ東京の下町育ちだということもわかるし、気分も合い、それからつき合いを始めるようになった。互いに身の上も語り合ううちに――少々ごつい感じだけれど、何よりも真剣に自分との結婚をのぞむ羽田にほだされたときの、ひろ子の胸の底には、やはりひろ子自身でさえ気がつかない娼婦の本性が潜んでいたのだろうか……。

四日前の夜に、ここしばらくは手紙もよこさなくなっていた羽田から〔ビックリスルコトアリ。スグニジョウキョウタノム〕という電報を受取ったときには、まさか羽田が、こんな思いがけない遺産を手に入れたのだとは、ひろ子も思っては見なかったことである。

「ぼくも、もう白タクをやめてね。しる粉屋の三階に住んでるのや。店のもんも四人使うてるわ。どや？　考えてくれんかなあ……」

「おしる粉か……もう一度やり直そうと言うわけね」とひろ子は、いたずらっぽく笑った。

「何や？　何が可笑《おか》しい？」

「今晩ひと晩、考えて見るわ」

「考えてくれるか？」

「うん、この貯金帳、それまで私が預かっといていい？」

「いいとも、いいとも――」

「実印は？」

「持ってる。持って来た。嘘やない証拠にな」

「ふ、ふ、ふ……嘘だとは言うてへんやないの」

「そうか。そうか……」

羽田は、みじんも、ひろ子を疑ってはいない。

昔からそうだったが、人も好いかわりに、ひたむきな正直者だ。

(三十にもなっといてからに……)

ひろ子は微苦笑を浮べたが、やはり、そんな羽田を目のあたりに見ると悪い気持ではなかった。

「そんなら、私、用事すませて、夕方、あんたとこへ行くわ」

「ほんとか？ ほんとに来るなア」

「この手帖に地図書いといて——」

4

ひろ子は、ホテルへ訪ねて来た東京の業者と昼食を共にした。これも仕事である。自分が客と共にすごした一夜を録音したテープを三ヵ月に一度、まとめて売りに上京するのが、近頃のひろ子の新らしい仕事の一つなのである。

これは、馬鹿にならない儲けになった。

現在のひろ子は、業者の下で働いてはいない。

宗右衛門町の高級クラブ〔エルム〕のバーテンで堀井という男と結んでいる。

と言っても、堀井はひろ子の情人ではない。

いわゆるひろ子の仕事に合うような高級な客を紹介する役目を果しているのだっ

た。

二人ともビジネスで割り切り、せっせと稼ぐことに専念している。

クラブのバーテンというが、堀井のように頭の働く男の稼ぎは馬鹿にならない。年齢は二十八だが株にも手を出し、それも店頭銘柄専門なのだが、狙いは確かなもので相当に儲けている。

堀井は北浜の近くに小さな喫茶店を経営していて、これは女房にまかせ、自分は〔エルム〕でシェーカーを振りながら、さまざまな方面へ首を突込み、顔を売っては儲け口を増やしているのだった。

ひろ子が、テープにとる客と寝る場所は、堀井の店の二階のベッド・ルームである。

むろんバスもついていて豪華な部屋であるが、ベッドの枕元の飾り棚には、堀井自身が製作した巧妙な録音機が備えつけられてある。

客は、まったくこれに気づかない。

この部屋で、ひろ子が客と寝るときは、言うまでもなく意識的に技巧を使う。

ため息の一つを洩らすのにも、ひろ子は隠しマイクを意識してやる。

男の力に耐えかねたように愉楽の吐息と共に囁《ささ》やく「もっと……もっと、いじめてエ……」とか「アー。た、ま、ら、ないわ……」とか、こんなのは初歩のごく初歩の台詞《せりふ》で、もともとエロシーンを書くのが下手な筆者のごときが、これを濃密に描写することは不可能だ。

映画にしたら、もっとすばらしいだろう。

奈津子おねえさんゆずりの、ストリップで鍛えた千変万化の肢体の躍動と、スタンドのピンク色の灯影に高潮するひろ子の表情の一つ一つは、

(こ、これなら、二万円、惜しくはない!)

小麦色のぬめぬめしたひろ子の裸体を抱きしめて喘《あえ》ぎながら、きっとどの客も、そんなことを頭の中で考えているに違いない。

ひろ子は、ひろ子でアクトが佳境に入ってくると、それが演技であることも忘れ、

(こ、こんな演技は、山田五十鈴だって水谷八重子だって出来やしないんだから……私の方がうまいんだから……)

そんなことを思いながら、いつかもう夢中になって、狂乱のようなエクスタシーへ突入して行くのである。

こうなると、男はもう他愛ないものだ。

それぞれ社会的な要職に就いている紳士達が、阿呆みたいなことをうわ言のように

呻《うめ》き囁き、果ては感きわまって泣声を出すのもいる。男が泣くとき、ひろ子は快哉《かいさい》を叫ぶ。

(私には誰も敵わないんだ！)

ひろ子の腰から下の、どの部分の筋肉でも、彼女の思うままに伸びたり縮んだりする。

こうしてとられたテープを約十五分もので一本三万円。三十分ものは五万円で売り捌《さば》くのである。これを買いとった業者は、そのテープをもとに何本ものテープをつくる。ひろ子は原稿を書いて、それを出版社に売りつけているようなものだ。

いや、エロ・テープの世界にもベストセラーはあるのである。

上出来のものだと試聴させた上で高く売りつけることが出来るのだ。

買手は、ひろ子がテープの中の女だとは気がつかない。堀井もまた、商売人だけに口はかたく、この点では、ひろ子の安心出来る相棒だった。

ひろ子の商売には信用があるので、業者は十本のテープをもって試聴もせずにホテルから帰って行った。

十五分ものが七本。あとは三十分ものだったから、合計三十六万円が、ひろ子の手に入った。

客の紹介料はとらない堀井だが、客からチップは貰えるし、テープの儲けは、その六分をとる。それに部屋を使わせて貰うときに備費として二千五百円払うのである。だから、テープの客は二万円以下ではとらないことに、ひろ子はしている。

午後になって、ひろ子は銀座へ出ると映画を見てから車を拾い、羽田の（しる粉屋）へ出かけて行った。

目黒から出ている私鉄沿線にある町だったが、心斎橋通りのようなアーケイドが二、三町もつづいているような、なかなか賑やかな商店街の一角に、その店はあった。

小さいが、モダンな造りの店で、しる粉屋といっても、コーヒーもあるし、重やんの好きなクリーム・ソーダもある。

夕暮れも近かったが、鰻《うなぎ》の寝床のような店内は、女の客があふれていた。

「繁昌してるやないの」

ひろ子は三階にある羽田の居室へ落着くと、すぐに言った。

「まあな。職人も女の子も、みんな伯父夫婦がいたときのまんまやものね」

羽田は赤いスポーツシャツを着込み、髭もそり直したらしく青々として、得意満面の体である。

建物は狭いが三階建で、二階が住込みの使用人達の部屋らしかった。

早速に、しる粉が運ばれてきた。

「どや？　うまいでエ」

「うん、頂くわ。重やん。クリーム・ソーダもあるやないの」

「もう飽いちまった」

二人は、顔を見合せて笑った。

この店の女主人になって、もう一度、羽田と暮してもいいような気分に、ひろ子はなってきていた。今の仕事とは全く違う仕事に打込んでみるのも面白くなってきた。

「これ、返すわ。さっきの貯金帳――」

「いいよ。キミ、しまっとけ」

「相変らず気前がいいんやな」

「キミを信じてるもん」

「もういいわよ。さっきは、ちょっと試してみただけ――」

「相変らず、意地悪いなあ。それで、ぼく、試験にパスしたのかい？」

「まあね」

「ほんまか、キミ――」

羽田は擦り寄って来て、いきなり、ひろ子に抱きつき、耳朶《みみたぶ》に嚙みついた。

「痛た、何するの、厭やわ」

「だって、キミ――」

羽田は、もう夢中になり、ひろ子を押し倒して、淡いむらさき色のウールのドレスの胸元をひろげ、犬みたいに、くんくんと鼻を押しつけてくる。唇を合せてやると、羽田は喘ぎも激しく、いきなりドレスをぬがせにかかった。

「よして！　こんなところで、駄目よ」

「いいやないか。もう夫婦も同んなじやんか」

「待って、――待ってったら、重やん」

「よし！　じゃア、仕度する」

羽田は、ひろ子から離れ、廊下に面した戸をしめきってから、押入を開け、蒲団を敷きはじめた。

「相変らず、せっかちやなあ」

ひろ子が苦笑すると、羽田は手をとめて振り向き、

「いいか、キミ――今度一緒になったら、もう二度と、前にあったようなことをしてくれるな、いいか、キミ」

むしろ睨むようにひろ子を見据えて言った。

その声には、必死なものがこもっていた。

「もし、あんなことをしてくれたら——今度は、今度は、ぼく、キミを殺す。そしてな、ぼくも死ぬ。ええか。ええなあ、ひろ子——」
（キミ）がまた（ひろ子）に戻った。
ひろ子は、その羽田の言葉で、胸の中に燃えかけていたものが急に冷えてしまったような気がした。

それがどうしてだか自分でもわからなかったが、

「なあ、ひろ子。お前も、これだけの店の主人の女房になるんやものなあ。お前にとっては、絶対テキなチャンスやぜ。ここいらで、よう考えてくれんとなあ」と、言う羽田の言葉を聞いたとき、その理由がわかったように感じた。

（この人持ちつけない財産を持ったもので血が頭に上ってるわ）

さんざ気をもたせはしても、これだけの財産を目の前にして、さすがのひろ子も俺に屈服せざるを得ない。いや、もうしてしまったと思い込んで……。

（どうだい、ひろ子——）

もうすっかり安心して亭主気どりの訓告までやらかしてしまったのは、重やんもまずかった。

「今日は、一寸、帰らして貰うわ」

「えッ。何、何でや？」

「急に用事思い出してね」

ニヤリニヤリと、ひろ子は笑っている。

「だって、せっかく……」

「もう一晩、考えさせて貰うわ」

「ひろ子！」

「さいなら。明日また電話するわ」

「おい。おい……」

さっさと廊下へ出て、ひろ子は階段を駈け降り、好奇の眼を向ける使用人達に軽く目礼すると、裏口から飛び出してしまった。

羽田は、駅まで追って来た。

ひろ子は、途中の書店へ入って羽田をやりすごし、それから南側の大通りへ抜けて車を拾った。

（ふん、なんや偉そうに――私だって五百万位の貯金は持ってるわ）

5

日本橋のデパートで買物をし、表へ出たとたんに、ひろ子はハッと息を呑んだ。

（おや……）

入るときには気がつかなかった。

春の陽がみなぎる舗道の雑踏の片隅で、大柴が宝くじを売っているのだ。

それにしても、大柴だということが、よく一目でわかったものだと思うほど、彼は変り果てていた。あれほど黒ぐろと濃かった髪の毛がすっかり脱け落ちてしまい、白髪まじりの頼りないのが薄汚く頭にこびりついている。顔も青黒く痩せこけてしまい、まるで刀の創痕《きずあと》のように深い皺《しわ》がいくつもきざまれている。

（やっぱり、大柴なんだわ。故郷で死んだというのは噂だけだったのかしら……）

まだ、五十にはちょっと間がある筈だったが、背を丸め、宝くじを並べた台の上から、ぼんやりと力無げに舗道の一点を見つめている大柴は、六十をはるかに越えて見えるほど老いぼれているのである。

（やっぱり、病気がいけなかったんだわねえ）

ひろ子は後退《あとずさ》りしてデパートの中へ再び入り、ショー・ウィンドウのガラス越しに、彼方の大柴に見入ったまま、いつまでも動こうとはしなかった。

あの精悍《せいかん》な、エネルギッシュな大柴の肢体の躍動が、まざまざと、ひろ子の脳裡《のうり》によみがえってくる。四十をすぎた体とは思えない性慾の奔流の中で、いつも大柴は生気にみちていたものだ。

(それが……たった六年ばかりの間に、こんなになっちまって――)

じわりと、ひろ子の眼がうるみかかってきた。

考えてみれば、現在のひろ子をつくり上げたものは、大柴と奈津子おねえさんの二人なのである。

浜村奈津子は死んでしまったが、大柴も、もう永いことはないようだ。

そう思ったとき、ひろ子は何とも言えない虚脱感が全身を抱きすくめてくるのを知った。

(私だって、いつまでつづくか、知れたもんじゃアないわ)

金をかけて体にも肌にも気をつけてはいるが、六年前と今とでは、たしかに、ひろ子も若さが持つ力の何割かを失ってしまっている。

娼婦という商売には、いささかも負け目《ひ》をおぼえてはいないひろ子であるが、

（この仕事は、ほんとに骨が折れるもんねえ）

つくづくと、そう思うこともあるのだ。

デパートの中に流れているハモンド・オルガンの音楽が、行進曲を奏しはじめた。

ひろ子は、デパートの屋上へでも遊びに来たらしい子供達を呼びとめ、

「あのねえ。すまないけど——ほら、あそこで宝くじを売っているおじさんがいるでしょ。あの人から宝くじ二十枚買って来てくれない。お駄賃これだけあげるわ」

二千円と、別に三百円出して頼むと、子供は不審そうな顔をしたが「買うのが恥しいのよ。だから頼むわ」というひろ子の言葉にうなずいて、元気よく表へ飛出して行った。

見ていると、子供達が金を出しながら、ウィンドウ越しに、こっちを指さしている。大柴が首をのばして、こっちを見ている。

ひろ子は、あわてて、身をかくした。

あくまでも、たくましく明朗に「双頭の鷲の下に」のリズムは、デパートの中にあふれ返っていた。

6

ひろ子は、デパートの別の出入口から表へ出て、八重洲口の旅館へ戻って来た。

昨夜、あれからすぐにDホテルを引払って、この宿へ移ったのは、羽田重一に追っかけられてはうるさいと考えたからだ。

しかし、大阪の堀井には電話で知らせてある。留守中に、どんな良い客がつくかも知れないからだ。

ひろ子は部屋へ入ると、すぐに重やんの店に電話をかけた。二度かけたが話中なのである。

(私も、ここいらが潮どきやわ。よし。思いきって、おしる粉屋のおかみさんになってみよう)

自分の貯金も出して、あの店を土台に、いろいろと商売の手をひろげることも考えられる。

(まあ、あれだけの財産手にしたら、重やんが、いや男が自慢そうに胸をそらすのは当り前やものね)

それが一寸しゃくにさわって、昨夜は飛び出して来てしまったが、それも自分の仕事？　に自信があったからである。自分の肉体に誇りをもっていたからである。

もちろん、まだ何年もやってゆけようが、しかし、年をとってから今の生活が急に効目《ききめ》をあらわしてくるのではないか……。

（おねえさんもそうだったし、大柴も……）

好きな仕事だが、永くつづける職種ではないようだ。

ひろ子は、何だかもう淋しくてたまらない気持で、女中にハイボールを言いつけてから、煙草をくわえ、またも重やんのところへかけようと、電話機に手をのばしかけたときである。

電話が鳴った。

——もし、もし。大阪からでございます。

堀井からだった。

——もし、もし。さとみさんですか？　僕やね。

「あ、今日は——」

——あんた、いつまで東京におるの？

「もう二、三日いるつもりやけど——」

――頼むわ。今からやったら、東海二号へ乗れる。そしたら名古屋へ夜の八時すぎに着く。それから近鉄で帰って来てや。

「困ったなあ。一体、どんな客やの」

――それがなあ、帰ってからのお楽しみいうことや。

電話の向うで、大阪の自分の店からかけているらしい堀井の声が弾んでいる。

「いややわ。何やね？　ハッキリ言うたらいいやないの」

――じゃ、言おうか？

「言いなさい、早く――」

そう言いはしたが、どっちみち堀井ともこれっきりだと、ひろ子は思った。

今夜は、重やんのところへ泊るつもりである。

そして、大阪へ帰ったら、すぐにアパートを引き払って、東京へ来るつもりだ。

重やんのよろこぶ顔を想像して、ひろ子は急に楽しくなった。

「もっとも、言うてもろうても無駄やけど……」

――何が無駄や。帰ってくれへんのかね？

「まあね……」

――何言うてんのや、さとみさん。今夜の客は、あの相撲の扇潟《おうぎがた》やぜ。

「あら……」

そう言えば、今月は大阪場所である。

まだ千秋楽までには五日もあった。

「そう……扇潟がお客さんなの」

――さとみさん、ぜひ一度手合せしたいと言うてたやないですか？

「ふ、ふ、ふ……」

扇潟は二十四歳で三十七貫もある。巨漢で相撲も強く、今は関脇に上ってきている。

去年の春――やはり大阪場所のときに、七日目まで黒星つづきだった扇潟が、ある親分の紹介で、クラブ〈エルム〉を通じ、ゲン直しの相手になる女の斡旋《あっせん》を依頼してきたことがあった。

こうなれば、堀井の活躍が要望されることは言うまでもない。そのとき、ひろ子には他の客があったので、堀井は別の女を世話したのだ。

その女も、その方では名だたる強者《つわもの》だったというが、翌日には、「体中が骨抜きになってしもうた」と、堀井にこぼしたという。

扇潟の絶倫ぶりは圧倒的なものだったらしいのだ。それを聞いたとき、ひろ子は、

「私なら負けないわ。ふーん、そうなの。そういう人とぜひ一度、私も……」

勢い込んで、堀井に自信のほどを大いに誇示したものだった。

その扇潟が、このところ五日間も負けつづけている、大関を狙う大切なときだけに、これ以上は負けられないから、またもゲン直しに——と、堀井に依頼がきたのだという。

——ここで逃げる手はないぜ、さとみさん。関取は十一時からでいいんや。十二時までは、ぼくが引止めておく。だから、帰って来て下さいよ。

「………」

扇潟は、女とあのことにかかわるとき、あの巨大なふくらみをもった腹を一体どういう風に処置するのだろうか。

自分の腹の上へ、あのアドバルーンのような便腹《べんぷく》をのせられたら、とてもとても、何をすることも出来まいと思われるのだが、しかし、話にきくと、その腹の皮と、ぶよぶよの肉を両掌で胸の方へ押し上げてしまうと、あとは常人のようになる。

しかも、その腹の肉が、しだいに、女の方の腰を包むようになってきて、それが何とも言えないのだという。

ひろ子の体が、カーッと熱っぽくなってきた。

——さとみさん。津村さんたら——何、黙ってるのやね？　もしもし、もしもし……。

このとき、ひろ子は、奈津子おねえさんのことも大柴のことも、それから重やんのことも忘れきってしまっていた。

ただもう、働いて働き甲斐のある今夜の仕事のことで頭が一杯になってきていた。

——さとみさん、もしもし……。

「あ、もしもし」

——あのね、三万円出す言うのや。だから頼むわ。テープの方も一度とってみようやないか、関取に迷惑がかからんような出来具合なら捌《さば》いてもええやない？

「わかった。帰るわ」

——そうか。じゃ頼ンましたぜ。

電話をきると、ひろ子は、ハイボールを持って現われた女中に、

「急用が出来たので、すぐ発ちます」

と言い放った。

ひろ子の双眸《そうぼう》は、闘志をひそめて、キラキラと輝いていた。

今夜の口紅

1

路地に面したガラス扉も、一つきりしかない小さな窓も、電灯の笠も、黒いカーテンをかぶっていた。

まるで、停電中の蠟燭《ろうそく》の光がよどんでいるような三坪ほどの土間である。

その薄い闇の中に、くたびれたソファと卓。机が二つ。書類戸棚のようなものが、ひっそりと浮かんでいるようだった。

「こんばんは……」

声をかけてみたが、人気はないようである。此処《ここ》へ来た用事が用事だけに、榎本も一寸気味が悪くなったし（家を間違えたかな？）とも思った。

しかし、たしかに〔沢村建築事務所〕という小さな看板が表口にかけられてあった筈だ。

表通りの向うは九条新道の繁華街で、灯もにぎやかだし人通りも多いが、そこから百メートルほども路地に入ったこのあたりは、空地や民家が黒ぐろと重なり合っている。

外には春の微風が流れているのだが、閉め切った室内は蒸し暑かった。

(帰るかな……)

首をすくめて、ガラス扉へ手をかけたとたんに、

「ちょっと、あんた……」

闇の底から声が出た。

(……⁉)

ぎょっ、としてふりむくと、机の向うから、ぬーっと男の顔が浮き出してきた。

「あんた、黒川はんから電話あった人ですなあ」

「うん。そうだけど……」

「そうだっか。へえ、へえ。こりゃあどうも失礼いたしました。ま、おかけ下さい。そこへどうぞ」

もの馴れた中年男の、やわらかい口調が榎本を落着かせた。

榎本は、ソファにかけた。向うの顔もこっちの顔も、互いによく見えない。(成《なる》

程《ほど》）と榎本は思った。用事が用事だけに、この暗い照明は気がきいている。しかし、女が入ってきたときに顔がよく見えないではないか……。

「あんた、東京からお見えに？」

「うん、そうだけど……」

「そうだっか。黒川はんから何や渡されませんでしたかな？」

「あ、そうそう」

榎本が、何処かの喫茶店のマッチを出すと、相手の手がすーっと伸びてきて受けとり、「へえ。結構でございます。私、ここの番頭ですわ。よろしく……」と言った。

（ふーむ。番頭ねえ）と、榎本は変なところに感心した。

コール・ガールの周旋屋にも番頭がいるというのは大阪らしいと思ったし、それに、榎本をこの店？　へ紹介してくれた白タクの老運転手の黒川も、こんなことを言った。

「その店はな、兄いやん。赤線廃止になるずっと前から、もう十年以上もやってる老舗《しにせ》だすさかい、私らも、よっぽどお客はん見きわめてからやないと、よう紹介しませんのや」

番頭氏が、のっそりと立ち煙草をつけた。

「さて、どんな女の子にしますかなあ」

「まかせますよ」

「そうだっか、まかせてくれますか。私、お客さんに好感もっちゃったからねえ」

「ぼくのことを、その隅っこの方で、観察してたね」

「まあね。は、は、は……」

親身な温い声である。今年二十八歳で、むろん独身の榎本だから、こういう場面に馴れていないわけではないが、こんな声の周旋屋を見たことはない。若い客に出来るだけ良い女を世話しようという真情がこもっている。

(けど、どこかで聞いたことがあるような声だなあ)

「さてと、誰にするかなあ。何とかひとつ良い娘をねえ……山田さんがいいかな、藤井さんがいいかなあ」

(いや、たしかに、どこかで聞いた声だぞ)

「誰がよろしいかなあ。ええと……」

きちんと背広を着込んだ小肥りの背中を丸めて、番頭氏が電灯の下へ出て来た。

ゴマ塩の豊かな髪。切れ長の優しい眼ざし。太く円い鼻……。

「あ!! み、み、三井先生!!」

思わず叫んでしまった榎本は、ソファから飛び上り、相手を突き退《の》けるようにガラス扉へ突進した。こっちが恥かしいというより向うが居たたまれまいと、とっさに気をきかして逃げ出すつもりだったが、卓の脚に足をぶつけて、榎本は尻もちをついてしまった。

番頭氏が、いや三井先生が榎本の腕をつかみ、引起《ひきおこ》してくれた。

「あんた。誰やったかなあ」

榎本は、スポーツ刈りの頭を掻き掻き、

「ぼく、榎本です。東京のN小学校で、二年から四年まで教わりました榎本義男です」

「いやあ。そうか、そうか、そうか……」

三井千次郎は、電灯の笠から黒布をとって、まじまじと榎本をながめた。

「あんまり大きくなってるもんで、わからなかったよ。思い出した、思い出した。いやあ、どうしてどうして、立派になったなあ」

平然たるものである。

「今、何をしてるの？」

「はあ。画《え》の方で――つまりその、商業美術の方の……つまり、ポスターやデザインや何かを……」

「ほう。現代的な忙しい職業に従事してるんだね。結構——そういえば君、図画の成績がよかったよ」

三井は、すっかり東京弁になってしまい、かつての教え子の肩をぽんぽんと叩き、またも……いささかも悪びれることなく、心からの親愛をこめて、

「さあてと……榎本君とあっては、ひとつフンパツしてだね、うちのハイ・クラスをお世話しなきゃアならんな」と言うのだった。

2

「いやどうもね、昔の教え子が客ンなって来ようとは思ってもみなかったものねえ、ちょいと、私もおどろいたよ」

その翌朝になり、勤務から解放され、八尾の公団住宅の我家へ帰って来た三井千次郎は、早速、妻の仙子に昨夜のことを話し、苦笑した。

「あらあら、そう——まあねえ、そういうこともあり得ることやもんねえ」

仙子も一寸びっくりしたようだが、

「それからどないしたの？　お父さん……」

「お前、近頃、大阪弁がまじってきたね」

「だって、つい……」

「家にいるときは東京弁で話そうじゃないか」

「ハイ、ハイ……それで、それから？」

「うむ。良い娘を世話してやったよ。ちょうど、上六《うえろく》の美容院へ昼間はつとめてる娘がいてね。まだ店へ来るようになってから十日もたっていない、見るからに素人《しろうと》さんでね——ちょいと、昔、出てたころのお母さんみたいな娘なんだよ」

「いやですよ、バカねえ、お父さんたら……」

睨《にら》みはしたが、別に仙子は怒った様子もない。千次郎と同じような小肥《こぶと》りの体をテキパキと動かして、彼女は朝飯の仕度にかかった。

一人息子の保は、千次郎が帰る少し前に小学校へ出かけている。五年生だった。

息子の前では、夫婦もこんな会話は決してしない、出来ない。

三井は、沢村建築事務所の所員ということになっているし、事実そうなのである。

別に忙しくはないのだが、日中のあの店では、建築の申請、代願、設計などの業務もやっているし、三井の他に二人の所員もいる。

所長の沢村は五十がらみの立派な風采をそなえた男だが、一体何をやっているのか見当もつかない。店へもめったに出ては来ない。

所長に代って、事務所の一切を切廻している柳田という肥料不足の胡瓜《きゅうり》みたいな老人の下で、三井千次郎と森久万吉が働いているのだった。

森は、三井と同年の四十七歳で、生れも同じ東京である。三井は、この森の紹介で二年前に沢村事務所へ入ったのだ。

夜になると、建築事務所は、コール・ガール周旋所となり、窓とガラス扉にカーテンが下ろされる。

三井と森は半月交替で、夜の番頭?をつとめるわけだった。

番頭という名称を使用すべしと命じたのは、柳田老人である。番頭をつとめるときには昼間勤務は休み、夜の出勤となるわけで、勤務手当が月給の他に出る。

三井千次郎の月収は、三万五千円ほどになっていた。

いくら大阪がコール・ガールの本場だと言っても、売春禁止以来、危険な職業であることは言うまでもない。しかし、森は、

「まあ、絶対に心配はいらんよ。所長は何や方々へ手をひろげとるし、顔も売れとるらしいな。何しろ老舗だしねえ、うちは——まあ、やってみると面白いもんだ。その

代り、秘密は守ってもらわんとね」と、三井を誘ったのである。

しかし森にしても、所長の実体を本当につかんでいるわけではない。柳田老人にそんなことを訊こうものなら、怖い眼でぎょろりと睨まれるだけだし、老人自体が何者かも、三井や森にはわからないのだった。

登録してある女は約三十名。春や秋のシーズンなどには、女の数も増えるが、電話は鳴りつづけ、その応対と店へ来る客との取引きで夜食を食べる暇もないほどの繁昌《はんじよう》ぶりだった。

女達の住所と電話番号を控えた名簿一冊が、夜の事務所を支配する。

ときどき、上等な背広をピタリと身につけた青年が、二人ほど交替で店を見廻りにやって来る。来ても用事以外は口をきかない。この男達が、女を連れて客の待つ場処《ばしよ》へ行くこともある。

「どっちにしても、所長は、どっかの顔役か何かなんだろうがね」

三井も、仙子にはそれ位のことしか話せない。

ともかく、大阪へ来るまでは職もなく、崖の淵をふらふらたどっているような毎日だったし、仙子も冗談にせよ、「もう一度、昔の水、飲んでもいいわよ」などと苦しまぎれに言い出し、三井に叱られたものである。

三井千次郎は、東京下谷——上野公園に近い黒門町で生れ育った。

父親は株屋の外交員で、一時は景気もよく、一人っ子の三井は、父母の溺愛《できあい》をうけ何一つ不足もなく少年時代までをすごした。

やがて、父親が相場で大失敗をやった。

客と店の金をつかいこみ、これを苦にして気の弱い父親が、御徒町《おかちまち》駅で飛込み自殺をやったのは、三井が中学を卒業する直前のことだった。

「母さん。心配しなくてもいいよ。ぼく、師範学校へ入るからさ」

三井は誰かに聞いてきたらしく、この場合、小学校の先生になるのが一番いいらしいし、中学卒なら二ヵ年で師範を出られる。しかも就職に困ることは絶対にないのだから……などと意外にしっかりしたことを言い出した。

「ぼくみたいな出来ないのでも、試験には受かるってさ。おまけに兵隊へも行かないですむらしいよ」

「でも、何とかお前は大学を……」

「大学なんかいいよ。じゃアいいね、そう決めて……」

「まあ、お前は、ほんとに利巧な子だねえ」

母親は泣き泣き、息子を賞めた。

三井が青山師範にどうやら入ると、母親は家をたたみ、浅草で紙問屋をしていた実家に身をよせた。そして三井が牛込のN校の教壇に立つということが決ったときに、急死してしまったのだ。

母親は急性盲腸炎だった。これを近所のヤブ医者が診断をあやまり下剤をかけてしまったからたまらない、手術をしたときには、もうどうにもならなかった。

「考えると可哀相だよ、まだ四十になったばかりだったんだからね」

「今なら新薬で助かったわねえ、きっと……」

「そうさ。それを思うとね……」

「でも、生きてらっしゃったら、私とあなたのこと、許してくれたかしら？」

「一応はね。しかし、私には甘いおふくろだったからな。それにさ、許すも許さぬもない。とにかく、あのときの我々の勢いてえものは……」

「一時は、ほんとに心中するつもりでしたものね」

三井が、娼妓だった仙子と一緒になったのは、十九年前の昭和十六年の晩春だった。

その年の冬に太平洋戦争が始まった。それだけに初等教育もかなりの緊迫を示してきていたし、でなくとも、教師が娼妓と結婚をしたというのは大問題だった。

三井は、校長から呼びつけられ、詰腹を切らされた。

もっとも、その前から三井の遊蕩《ゆうとう》が問題になり、評判は悪くなってきていたようだ。といっても、生徒からは大いなる信頼と愛慕を受けていたし、三井もまた教師としてのつとめには、いささかの怠慢もなかった筈だ。このあたりは、三井にも東京人らしい律義さがある。

三井の父親は当時の株屋という職業柄、生活も派手で、清元《きよもと》の稽古なぞに行ってもいたし、子供の三井を連れて茶屋へ出かけ、芸妓達に息子自慢をやることなど平気だった。母親も下町育ちだから三味線をいじるし、三井も五つか六つの頃には母親の三味線で、

「してこいな……」なぞと長唄の供奴を唄い出す始末で、それをまた両親が「うまい、うまい」と手をうってほめるのである。

こういう家庭に育った三井は、中学時代から熱狂的な歌舞伎ファンになり、鏡花や荷風の小説を耽読《たんどく》し、十七や八で、父親のお古の結城《ゆうき》なぞに角帯をしめ、盛り場をうろつくような気障《きざ》なやつになってしまっていた。

教師になってからも、アパートの一人暮しだから、土曜日曜に行くところは決って

いる。

教師の月給で芸妓遊びはつづかないし、どうしても無理が出来る、というわけでもないが、三井は遊廓や私娼窟の頽廃味《たいはいみ》を好んだ。

（教師のくせに、おれはいけねえなあ）

反省もしたが、実行は出来ない。

教師生活は厭でなかった。子供を教えるのは楽しかった。榎本義男なども、よく算数の時間などに、そっと教科書の下に紙をおき画を描いていたりしたものだが、「よし、お前は画を描いていていいよ」と許してやる。一人ひとりの才能を出来るだけ伸ばしてやろうというやり方なので、子供達はよく懐《なつ》いた。

娼妓と寝た翌朝――蒲団の中にこもる女の体臭に埋れていて、

「いけねえ、いけねえ。今日は生徒がアパートへ遊びに来るんだ。すき焼を御馳走してやる約束でね」

飛び起きて、あわてて帰ることもあった。

月給の他に、祖母（母の母）が小遣をくれたし、遊びの金につまるような無茶もしなくなり、三井は、こうして裏と表の生活にきちんと折目をつけ、教室や教員室にまで裏側の自分を持込まないように心がけた。

若かったから、遊びと仕事の両方に精を出して、いささかも参ることはなかったものだが、しかし、こうしたことは何処からか洩れてしまうものだし、常人には何でもないことが、三井の場合にはとんでもないことになるのは言うをまたない。

三井が、洲崎で娼妓をしていた仙子に夢中で通いはじめた頃、校長が注意した。

「三井君。あんたはだね、大切な子供をあずかる教師としてだ、かえりみてだ、恥ずるところはないのだね？　ないのだね？　そうだね」と言うのである。

「ありません!!」

きっぱり答えたが、どきりとした。どきりとなったとたんに、三井は仙子との結婚を決意した。

仙子のどこがいいのだといわれてもハッキリと答えることは出来ないのだが、三井は、素人の女に接したことは一度もなかったし、商売女だからといって、同僚の女教師と比べても別に区別した感じ方をしてはいない。

三井が好む文学や歌舞伎の世界に躍動する男達は、いずれも娼婦を軽視することなく紳士的である。

仙子も素人くさい化粧と服装をして、日曜の昼間などに、朝帰りの三井の後からアパートへやって来て、食事やら洗濯やらをいかにも嬉しそうにやってくれる。つとめを始めてから日も浅い彼女にとっては、それが何よりの愉楽らしい。

仙子は孤児だった。千住で下駄屋をしている伯父夫婦に育てられ、貧窮のどん底にあった伯父のために身を売ったのだという。

とにかく三井は仙子が好きで好きでたまらなくなり、祖母に泣きついた。大学教授になるためだからと出たらめを言って、何も知らない祖母を騙《だま》し、ヘソクリを出させ、その他にも借金をして何とか仙子を自由な体にすることが出来た。

結婚式もあげなかったし、誰にもわからないと思っていたのだが、一緒になってからひと月もすると、たちまち校長の眼が光り、或日呼ばれ、いきなり、

「君の細君は女郎だったというじゃないか」

「女郎だったら、いけませんか」

三井も、もう半分はやけ気味だった。

「当り前です!!　君は、君の職務を何と心得とるんだ。この非常時における教師としてのだね……」

「どうしろとおっしゃるんです」

「君は、我校の名誉に傷をつけた」

「どうしろと言うんです!!」

「やめ給え!! 当り前じゃないか」

「承知しました」

帰って仙子に話した。

「だから、私なんかと一緒になっちゃいけないって、あれほど止めたのに……」

仙子は泣いた。

「いいさ。さっぱりしたよ」

だが、それからも何度住居を移したか知れない。

一体どこから伝わるのか……仙子の前身は、すぐに近所の噂になった。

戦争になって、三井は軍需工場の事務をやって働きはじめたが、会社でも、その噂に悩まされたものだ。

「あいつの女房は女郎上りだってさ」などというのはまだいい方で、聞くに耐えないことを、ずけずけ面と向って言われたことも何度かある。

そのうちに、三井は陸軍にとられ、ラバウルへ四年も行っていた。教員の兵役免除は、荒木文相によって廃止となっていたのである。

生き残って帰還すると、仙子は焼け残った谷中墓地近くの古アパートの一室に、ちゃんと待っていてくれた。

以来、三井は転々と職を変えた。

戦後になると、仙子の前身がわかるようなこともなくなったかわりに、三井が就職するたびに、商売に手を出すたびに、すべてがうまく行かない。運が悪いのである。出来まいと決めていた子供が生れてくれたかわりに三井も年をとってしまい、気力もなくなるばかりで溜息ばかりついているところへ、大阪から上京した森と、新宿の飲み屋でバッタリ出会ったのだ。

森は戦友だ。ラバウルで苦労を共にしてきている。

「大阪いうとこは、大きくも小さくも、暮し向きがどうにでもなるところだ。来いよ」

森の推薦で今の店へ入った翌年には、八尾市の公団住宅へ入ることが出来た。八尾から近鉄で上六へ出て、市電で九条の店へ通勤する毎日は、五十に近い現在の三井千次郎を安息の思いでみたしてくれている。

「榎本君、まだ、あの娘とホテルにいるかな」

好物のトマトのオムレツにトーストの朝飯を食べながら、三井は、にやりと呟《つぶや》いた。

「その人、大阪へはときどき来るんですか？」

「うん。何でも、東京の美術印刷の会社へ入って、デザインやってるとか言ってたがね」

「お父さんのお店へ来るほどなら、月給も悪くないんでしょうね？」

「うちの娘は値が張るからなあ——けど、やっこさん、いい服着てたわ」

「でも、会ったとき、一寸厭だったでしょ？」

「平気さ。こっちは信念をもってやっとるもんね。それより、お母さん……」

「なあに？」

三井は、お膳を押しやって、とろりと仙子に笑いかけた。

「何です？　にやにや笑ったりして……」

階下が一間。二階が二間という狭さなのだが、どの家も南向きに設計されている団地住宅だった。

三井の家の小さな庭にも春の陽が燦々《さんさん》と落ちてきていて、仙子が植えた木瓜《ぼけ》の木が五弁の白い花を咲かせている。

三井は立って庭に面したガラス戸をしめ、仙子の、ふっくらとくれた顎のあたりを指で突つき、

「大分、ごぶさたしてたものねえ」

そう言うと、ワイシャツのカフス・ボタンを外しながら二階へ上って行った。

仙子は微笑し「どっこいしょ」と肥った腰をもちあげ、玄関へ出て行き、扉へ鍵をかけはじめた。

3

榎本義男は、ひと月に一度は必ず大阪へやって来た。来ると、すぐに店へ電話をかけてよこす。

「先生。またお願いしたいんですがね」

「待ってたよ、君――ちょうど良い娘がいてね。何時《いつ》頃来るかね？」

三井も、榎本の下阪を待ちかねるようになっていた。

榎本は、会社のデザインばかりか、大阪のテレビの装置や書籍の装幀などもアルバイトでやっているらしく、三井と再会してからは、もう東京で遊ぶのは厭になったと言い出す始末なのである。

「先生のえらんで下さった娘は、みんなイカしますね。ぼくだけこんなことをしてもらっていいのかな。とにかく、おまかせしとけば、めんどくさい手間をかけないで遊べるし、ぼく、感謝してますよ」

下阪すれば、きっと三井を誘い出して盃をあげる榎本は、もうすっかりうちとけている。

「そりゃアねえ。見るから脂ぎった厭らしい客なんかには、Bクラス、Cクラス――つまり、この商売の垢にひたりきったのを当てがってやることもあるけどねえ……」

けれども、三井の店では、なるべく新鮮な果実を売り、その果物を腐らせないような上客をえらぶことになっている。

値も高い。大阪のこうした店では、白タクが連れて来た客が六千円から七千円位。馴染みの客となると、三時間ほどで四千円から五千円。泊りで七千円が相場である。もちろん、もっと安くて陰惨な売春地帯もあるわけだが、三井の店では、泊らなくても最低五千円はとる。店で六分とり女に四分渡す。

三井は、教え子のために便宜をはかってやった。

二度三度と、同じ女を榎本がのぞむ場合には、店を通さずに、そっと他で会わせるようにしてやる。これはタブウであって、店に知れれば柳田老人が黙ってはいまいし、所長が三井に対し、どんな処置をとるか知れたものではない危険もあったが、口の固い女なら秘密も洩らすまいし、自分のとるものも増え、しかも榎本にとっても安くあがる。そこは三井のカンでうまくやってのけられる。

榎本もまた三度以上は、決して同じ女と遊ばないし、深入りもしなかった。

(若いのに、心得てる)と、三井は思った。

それに、榎本は、こんな仕事をしているかつての師を見下すような気配も見せず、自然に「先生、先生」と呼んでくれるし、三井の信念？　のようなものを暗黙のうちに理解してくれているような態度が、三井には嬉しかったのである。

曲りなりにも教育者だった三井が、ポン引き同様といってよい仕事をしていて、しかも昔の教え子に、その実体を見られても平気だというのは、かなり異常だとも言えよう。

しかし、この道へ入ったのも、三井には三井なりに考えるところがあったのだ。

二年前——三井が大阪へ移る前に、売春防止法が施行されることになった。

当時、四谷のアパートに住み職業紹介所へ日参していた三井に、隣室の保健婦が、こんな忿懣《ふんまん》をぶちまけたことがある。

「バカにしてる!!　せっかく私達が、いえ保健所がですよ、赤線地帯の衛生管理に全力をつくしてきて、性病が、どんどん減ってきているところなんです。それを三井さん、あんなお婆ちゃん議員たちが、よってたかって、めちゃめちゃにしちゃって……」

「へえ、……じゃ、あなた方は女性なのに、あの法案に反対？」

「むろんですとも三井さん――男と女があるかぎり……いえ、売春の実態は三千年もつづいてきてる。夢みたいなことを言ったたって無くなりゃアしません、これからは、みんな地下へ潜ってしまうでしょ。そうしたら、たちまちに病気がひろがる、その病気が家庭へ持込まれる、その結果はどうなります？　あ、恐ろしい、考えてみただけでも……」

この、ベテラン保健婦は、永山さんと言った。

この正月――三井が、祖母の十七回忌に上京したとき、四谷のアパートを訪ねると、まだ永山保健婦は住んでいて、こんな話をしてくれたものだ。

「あのとき売春防止法の先頭に起ってキャアキャア叫んでいたW議員ね、あのお婆ちゃん、今になって、つくづく後悔しているんですって――ああ、あの法案を持ち出したのは、全く、私の失敗だったたってね」

血なまぐさい世相を、そのまま男達の欲求不満に結びつけようとまでは三井も考えていないが、見えないところで、売春防止法が、複雑多様な結果を生み出していることは、三井でなくとも容易にわかることだ。

三井の店の女達の健康管理に当っている老医師も、

「三井さん。この頃はねえ、家庭の婦人の性病が増えていますわ。その代り商売女が来なくなってネ。商売してるもんは、なまじ薬のこと知っとるもんでいかんのですわ。症状が消えると、もういいやろ思うて、そのまま放っとくんやね。病気が内攻したまま客とるから、たまったもんやない」

柳田老人は、店の女達の検診に厳しい。

「うちは老舗やさかい、客に迷惑かけたらあかん!!」

おかげで、店の評判はいい。

「どっちにしてもだね、男の体は自分で思う通りにならんもんだから、仕方がない。女を抱かないと、さびしくてさびしくて、男のヒステリイになって精神と肉体の均衡が保てなくなる。まして独身の男達のことを考えたら、私もだよ、この仕事やってて、むしろ生甲斐さえ感ずる位なんだよ」

三井も、いやに気負い込み、こんなことを仙子に言ったりした。

「それはねえ、男のひとがいるかぎり、あの道へ入って行く女だって、いなくなりゃアしないですものねえ」

仙子も、哀しげに答える。

「これほど需要と供給がだね、ピッタリ密接してるものはないんだからね」

「いやな、お父さんね……」

「だってそうさ。私はね、この仕事をしていて、女にも男にも、両方を何とかうまくだね。わかるだろう？　お母さん……」

「わかるけど……でも、いつかは、この仕事、やめて頂きたいわね」

「そりゃ、まあね……」

だが、五十に近い三井が現在の収入を他の場所で得ることはむずかしい。しかし、その言いわけに力み返っているわけでもないのだ。仙子の気持には同感だが、何よりも三井は、店の女達に愛情をかたむけている。

れっきとしたプロもいるが、どうしても金がなくてはすまないギリギリのところまで追い詰められて飛込んで来る若い娘もいる。結婚の準備をととのえるため、あくまで明快に割りきって一年間つとめ、さっと家庭に入るものもいる。男の体が欲しくてたまらない享楽型もいる。

その中で、これぞと思う女を見出したとき、三井は、そっと彼女達の相談相手になってやるのだった。

つまり、家庭の女になれる見込みのある女だと見ると、そっと身の上を聞き、止むを得ないと思えば、出来るだけ良い客につけ、病気から守り、この道の水にひたりきらないうち、足が抜けるように指導してやるのだ。

この二年間に、三井が知っているだけでも、家庭に入った女が二十人ほどもいる。

「ほんとに番頭さんのおかげやったわ。三井さんがいやはらなんだら、私、どうなったかわからへん」

生れたばかりの赤ん坊を抱き、みやげものを持って、公団住宅へ遊びに来る女も何人かいる。

こんなとき、仙子の顔は歓喜に輝き、双眸はうるみ、彼女は精一杯のもてなしをする。

「みなさんが、ああやって幸福そうな顔を見せに来てくれると、お父さんにやめてもらいたくない気もするんですよ」

そんなとき、しみじみと仙子は言うのだった。

「そりゃねえ、売春を根絶やしにすることは悪いことじゃない、むろん善いことだよ、理想から言えばね。だがね、お母さん。太陽を担ぎ上げるのが理想じゃない、そうだろ？　太陽の光の中で、たくさんの人間のしていることの中から、もっとも現実に近い理想を見つける、こいつが本当の理想なんじゃないか……」

売春禁止といっても、罰せられるのは女だけである。客になる男は別にどうということはないのだから、不合理きわまる法案なのだ。

「と、いうことはだよ、お母さん……そこに何かがあるのさ。その何かというのは、男と女の体のつくりが違うことなんだろうねえ。まったく神様も、罪な生きものをこしらえたもんだよなあ……」

こんな三井千次郎なので、その年の夏も終ろうという或日、大阪へ現われた榎本義男に、

「ぼく、先生が紹介して下さった女と結婚しますよ」と言われたときも、

「ほんとか!! そいつは凄いや」

思わず、よろこびの声をあげたのだった。

榎本がえらんだ女は、およそ見当がついた。

4

三井は、見当違いをしていた。

「ふーむ……じゃア、君の相手は、寺内さんだったのか……」

飲みかけのビールのコップを卓におき、三井は戸惑った視線をきょろきょろと榎本の顔へ向けた。

法善寺の盛り場にある小料理屋だった。

夕暮れからたてこむ客が一応出て、次の夜の時間が忙しくなる前の半端なときだった。

うまいものを食べさせるので知られているこの店の中に、客は三井達の他に二組ほどである。

「いけませんか？」

「いや……いけないもいいも、そりゃ、君の自由なんだがね……」

それにしても、寺内葉子だとは意外だった。

榎本がえらんだ相手は、加納まち子だと、三井は感じていたのである。

まち子は、福岡出身で、大阪へ来てから三年になる。小さな繊維会社につとめるBGなのだが、二十五になった現在でも結婚の夢を捨ててはいない。

郷里で一人暮している老母に仕送りをするので、給料だけでは追いつかなくなることがあり、そんなときに、時たま、店へ電話をかけてきて客をとるのだった。

男に捨てられた経験もあるのに、まち子の〈女〉は歪んではいない。

何人もの男を知っていて、しかも、その体のどんな部分に接吻しても汚くない女もあり、たとえ処女であっても、その女が吐く息さえ生臭く感ずる女もいる。

加納まち子は前者に入る。

「女は唇だねえ。唇の紅のいろのつやと、形と肉づきを見れば、どんな女か、体の工合から気性まで、ちゃんとわかる」

これが、三井の自慢だったが、それが実によく的中するのだ。

同僚の森は「なあに、女は襟足と鼻だよ」などというが、森のは、あまり当らない。

「見ててごらん、森君。今度入ったあの娘ね、あれは、きっと、いいお嫁さんに浮び上れるよ」

確信をもって三井が言い切った場合、必ず的中した。

「さすが道楽もんの成れの果てちゅうもんは違うわなあ」と、森にも、よくからかわれる三井なのだが……。

前科者には嫁が来ないとよく言うが、その男の人間次第で良い女房が持てることは、判然とした例がいくつもあるのと同じことで、娼婦から立派な主婦や母が生れることも、昔から、いくつもの事実がある。

男と女のめぐり合いほど、嬉しくて哀しくて、悲劇的で、喜劇的で……こんな不思議なものはないと、三井は考えるのだ。

去年の正月——前に店にいた娘が結婚して三井を訪ねてきた。その良人《おっと》はN鉄の重役の息子で、店の客だったのである。男の両親も女の過去を知っての上で結婚を許した。こういう例もある。

「我々の頃とは、全く変ったもんだなあ」

こんなのは例外だろうけれども、とにかく、戦後の都会の家庭が、目まぐるしい生活のリズムに巻き込まれ、孤立化してしまったということも言えよう。隣同士でも、他人の生活にまで目を向けるゆとり？　がなくなったようだ。

男も女の過去にこだわらなくなったたし、女も、その幻影におびえなくなってきた。昔の十年、いや二十年が今の一年なのである。

榎本が、まち子を気に入っていたことは確かだ。

紹介したのは夏の初めだったが、榎本は、下阪のたびに、まち子と会っていたようだし、従って、まち子も店へは現われなかった。

「先生。まち子ちゃんはいいですよ。一寸、ぼく夢中なんです」

「そう。いや、あの娘ならいいよ」

公団住宅へ帰って、

「榎本君もいっぱし遊び人だからねえ。いっそのこと、まち子と一緒になっちまえばいいんだが……きっと、いい世話女房だぜ、お母さんみたいな……」

冗談だが、仙子にもそう言ったことがある。

見たことはないが、加納まち子のすらりとした肉体の清潔な匂いがどんなにすばらしいか、三井にはわかる気がする。

(娼婦でいて、しかも石鹸《せっけん》の香りがする体をもった女ほど、女房にして良いものはない!!)

三井の信念である。

体の匂いは、そのまま心の匂いだからだ。

「けれど、榎本君。君は、寺内さんの、どこがいいと思ったんだね」

三井は、運ばれてきた鮑《あわび》の塩蒸しに力なく箸をつけながら、きいてみた。

「ねえ、榎本君——あのひとは、Eデパートの商監部に五年もつとめてる立派なBGだけどね。夜になると、ガラッと変った女になるひとなんだよ」

「凄いテクニックだからな。あんなのは一寸いませんよ」

「だから一万円以下では、決して客をとらないほど気位も高くなるんだ」

「まあね……」

「長くデパートへつとめてる女は、虚栄心が高いよ。あのひとは贅沢したいために、プロになったんじゃないかねえ」

「まあね……」

たまには変ったのを紹介してほしいと頼まれ、別のルートから寺内葉子を頼んで榎本と会わせたのは、先月に彼が下阪したときのことだった。

葉子は、どの店にも所属しない高級娼婦である。宗右衛門町のクラブ〈エルム〉のバーテンで堀井というのが、葉子の客をえらぶのだ。

同業のよしみで、三井も堀井のことはよく知っている。

堀井は葉子のヒモではない。容貌にも肉体にも、遊びの技巧にも、高い金をとるだけの資格がある女を何人も扱っている。

葉子の評判は、うすうす三井も耳にしていたので「高いけれど、一度位なら遊んでみてもいいだろうね」と、榎本にすすめたのである。

だが、三井に言わせると、寺内葉子のはち切れそうに見事な肉体は、

(あれア、動物だよ)と言うことになる。

榎本が葉子と遊んだ翌日に食事を共にしながら「どうだった？」と訊くと、

「先生。凄かったですよ‼」

榎本の眼は充血し、声は昂奮にふるえていた。

(では、あの女の体に参っちまったのかな?)

それもあったろう。しかし、その他にも理由がある。

寺内葉子は、千五百万ほどの金を持っているというのだ。

彼女が〔エルム〕の堀井の指導で、店頭銘柄を狙って株をやり、それが、とんとん拍子に当り、大分儲けたという話は堀井からも聞いていたが、それほどとは、三井も考えていなかった。

「ぼくも、葉子より少いんですけど、株で、儲けましてね。もっとも現在は堅実な投資にまわしてますけど……ぼくのは、親父とおふくろが遺《のこ》しておいてくれた五十万ほどが元手だったんですけどね」

「へえ……」

「二人の金を合せて、そいつに銀行から借りて、目黒のG町ね、先生、御存知でしょう?」

「あ――知ってる」

「このごろ、にぎやかになりましてね」

「フム……」

「駅前に空店が見つかったんです。手に入りそうなんです」

「へえ……」

「あれから二度も、葉子、上京してきましてね」

「へえ……」

「洒落《しゃれ》た洋品店――若い連中向きのモードの店をやろうっていうんですよ」

「なるほど……」

「ぼくも、いつまでも会社づとめは厭ですしね。デザイナーとして独立して、いろんな仕事に手を伸ばしたいんです。葉子が店をうまくやってくれれば、安心ですしね。また、そういうことをやるには、うってつけの女なんです」

「なるほど……」

「先生のおかげです、葉子と知り合えたのも――今夜は、うんとやって下さい」

酒は、もううまくなかった。

「じゃア君は……もし、寺内さんが、それだけの金を持ってなかったら、君は、どうした？」

「そりゃ、結婚なんかしなかったでしょうね。しかし先生。あの女は、生活の向上を常に心がけている、その点では大変な才能を持ってますよ。もうそろそろこの商売をやめようと思ってたっていうんです。いいときに、ぼくは会えたんです」

「フム……生活の向上ねえ……」

「顔だの体だの、いくら凄くったって、半年も一緒にいれば、どの女も男も同じですもんね」

「そうかなあ……」

「やっぱり金ですよ、結婚も……」

「そうかなあ……」

「そうですよ」

「それで、君は、あのひとと一生涯、ちゃんと添いとげるつもり？」

「添いとげるか……は、は、先生は古めかしい言葉を知ってますね」

「だって、君……」

「人間なんて先のことは、わからんです。考えてもはじまらないですよ。うまく行くかも知れない、いかないかも知れない。とにかく今のところ、葉子もぼくも、お互いの本能と経済力に期待してるんです」

榎本は、愉快そうだった。

「どうしたんです？　先生。怖い顔しちゃって……」

「榎本君!!」

三井は、青くなっていた。

「君は、昔、そんな子じゃアなかった」

「え……？」

「金なんてものは、夫婦になってからこしらえるもんだ。若いのに何という了見《りようけん》なんだい、君は——け、汚らわしいことを言うじゃないか、見損なったよ!!」

三井の、ただならぬ声に、店の女中や板前達が寄り集まって、こっちを注視している。

もう物も言えなくなり、三井は憤然と店を飛び出した。

外は、風もなく、いやに蒸し暑かった。

ルーム・クーラーがよくきいていた店内から急に出て来た三井は、変に胸苦しくなり、少しめまいがした。

榎本の追って来る声がしたが、それも聞えなくなり、三井は盛り場の小路をいくつも抜け、道頓堀川に沿った道をまっすぐに、寺院が建ち並ぶ暗い町へ入り、走るように上六の駅へ向って歩いた。

いきなり驟雨《しゅうう》がきた。

5

一年たった。

三井千次郎の毎日は変ることがなかった。

店は、いよいよ繁昌している。月給が千円昇給した。

去年の十一月に、東京の榎本義男から手紙が来た。手紙と一緒に栄太楼の〈玉だれ〉が送られてきた。

「あの玉だれっていう菓子、まだあるかね？　あの菓子だけは、私も好きでねえ」

と、いつか三井が言ったことをおぼえていたものだろう。

手紙には――寺内葉子と結婚して、このクリスマスまでには、モードの店も開店出来るだろう、先生とあんな別れ方をしたので、どうも気持ちが悪い。そのうちに、自分だけでも下阪したとき、お目にかかって……などと書いてあったが、榎本は、それっきり、三井の前には現われない。三井も手紙の返事を出さなかった。

「このごろ、榎本さん、ちっとも来やはらしまへんのね？」

加納まち子は、ときどき店へ来て、さびしそうに言ったものだが、まち子も、どうしたものか、年が明けてからは店へは出ない。

あまり消息がないので、まち子のアパートへ電話してみると、「何や、市岡《いちおか》の方へ引越すとかゆうて……」と、管理人の返事だった。その行先もわからない。

つとめ先は、ハッキリと聞いてないので、三井も心配だったが、どうにもならなかった。

「加納まち子は、もしかすると、榎本に惚れてたのかも知れないぜ」

三井は、仙子に言った。

「良い娘だったのになあ……」

「もし他の店へ行く位なら、お父さんの店の方がいいのにね。けれど、もしかすると結婚したのかも知れませんよ」

「それなら、私に何とか言ってくる筈だよ」

「そうねえ、それは……」

「そうだとも――とにかく、バカだよ、榎本は――あんな、虚栄心のつよい寺内葉子みたいな女と……あの女はね、お母さん。一晩一万円以上もとっていて、そのくせデパートのつとめをやめないというやつだ。二十三だというが、金をためることだけしか考えてない女だよ。あんな女もらってどうするんだ。見ててごらん、永くつづきゃアしないよ。榎本は、きっと後悔するよ」

榎本のことを思い出すたびに、三井は腹がたってならない。どうしてだかわからないが、半歳《はんとし》ほどは仕事にも身が入らず、つくづく、この仕事が厭になったとも思ったほどだ。

初夏になった。

御堂筋のプラタナスと銀杏の並木の鮮やかな緑が、三井にまた、榎本のことを思い出させた。

「どうしてるかなあ、榎本……」

もう怒りはなかった。

人懐《ひとなつ》こい榎本の一面だけが、妙になつかしく思われ、三井は、折があったら上京し、そっと目黒の榎本たちの店を見に行って見ようか、などとも考えるのだった。

そんな或日に、三井は、保を連れて千日前へ映画見物に出かけた。日曜日である。

三井は、夜の出勤で、その前に仙子と落合い、親子三人で夕飯をとった。

「この間、店の女の子に教えられたんだが、とても、うまいアイスクリームを食べさせる店があるんだよ」

夕飯のあとで、難波の盛り場にあるPという店へ連れて行った。

「このアイスクリーム、すごくバタの匂いがするネ」と、保は二つもおかわりをした。

「ほんと。とても、おいしいわ」と仙子。

「お母さんも、もう一つどうだ?」

「そうね。じゃ頂こうかしら——」

「いいとも」

「でも、もったいないわね。高いわ。おいしいだけあって——」

「いいよ。たまのことだもの」

「そうね、親子三人で外で御飯食べたの、二年ぶり位ですね、お父さん——」

申し分のない団欒《だんらん》だった。

少し時間に遅れそうなので、三井は店へ連絡の電話をかけた。柳田老人が出た。

「太田はんからお電話があって、三井君に来てくれ言うのや。私が店にいるよって、君、すぐホテルへ行って」

「新大阪ホテルですな?」

「そや、そや」

「承知しました」

　太田は、店の古くからの客である。東京のF製鋼の部長で、注文がうるさい。

　三井は、仙子と保に別れて、ホテルへ直行した。

グリルで、太田にビールをよばれながら、三井は心あたりの女を次々に言ってみたが、ほとんど、太田の相手になっているので、

「何だい、新らしい生きのいいのは、まだ入らんのかね」と、太田は顔をしかめた。

「けど、つい先月、おいでになったばかりでございますからね」

三井は、こういう客が大嫌いである。

商売女と遊ぶのにも、どこかに夢がない客だと、身を入れて女を世話する気になれない。

すきやきの牛肉が煮つまったような顔をしている太田部長は、若い女の体を毎晩変えて、おもちゃにしようという客だ。しかし、店には大切な客で、柳田老人や、三井にまでも、かなりのチップをはずむし、金も切れる。

「いくら高くてもいいから、凄いのを頼む!!」

これが、太田のきまり文句だった。

太田をグリルに待たせておき、三井は、ロビイへ出て、店へ電話をかけた。

店の女ではなく、〔エルム〕の堀井に頼んでみたらと思ったのである。

――ま、仕方ないわ。そうしてあげて。うちの店も、このところメンバーが変らんよってな……何とか新しいのを入れんといかんわ。けど、堀井君の方に、いいのがおるかね？

「たぶん大丈夫です」

――けど、うちの店から出てることにしといてえや。ええな？

「はあ」

すぐに〔エルム〕へ電話すると、バーテンの堀井が、

――ちょうど、ええのがおりますわ。津村さんゆうてね、これは三井さん、寺内葉子どころやありまへんで……。

「じゃ、頼みますわ」

金は倍以上になるが、太田なら大丈夫だ。

待合わす場所をきめ、電話をきって、グリルへ向いかけた三井は、ロビイの一角を見て、息を呑んだ。

（あ、榎本君……）

榎本と葉子だった。

榎本は中年の紳士二人と、仕事の打合せでもしているらしい。その傍《そば》で、淡いグリーンのウール・クレープのドレスを着た葉子がいて微笑している。

三井は、そっと立ちつくして、見つめた。葉子の腹は、ふくらんでいた。

(子供、出来たのか……)

葉子の微笑は明るかった。榎本の顔は幸福に輝いていた。

(……あの女の顔、まるで変ってしまったな)

葉子の唇の紅のいろは、どこから見ても健康な主婦のものだった。肌のいろまでもクリーム色に光ってみえる。

(何で大阪に来てるんだろう……)

そんなことは、ともかく、二人が夫婦として家庭をつくり、二人の子を生もうとしていることだけは確かなことだ。

(女って、全く不思議なもんだ……)

三井は、感にうたれた。

(男と女なんて、出発のかたちは、どんなでもいいのかも知れんなあ……)

二人は絶対にうまく行かない、きっと破局が来るときめていた三井の確信は、打ちくだかれたようだ。

（おれの考え方、古いかも知れんなあ）

客を送るために、榎本夫婦が立ち上った。

フロントの方へ歩きながら、榎本が葉子へ振り向き何か言っている。身重《みおも》の体をいたわっているかのように見えた。

葉子が可愛《かわい》らしく笑って何か答え、榎本は笑いかけた。

（私は、あの女を見間違いしていたのかも知れないな……）

そのとき、三井千次郎は、寺内葉子が、あれだけの金を持ち、プロに徹し切っているように見えて、しかも堅気のＢＧをやめなかった気持が、初めて、わかったような気がした。

娼婦万里子の旅

女の処女性と同様に、男もその童貞を与える、または与えた女によって、その一生における女性観が甚大な影響をこうむる――と、私は信じているのだが、いかがなものであろうか……。

1

私は現在、東京に本社があるRミシンの宣伝部長をしていて、おもにテレビ・ラジオ関係を受けもっている。会社も発展途上にあるので毎日とても忙しい。五十になったばかりなんだが、私のエネルギイは、ほとんど仕事に吸いとられてしまっているようなものだ。

しかし、二年前に妻が病死してしまったので、たまには遊ぶ。

しかし、決して（しろうと）の娘さんなどには手を出さない。五十になるこの年まで、私は（処女）を頂戴したおぼえは全くない。

それというのも、私には娼婦のよさが骨の髄にまでしみついてしまっているからかもしれない。

三十年も前の私に、はじめて女の体というものを、いや女の何も彼も引っくるめて教えてくれたのは吉原（万葉楼）の娼婦さんであって、そのひとは、私をまるで本当の弟のように可愛がってくれたものだ。私は、そのとき、尊厳な女体に生れてはじめて接した初心さを、今もって失わないらしい。

これは自分ではわからないことなのだが、今まで何人となく接してきた仲良しの娼婦さんが言う言葉なので、それが、どういう実体をもつものか、自分では見当もつかない。

というわけで、私は娼婦にはもてるが（しろうと）にはもてない。いや（しろうと）には全く興味がもてない男に、私はなってしまったらしい。若いときから、そのために、日本橋で大きく店を張っていた乾物問屋の家も弟にゆずり、永い間、実家には足ぶみもしなかったものだ。

ところで、いま私の隣のシートに身を横たえ、快さそうに列車の窓から東海道の風景に見入っている柳万里子は、最近の私の相手である。

しかし、彼女と遊ぶためには、一夜で一万円はとられる。それでも私には特別に低額サーヴィスをしてくれているのだ。だから私には、せいぜい月に二度ほどしか、彼女と遊ぶための経済的余裕はない。

（ちょいと息抜きに……）関西旅行へ出かけようという娼婦万里子は四千何百円もの（特別一等）のシートへ、ごく自然におさまっている。私なんか旅費は会社もちだ。（娼婦）のくせに、などとはとんでもない。私は、こういうタイプの娼婦さんが出現したことを、むしろよろこばしく思っている。

何故なら、職業に上下はないからだ。

戦前の娼婦は〔悲劇〕と結びついていた。

現代でも勿論その傾向は多い。だがその反面に、万里子のような（生活向上）を目ざして独立独歩するＢＧとしての高級娼婦が薫風をきって登場したのだ。

……今朝（第一こだま）へ乗込んだ私は、隣のシートに万里子を見つけて、

「ひゃア、偶然だねえ、万里ちゃん――」

「あら‼　御出張？」

「うん。君は……？」

「ちょいと息抜きに大阪へ……他に用事もあってね」

「豪勢じゃないか」

「給料とりじゃないもの、私――」

「うらやましいな。どう？　向うで一日位、つき合えそうだけど――いかんかね」

「いいわ。堤さんなら……」

列車は関ケ原の山峡を縫っていた。

窓外には六月の緑が陽の光に跳ねとんでいる。その緑のいろを背景にして、窓際の万里子の肉体を包んでいるウール・クレープのスーツが、この上もなく粋に、すっきりと浮び上っているのだった。

いやでも、私は、その万里子のスーツの下にあるものを想像せずにはいられない。どちらかといえば小柄で、どちらかと言えば肥ってはいなくて、脊柱がまっすぐに寛骨のあたりへ消えようとするところ――つまり女性美のもっとも偉大で尊厳な美をほこる臀部の双丘が、なだらかな背中のあたりへ溶けこもうとするあたりに生ずるところの（二つの笑くぼ）を、くっきりと所有している女盛りの、なめらかな肉体!!

つまり万里子の（お尻の笑くぼ）は……。

いや、もうやめよう。何だか眠くなってきたようだ。彼女も、軽く眼をとじている……眠い。

（第一こだま）の東京七時発は早すぎる……とにかく、ひと眠りしよう。

2

相撲に四股名《しこな》があり、作家に筆名があり、俳優に芸名があるのと同様で、娼婦にも別の名がある。これを昔は（源氏名）とか言ったそうだが、万里子たちは（私のB・N）と称している。

B・N――つまりビジネス・ネームというわけで、

「私ねえ、来月っからB・Nを改名したいんだけどさ。あんた、考えてくんない？」

などと仲間同士で話し合ったりするのだ。

柳万里子の本名も、だから（青木シナヱ）という。ちょっとおぼえておいて頂きたい。

（第一こだま）は午後一時三十分に大阪へ着く。

六月に入ったばかりのその日は、真夏のような暑さだった。

「ぼくは南の常宿だけど、万里ちゃんは？」と堤氏が訊くのへ、万里子は「グランド・ホテル」と答え「明日の朝にでも、電話下さる？」

「じゃア明日、とにかく飯でも食べようや」

「ありがと」

フチの太い眼鏡の底で、堤氏の眼が人懐っこく微笑している。

(このひとは、私達のことを、自分の会社の社長秘書を見るのと同じ眼つきで見てるわ)と、いつも万里子は思う。

帽子をかぶらない豊かな半白の髪も好きだったし、五十になるというのに細身のひきしまった堤の体も好きだった。だから一万円でも精一杯のサーヴィスをしてあげるし、ときにはこっちから夕飯を誘うこともある。

車に乗込む堤氏を見送ってから、万里子も車に乗り、中之島のグランド・ホテルへ向った。

三年ぶりで会う父親の梅太郎の顔を見るのには、まだ時間が早すぎる。

万里子は、ホテルでゆっくりと午睡をむさぼり、入浴し、夕飯もすましてから、灯の入った大阪の街を南へ車を走らせた。御堂筋を道頓堀まで乗りつけ、そこから南の盛り場の雑踏を縫って、ぶらぶら歩き、千日前から上本町へ向う電車通りを右に切れ込んだ通りが、父親が店を出している黒門市場である。

この市場通りは、種々雑多な、安くて豊富な食べもの屋がひしめき合っているので有名なところだ。ことに魚屋が多い。

父親の店は、その通りを東に入った細い道にある。この店は昼間来てもない。つまり屋台店だからだ。

〔うさぎや〕と書いた古風な行燈《あんどん》のような看板を屋台にかかげ、万里子の父親の梅太郎は、ここで〔うどん〕を売っている。

「来たわよ」

近よって、いきなり声をかけると、

「や!!」

まだ立て混む時間ではないらしく、くわえ煙草で葱《ねぎ》をきざんでいた梅太郎は、びっくりして、

「よう、シナヱ。けどお前、よう来てくれたなあ」

とても六十には見えない脂ぎった太い鼻をぴくぴくさせ、

「ま、聞いてや。とにかく八千代の奴ときたらな、もう、どうもならんのや」

毎日、卵を塗りつけて磨いている、これも看板や——などと大自慢の見事な禿頭から、するりと鉢巻をとって、顔中に浮いた汗をぬぐい、

「八千代、男をこしらえよってな」

「そうですってね？」

「それがお前、どうしても、その若僧と結婚するいうねん。八千代も、姉のお前と同んなじ商売していながら、とんでもないこと言い出しよる。まあ、この道へ入ったなら入ったで、それもええ。わいもめんどくさいことは言わん。けど、それならそれでやな、シナヱ。お前みたいに、ガッチリ肚きめなあかん。そやろ？　そやないか？」

「その通りだわ、もちろん……」

「それを——それなのにやな……」

「まあ、ゆっくり訊くわよ。けどお父さん。こんな暑いのに、うどん売れるの？」

「何言うてんのや。黒門市場の〔うさぎや〕言うたら一年中客の絶える間なしやぜ。メトロやユニバースなんぞの女給はんが店をしまってから毎晩二十人も三十人も来るのや。わいが店休むと恨まれるわ」

「ふーん。そりゃ結構だわ」

「どや、狐うどん——うまいでヱ」

「こう暑くちゃアね——ま、とにかく、明日ね。昼間のうちに、ゆっくり話をきくわ」

「そうか」

「八千代は、稼いだお金、みんな遣《つか》っちゃうんですってね」

「そや。そのことも、お前から意見してもらわなあかん」

「するわ」

「頼んだでエ」

「じゃ、これで――」

「よう来てくれたなあ、ほんまに……」

父親と別れ、難波へ戻ってきた万里子は、新歌舞伎座の傍の喫茶店から、九《いちじく》ひろ子に電話をかけた。

ひろ子は、万里子が浅草の劇場で働いていたとき知り合ったストリッパーで、当時はM座の売れっ子だった。数年前に大阪へ来ていて、今では万里子と同じコール・ガールなのである。

留守だろうと思っていたのに、ひろ子は東清水町のアパートにいた。万里子の東京四谷のアパートのように、専用電話がある三間つづきのデラックスなアパートらしい。

――へえ。あんた何時《いつ》来たのよ？　なつかしいじゃない、三年ぶりやわ。とにかく、すぐ会いたいな。こっちへ来てもらっていいんやけど、私が出て行くわ。どっかで飲みましょ……。

ひろ子の声が電話機の底から元気よく、まくしたててきた。

太左衛門橋の上で二人は落ち合い、ひろ子の案内で宗右衛門町の〔エルム〕というクラブへ行き、再会をよろこびあった。

「景気どう？」

「このシーズンは、ちょいとこたえたわ」と、ひろ子は眉をしかめてみせ、

「とにかく、あと三年ってところやねえ、私達、稼ぐのも……」

「まあねえ……」

万里子は、ひろ子より一つ上で、今年二十八歳になる。蓄めるものを蓄め、男に頼らず、女ひとりで死ぬまで生きるための、堅気の商売に入ることについては二人とも着実なやり方をしてきていた。

万里子は動産八百万円ほどの他に、伊東と茅ケ崎に小さいながら地所も手に入れてあるし、ひろ子だって、その位の用意はしているに違いない。

「万里ちゃん。お父さんに会って来た？」

「いましがた、黒門市場で……」

「あ、そう。あれは、おいしいわ。大阪一や」

「ひろ子、行くの？　食べに……」

「ときどき。でも、あんたと私が友達やいうこと知らしてないわよ」

「いやねえ」

「面白いお父さんやないの」

「ふん。昔っから、自分だけはねえ……」

万里子は苦笑して、グラスのマティニを一気に飲んだ。

若い女の歌手がフロアに現われ〈日曜日はダメよ〉を唄いはじめた。

3

万里子は、大阪東成区今里で生れた。

父親の梅太郎は算盤《そろばん》製造業をしていて、万里子の祖父が大きくした店の後をついだのはよかったが、万里子が生れるころには、すでに家業も危くなってきていた。

梅太郎の若いころの女道楽は近辺でも有名なもので、しかも、次々に悪い相手に引っかかり、万里子が生れてからは梅太郎も何とか気をとり直して、かたむきかけた店にテコ入れしようと思ったと、よく今でも梅太郎は言うのだが……。

そんなことではもう間に合わなくなり、万里子が四歳の夏に、店は人手に渡ってしまった。以後、梅太郎がやった職業の数は三十種類に及ぶという。

翌年、母親が病死した。だから、万里子は母親の顔をおぼえてはいない。写真ぎらいだったとかで、それも残ってはいず、梅太郎が、

「お母はんはな、まるで因幡《いなば》の白兎や。まっしろな、おとなしい、目エの小さい可愛らしい白うさぎそのままの女やった……」

と、こういうのだが、どうもピンとこない。

あれだけ女道楽をし、後妻をもらって、八千代という万里子にとっては異母妹まで生ませたくせに、梅太郎は、万里子の母親が忘れられないらしい。

後妻のまつが十二年前に梅田新道で進駐軍のトラックにはねとばされて死んだのち、思いきって〔うどん屋〕の屋台を引いて廻るようになった梅太郎が、その屋台に〔うさぎや〕の看板をかけたことによっても、前妻への思慕がわかろうというものだ。

「あれは、いい女やった。早死させて気の毒したわ」

梅太郎は、四年前に上京してきたときも、しみじみと言ったものだが、

「さんざ極道して母さんを苦しめときながら、今更何よ」

万里子は取りあわない。

「その通りや。だからもう、わいは、お前達にも父親として資格なんかないよって、

わいのことは爪の垢ほども考えてもらわんでええ」

「当り前よ」

「当り前や、その通りや」

皮肉でも何でもなく、梅太郎は淡々として肯定するのである。

そのときも戦後の東京の復興ぶりを二十年ぶりで見に来たという梅太郎だったが、その費用一切も〔うどん〕で稼いだ金をためこんでやって来たのだった。

万里子が、一晩だけ、銀座の天ぷら屋へ案内して御馳走してやると、梅太郎は、

「この位は、よばれてもええかな、昔のよしみで……」

「まあ、親は親ですものね」

「そんな考えやめとき。親と思わなんで結構や。まあ、昔からの知り合い、ともだち——ちょぃと薄汚いが、そんなところで充分やで」

「八千代は、どう？　元気なの？」

「まあな。いま中学やけど、中学出たら働く言うてるわ」

「へえ。感心じゃない」

「お父さんなんぞ、頼りにならん言うてな。そりゃまあ、もっともやけどね。わいも、うどん売って生きてくだけで精一杯やもんなあ」

「ふん。どうだか？」

「何で、どうだかや？」

「八千代が手紙よこしたわよ。このごろ、また飲み屋の女なんか、引っぱり込んでるっていうじゃないの」

「そうかア、八千代がそんなことを書いてよこしたか？」

「当り前よ」

「当り前やな。フム、その通りや」

血色のよい梅太郎の老顔はビールの酔いで、てらてらと脂ぎっていた。万里子は嘆息した。

八千代は異母妹だが、割合に万里子へは馴ついている。東京へ呼んで高校へ入れてやろう、そのかわり、父親には話してあるが妹は知っている筈がない自分の仕事の性質も隠してはおけなくなるし、何かと世話もやけることだろうが……そんなことも考えていたのだったが、八千代は中学を出ると、新聞の求人欄を見て、さっさと働きに出てしまった。

宗右衛門町辺の旅館の住込み女中になったのである。

何しろ南の盛り場の中にある旅館だけに、ほとんど終夜営業で女中も昼夜交替制だそうで、給料は一万円もらっていたという。

三年つとめて、八千代はコール・ガールへ転向した。

「あんなとこの宿屋の女中してたもんで、男と女の裏表が、すっかり分ってしまったような気イがして、もうあの商売へ入るのに平気やったんやな。いや、もうその前に、宿へ来る客の誰かに、いたずらでもされていたのかも知れへん」

万里子が下阪した翌日、心斎橋筋の中華料理屋の一室で万里子と会った梅太郎は、老酒《ラオチュウ》をチビチビやりながら、そう言うのである。

その話を去年の春に、梅太郎がよこした手紙で知ったとき、万里子もおどろいたが、こうなった以上は仕方がないと思い、八千代へ手紙を出し、その気持を訊いてやったところ、八千代の返事には、

私のお店は九条新道の近くにあって、昼間は建築事務所。夜は私達専門の商売してます。かたいお店で、高級なのです。病気の検診も定き的にあるし、お客もいいし、とにかく、このほうではしにせですから安心して下さい。

あたしも、お姉さんと同じ道に進むことになってしまいましたが、くやんではいません。人間は若いうちです。若いうちにお金がもてなきゃ仕方がありません。お父さんにもハッキリ話しました。

こんな手紙で、ペンの跡も力強く、文面にも（くろうと）になった意気込みが感じられる。知ってはいまいと思っていた自分のことも、どうやら前々から父親がしゃべってしまっていたらしいし、万里子も心を決めた。そして、この道へ入ったからには、出来るだけ自分を高く売ること。金の力を信じ、この力を大切に積み上げて行くこと。その力が大きくなれば、自然に後々の自分の進むべき道を見出すことが出来る。よくよく注意して病気にかからず、そしてこの商売を恥だと思わないこと。男を信用せず、男に信用させること——などと書き送ってやったが、それからは、ぷつんと八千代から手紙がこなくなってしまった。

ところが、つい四日ほど前の昼すぎに、ホテルで客と別れ、アパートへ帰ったばかりの万里子へ、梅太郎が電話をかけてきたのである。八千代が客のひとりと結婚するというのだ。

「相手によってはいいじゃないの。八千代はまだ私みたいに甲羅が生えていないんだから……」

「そや、そや。けど、その相手がなあ」と梅太郎の声が電話機の底から溜息をついて、

——何せ月の稼ぎが五、六千円という男や。それじゃアどうもならんやないか。そ

んなカスみたいな男と一緒になってどうなる？　そやないか。わいだって、月に四万円は稼いでるぜ――。

「一体、どういうわけなの？　八千代……」

――ともかく電話料が大変や。これで切るさかい。ともかくやな、出来るだけ早く、お前、こっちへ来てんか？　な、頼む。一生の頼みや……。

電話ではそれだけの話だったが、梅太郎が焼売《シュウマイ》で老酒を飲み飲み語るところによると、相手の男はこの春、大学を出たばかりで、心斎橋筋でも著名な洋品店の次男坊だという。

三浦虎夫というその青年は、大学にいたころから演劇に熱中していて、いまは何とかいう新劇団に所属しているのだが、むろん金にはならない。

それでも、ときどき、テレビへ出て、画面を横切るだけの通行人の役か何かをもらい、そのギャラが月に五、六千円はあるという。そんな男が、一晩六千円はとるという八千代の店へ来て、コール・ガールと遊べたのも、母親が一人前の給料に近い小遣いをくれるからだったのだろう。

「へえ……そうなの。でも、それはちょっと難かしいわねえ」

「当り前や。その通りや」

「こっちの商売を隠しておいたにしてもよ。相手が、何だか、この辺の老舗《しにせ》の息子さんだっていうんでしょう。それじゃアねえ、相手の親達が、何て言うか……」

「むろん反対や。おまけに、その男はネ、八千代の商売を洗いざらいブチまけよったんや」

「両親に？」

「そや。だからもうメチャメチャや。どうでも、その女と一緒になりたいのなら勘当や言われたそうでネ」

「バカねえ、その男……」

万里子もふき出してしまった。

自分では娼婦という仕事にいささかも恥じてはいないつもりだが、むろん世間では通らないことだし、Rミシンの堤氏が見てくれるような眼《まな》ざしを世間の人びとから向けられるとは思ってはいない。

娼婦上りの八千代と結婚するなぞと両親に言い放ったその青年の意気込だけは、ちょいと万里子の胸にショックを与えたが、

（まるで、子供なんだわ。そんな男に、どうして八千代が……）

五尺四寸はたっぷりあるというグラマアの八千代の、活力にあふれた双眸を、万里

子は思い浮べた。

まだ中学にいたころ、一度、東京見物によんでやったときに見たきりだが、洗いざらしの制服に包まれた妹の肉体の発育の見事さと、心もち頰骨の高い彫りの深い、しっかりした顔だちは、いま、どんなになっているだろう。

八千代は、いま十九歳である。

(まだ、早い。早すぎるわ。それに、そんな青くさい男なんかと……)

万里子は、自分の老酒のグラスへ氷砂糖を入れながら、

「お父さん。八千代に会うわ。何処にいるの？」

「住吉のアパートや。行ってくれるか？」

「そんな男には、やれないわ。危っかしくて……」

「けどなあ、その野郎は、家を飛び出して八千代のアパートへ転げこむつもりでいるんや」

「お父さんからも言ってみたの？」

「ああ言うた。何度も言うたけど、まあ鼻息の荒いやつでな、歯がたたんわ」

「八千代に会ってから、その男にも会うわ」

「そうしてくれ、頼むわ」

食事をすまして、父娘は心斎橋筋へ出た。

アーケイドの下に大阪一の高級商店街が、初夏の色彩にいろどられた通行の人びとの流れを抱き込んでいる。

今日も蒸し暑い。

「あれや。あの店の息子や」

梅太郎が小声で言った。

万里子はサングラスの下から、ネクタイやスポーツ・シャツが飾られた、いかにも老舗らしい風格があるその店のウィンドウを見て、軽く舌打ちをもらした。

4

「古い古いとお姉さんは言うけど、古いのは、お姉さんの方やない？」

八千代は落着きはらって、そう言うのだ。

グランド・ホテルの万里子の部屋の中である。

昨日、住吉にある八千代のアパートで何度もくり返して話し合ったが結局は解決がつかず、万里子は、今日も八千代をホテルへ呼びよせたのだった。

もう夕暮れが近くなっていた。

万里子も八千代も、しゃべり疲れていたが、話は同じところを何度も廻るだけのことで、八千代の決心は少しも変らないのだ。

淡緑色のサマー・ウールのドレスを、しゃりっと着こなした八千代の顔には化粧の匂いもなく、小麦色の肌が室内の照明をうけて、つるりと光っている。

「どうして、私が古いのよ。八千代こそ何よ。そんなの、昔あったじゃない、手鍋さげても何とかいう……あんたもねえ、八千代――」

強情な妹に昨日から呆れ果て、もういくら言ってみても無駄だとは思いながら、万里子は、こうも、ふてぶてしく落着いている八千代を見ると、またも、たまらなくなってきた。

「あんただって、この道へ入ったのは、何万本に一本、当るか当らないか知れたものじゃない宝くじを買うような、そんな男だけを頼りにして生きてかなきゃなンないない女の一生が厭だからこそ、入ったんじゃない？　え、そうなんじゃない？」

こう言いながら、万里子はテーブルにおいてあったモーパッサンの〔女の一生〕の文庫本に気がつき、これを何気なくとってベッドの方へ投げた。昨日、週刊誌を買うついでに何気なく買ってきたのだが、おもしろくて昨夜おそくまで読みふけっていたのだ。

それを見て、八千代がニヤリと笑った。

「何よ？　何が可笑《おか》しいのよ？」

「何でもない……」

「とにかくバカよ、あんたは――稼いだお金は、みんな遊びに遣っちまうんだっていうじゃない？　そうなんでしょ？　――そのうちに、私は、あんたを東京へよんで、もっと高級な、自分ひとりで商売出来るようなシステムにしてやりたいと思っていたのよ。それが何？　そんな子供みたいな、鼻ったらしのぼんぼんなんかと結婚するなんて……あんた、それで食べて行けるつもりなの？」

「食べていけるか、いけないか、やってみなきゃわからないわ」

自分も商売をやめ、もと働いていた旅館へ通い女中としてつとめると、八千代は言うのだ。近ごろはどこの旅館でも女中さん払底なので、仕度金一万円をくれ（二年契約）二食つき給料は一万五千円に値上げしてくれるという。

アパートも、月五千円ほどの小さなところへ移り、三浦虎夫の五、六千円と合せ計二万円位で、無謀きわまる新婚生活をはじめようという八千代なのである。

八千代が、この商売に入ってから、満一年しかたってはいない。新鮮な果実のような肉体が物を言って、その一年の間に、八千代が稼いだ金は四百万に近いという。何でも、ある映画スターの客に気に入られ、その客専属の三ヵ月に、八千代は「もう飽き飽きするほど、デラックスな毎日を送ったから……」

今度は好きな男と貧乏世帯の苦労をしたくなったというのだ。

「虎夫さん、きっと、いまに立派な俳優になるわよ。私はネ、姉さんが株券や、土地の値上りを待ってるように、あのひとの値上りを待つつもりなんや」

と、昨日もこんなことを言って、八千代は「命短し、恋せよ乙女……」と〔ゴンドラの唄〕をハミングでも唄い出す仕末なのである。

リバイバルもいいとこだと、万里子は怒った。

人間のどこが一体信用出来るのか。世の中はどんどん変ってくる。月並な女の人生に何の興味も持てなかったからこそ体を張って、その変転ただならぬ世相を征服しようと決心し、この道へ入ったのではないか……。

「八千代みたいな若い娘が、そんなカビの生えた考え方でどうすんのよ。たとえ（しろうと）でも、勘当息子だなんて、そんな古くさい、カビの生えた……」

「何が古くさいのや、カビが生えてるのや。古くさいのは虎夫さんの両親と、それから私のお父さんと、お姉さんじゃない」

「どこが古いのよ、さア、言ってごらん!!」

「あのね、姉さん——姉さんが、私と同じ年ごろには、世の中は、まだ配給時代やったものね。おまけにうちらのお父さんのおかげで、いやというほど苦しい思いもした、それやから、よけい貧乏暮しを恐ろしいと思う考え方が、強ウく、根をおろしてしまってるのや？　そやないかしら？」

「何いってんのよ、バカバカしい」

「ところが、現代は、もう違ってきているのや」

「何ですって!!　現代は何事もよ、何事も、ドライに……」

「ドライに割り切るなんていうのは、もう古い。そりゃ、あかんわ、お姉さん——」

「八千代!!」

「太陽の季節とかいう時代は、もう古いのや。今はなあ、お姉さん——物があり余って、人が足らなくって困ってる時代や。年寄りは別やけどネ、若いもン同士なら何も怖いことない。大阪では、タクシー会社に運転手一人紹介すると、一万円のお礼をくれるのよ。虎夫さんも免許状もってる。いざとなれば、運転手やりながら演劇の研究する言うてはるわ。けど、私はネ、そんな無理は、出来るだけさせせんつもりやけど……」

八千代は、いかにも幸福が手拍子を打っているような微笑を浮べ、

「若いうちなら、現代はちっとも怖くない時代やと思うわ。現代はネ、つまり私達の時代はやネ。もうドライとか合理主義とかいうのは廃《すた》れかかっているのよ」

「あんた、よくしゃべるわね。じゃア何が流行《はや》ってるのよ？　言ってごらん」

「これからはなあ、お姉ちゃん——ええか。ムードの時代や。感情の時代や。虎夫さんも言うてたわ——機械文明に圧迫された人間は、これから新しいムードのもとにやネ、豊かな感性と人生を見出さなくてはならん、こう言うてはるわ」

「へえ……」

「そりゃ、私もネ。思いっきり着たいもの着て、うまいもん食べて、ホテルに泊って旅行して……デラックスな生活したいからコール・ガールになったんやけど……一年したら、もう飽き飽きしたわ。こんなこと、やろうと思えばいつでも出来るしネ、つまり何のムードもないいんやもん。そやない？」

「…………」

「それよりもやネ、愛し愛されてよ、小さなお部屋でやネ、二人っきりの希望にみちた貧乏な、つつましい生活——これが新しい私達の夢や」

もう何も言うことがなくなり、万里子は、呆れ返り、

「そんなら勝手にしなさい。そのかわり、よくって？　どんなに困って泣きべそかいても、知らないわよ」

「はい、はい……」

八千代は立上って、

「じゃ、もう、これでいいのね？」

「いいわよ。何だ、わざわざ大阪まで来たのに――」

「すいません。虎夫さんに会ってくれはる」

「厭よ。ごめんだわ」

「そう。じゃアええわ。では、さよなら」

「いつから一緒になるのよ？」

「二、三日うちやネ。虎夫さん、もう心斎橋の家を出て、いまお友達のとこにいるの。向うの両親はネ、いずれ息子が貧乏暮しに負けて帰って来ると思うているようやけど、どっこいそうはいかんのや」

八千代は憎たらしいほど盛り上った胸をポンとたたき、

「虎夫さんは、もう私に夢中やもんね」

「ふん。ろくに男がどんな動物か、知りもしないくせに……」

「姉さんは、知りすぎて、反ってわからなくなったのやネ、男いうもんを……」

「何ですって!!」

さすがに青くなって立上った万里子へ、八千代は、するりと扉の向うへ逃げて笑いかけながら、

「姉さんも、おばあちゃんになったら後悔するわよ。愛する男が一人もいなかったなんてネ」

「コラ!!」

「さいなら」

扉が勢いよく閉まった。

5

本格的な夏がやって来た。

しかし、万里子は、まだ大阪にとどまっていた。

ひろ子にすすめられるまま、大阪で仕事をしてみると良い客が次々とついたためもあるし、それにもうひとつ、万里子は、自分に煮湯を呑ませた妹が、何時か、それも

近いうちに、きっと弱音を吐いて男と別れる日が来るに違いない。そのときこそ八千代に向って、

「あんた、どっちが古いか、よくわかったでしょ!!」と、きめつけてやりたかったからだ。

徹底的に「古くさいお姉さん」だとやっつけられたことが、万里子にとっては忘れられない口惜しさなのである。

古いとか新しいとか、そんな言葉ひとつに、どうして人間は、こんなに神経をとがらせなければいられないのか……。

(バカバカしい。そんなリバイバルなんてあるもんか!!)と思ってはみるのだが、やはり「お姉さんの考え方なんて、もう古いのよ」と見事にあなどられたことの報復をしてやらなくては、気がおさまらない。

万里子は、ひろ子のアパートに寄宿して商売に精を出すかたわら、父親の梅太郎に小遣いをやったり飲ませたりして、絶えず八千代の新生活の状態を探らせはじめた。

九《いちじく》ひろ子には、馴染み客も多い上に、クラブ〔エルム〕のバーテン堀井の紹介による新規の客が捌《さば》き切れなくなってきていたところなので、万里子の登場は、堀井バーテンをいたくよろこばせた。

「ほんとに、もうネ、さとみさん（ひろ子のB・N）みたいなテクニシャンが、ちょっといま少くなってましてね。万里子さんのことは、よう聞いてますわ。出来るだけお世話さしてもらいますから、しばらく大阪にいてくれませんか」

堀井は、しきりにすすめたものだ。

バーテンをしながら、クラブへ出入りする客との間に種々雑多な取引（または、その仲介）をしたり、万里子達のような高級娼婦の仕事にも大きな役を買っている堀井は、二十八歳だが、北浜に立派な喫茶店を持ち、妻君に経営させているほどの男である。

たちまちに、万里子の声価は上った。

東京から定期的に下阪するK毛織の常務とか、舞台俳優M、大阪D光学社長など、それぞれに、

「東京でバレエ・ダンサーをしてる方で、ちょいと今お金が必要やいうもんでお世話さしてもらいますけど、そのかわり、少々値が張ります」

などと巧みにもちかける堀井の言葉を信用して、万里子が自分だけのものだと決めこみ、だらしなく、または欣然《きんぜん》として財布のひもをゆるめる上客ばかりだった。

一晩二万円もかけて遊ぼうという客を満足させて帰さなくてはならないのだから、

万里子にしても、ひろ子にしても、そこにはそれ相応の苦心も研究もあるわけである。

はじめは——まさか処女でございますでは通りかねるが、堀井の売り込みを正当化するための演技が必要なのである。

それには、何篇かの小説を書くように、それぞれの客にふさわしい身の上ばなしも要る。客の唇や指の働きによって、はじめて燃え上ったという肉体の歓喜を見せなくてはならない。

だから映画も見るし小説もよく読む。娼婦としての演技がマンネリズムにおちいらないように、絶えず努力をしなくてはならない。

これだけの技術をもっている娼婦は、大阪や東京でもそれほどに多くはない。これらのベテランたちの多くは、若いころ何かの形で芸能関係の仕事をしていたものだと言われている。

そして、どんな仕事にもよく言われる〈毛並のよい……〉ということが大切だった。〈悲劇〉のためにではなく、この道へ入った初めから、高く自分を売りつけ、その報酬を着実に自分のものとしてきたものが、娼婦の世界での〈毛並のよさ〉だということになりそうである。

むろん二万円まるまる儲けるのではない。ぬめやかな肌の隅々が生き生きと光り、芳香を放つための美容費も月に何万とかかるし、美容体操も欠かさない。

毎晩客をとるようなことは決してしない。疲労と病気は万里子達の最大の敵である。

「それで、シナヱ。東京の方はどうなってるのや？」

梅太郎が訊くと、万里子は、

「アパートの管理人によく電話で頼んでおいたから大丈夫。それよりも、このごろ、どうなの？　八千代のやつ……」

「それがなあ、あの住吉の、月に一万円もするアパートから四千五百円の小汚いアパートへ移ってな、その四畳半一杯にお前、洋服ダンスやら冷蔵庫やら、扇風機やら……寝る場所もないほどや」

「ふーん……でも、いずれは、みんな売り払うか、質屋行きね」

「そや。きまってるがな——八千代も、また旅館の女中へ逆戻りで、口紅もよう塗らんと朝早くから電車に乗って通勤してるわ」

「私が、まだ大阪にいることは言ってないわね？」

「いわん、絶対や」

「男は、どうしてるの？」

「これもな、新劇とやらいうのンを夢中でやってけつかるらしいわ。ときどきテレビにも出るらしい。此間《このあいだ》な、八千代が、虎夫さんが出るから見てみ、言うのンでな。一生懸命テレビ見てたら、何やわからへん」

「出てなかったの？」

「いや。何せガチャガチャと多勢出る通行人の中にまじっているだけやもんな、とてもわからんわ」

「それで、いくら位貰えるのかしら？」

「それがな、一回で五百円位らしいわ。何せお前、役者ゆうても、まだ卵にもなりきらんやっちゃもんな」

「ふン。当り前よ、わかってることよ」

「当り前や。その通りや」

「それで、男の両親は、まだ黙ってるの？」

「うん。平気なもんや。いずれ八千代に飽きがきて、きっと帰って来ると思うてんのやろな。ふン、馬鹿にしやがって……」

梅太郎が妙に口惜しそうに言うので、万里子は鋭い声になった。

「その方が八千代のためにもいいのよ」

「ふむ……まあな……」

「何が、まあな、なのよ？」

「いや、その通りや。お前の言う通りや」

「その男は、どんなやつなの？」

「エ？　――美《い》い男やで。ちょいと雷蔵に似てるわ」

「ふン。にやけてるやつねえ、きっと――」

「まあな……」

「毎日、どんなもの食べてんのかしら？　八千代――」

何しろ、一緒になったとき電化製品や洋服の他には一万三千百円しか金をもってなかった八千代だ。思うさま稼ぎ、力一杯遣い果してしまったらしい。

「それがな、シナヱ」

と、さすがに梅太郎も苦笑して、

「こないだ、ちょいと様子見に行ったらナ。電気冷蔵庫の中に何とソーセイジが一本だけ入ってるのや」

「へえ……」

「八千代が言うにはやで。そのソーセイジを毎日少しずつきざんでやな、焼飯つくって男と二人で食べるんだそうや。へ、へ、へ……八千代もおどろいたやっちゃなあ」

「それ、ごらんなさい。そんなの続きっこないわよ」

ざまを見ろ!! と万里子は快哉《かいさい》を叫んだつもりだったが……。

十日たち、半月たち、やがて京都の祇園祭が近づく頃になると、

「このごろ、冷蔵庫には、いろんなものが入ってるでエ。八千代なあ、旅館の奥さんに可愛がられてるそうや。だもんでネ、奥さんが卵やら野菜やら肉やら、八千代に持ってけ持ってけ、言うてくれるそうや」

「まさか、お父さんが運んでるんじゃないでしょうね?」

「睨むなよ、おい——わいは絶対そんなことせん。お前の言いつけ通りにしてるわ」

嘘ではないらしい。

しかし、それから数日して、また梅太郎に会うと、

「八千代がなあ、わいに浴衣一枚買うてくれたんやけど、貰うてもええか?」

また数日して、

「このごろ、この暑いのに、八千代ふとってきたようやぜ。女中に戻ったころは、あ

れだけあった洋服やら道具やらを片っぱしから売りとばしたりしてなあ。あれでも苦労したと見えて、二貫目も痩せたゆうてたけど、今はもう、もとの八千代や。いや以前よりも、ぐっと丈夫そうや。あまり化粧せんからなあ」

また数日して、

「旅館の奥さんがな、八千代があんまり一生懸命働くもんで、すっかりごきげんさんらしいわ。前に一度とび出した八千代やよって、はじめは一寸、警戒してたらしいのが、今は大よろこびでな。わいが昨日顔を出したら、来月から八千代ちゃんに帳場の方も手伝わせ、二千円ほど昇給させる言うてた」

「何よ、お父さん。あんた、よろこんでるの？　何とかして二人を別れさせると私に誓ったのを忘れたのッ」

「わ、忘れへん。忘れへんがな……」

また数日して、

「昨夜、夫婦で、わいのとこへやって来てな。わいの好きな鮨万のすずめ鮨を土産に買うて来てくれたわ。夫婦してお前……」

「夫婦夫婦って、一体、誰のことよッ」

「そら、八千代と虎夫はんのことやないか」

「何ですって……」

「なあ、シナエ。もうお前――なあ、お前もう、この辺で、復讐はあきらめたらどうや」

6

祇園祭の山鉾巡行も、あと六日に迫った。

その日の京の町では、午後から〈ねりもの〉や〈迎え提灯〉などのパレードが市中をねり歩き、夜になると八坂神社から担ぎ出した神輿《みこし》が五基の松明にまもられ四条大橋へ進み、橋下の清流をくみ上げて古式通りの〈神輿洗い〉の儀式が行われるという。

「万里ちゃん。見物に行こやないの」

しきりに、ひろ子がすすめた。万里子は、このごろの憂鬱《ゆううつ》と、大阪の夏の暑さと騒音とで心身ともに滅入ってしまったような自分を持て余していたところなので、

「そうねえ。私もまだ見たことないから……」

京都ホテルに、予約した。

二人は、その日の午後に車をとばして京都へ入った。

改築されてから間もないホテルの部屋は、御池通りに面した五階の、快適な部屋だった。

到着し、バスで汗を流してから、二人がロビイで冷い紅茶を飲んでいると、ひろ子に電話がかかってきた。大阪からである。

「困っちゃった。せっかく来たのやけど……また大阪へ戻らなあかんのや」

ひろ子は戻って来て、眉をしかめた。

馴染客のうちでも、もっとも大切にしている大阪クロスの専務から〔エルム〕の堀井を通じて呼出しがかかってきて、それをまた堀井が「京都へ遊びに行ってます」などとハッキリ返事をしてしまったものだから、どうしても帰らなくてはならないというのだ。

「商売のつらいとこだわ。けど、大事な客やから……」

「いいわよ、私ひとりだって……」

万里子も快く承知した。

京の夏は暑さがひどいので、こっちへ来てから、客と二度ほど来たばかりだが、ホテルの中にいれば涼しいいし、むしろ一人の方がよかった。

このごろでは、梅太郎も万里子のところへは寄りつかない。そのかわり彼は、八千代のアパートへ一日置き位に出かけて行くらしい。

(やっぱり、私なんかよりも、八千代の方が可愛いのだわ)

などと、今まで思ってもみなかった(ひがみ)のようなものも出てきたりして、万里子は落着かなかったところである。良い客がついているので、ずるずると大阪にいるのだが、ここ数日というもの、無性に東京が恋しくなっていた。

(たまには、ひとりっきりで、ぼんやりしているのもいいわ)

ひろ子が、あたふたと帰ったあと、万里子は、町へ出てみた。

御池から木屋町のあたりの道には、夕涼みの人びとがゆるやかに流れ、桔梗色の夕闇がたちこめる中を、種々の幟や万灯や提灯。それに鷺舞いの仮装や、子供武者などが、にぎやかな囃子《はやし》にのって練り歩いている。

祭気分がみなぎる京の町だった。

初めての見物だけに珍らしくもあり、囃子の音が妙に哀しく、くすぐったく、万里子の胸にしみ透ってくる。

(私って、何てバカなんだろ。こんな、センチになっちゃったりして……ああ、東京へ帰ろう帰ろう。全く何のためにこんなとこにいるんだか……)

もう歩くのも面倒になり、万里子は、三条大橋へ出ようとするところから先斗町《ぽんとちょう》の小路へ切れ込み、ホテルへ戻りかけた。

（あ……）

八千代なのである。

お茶屋の紅がら格子がびっしりと並んだ狭い小路には、軒なみの軒灯が夢のように白く浮きたっている。

芸妓や舞妓の盛装が行き交う。

万里子は、ハッと胸を突かれた感じで、茶屋の細い路地へ飛び込み、その前を何も知らずに行きすぎる八千代と三浦虎夫を見送った。

一瞬の間だったが、二人は申し分のない幸福を、寄せ合った肩と肩に、楽しげに笑い合うその声にみなぎらせていたのを、万里子はハッキリと見てとった。

「あれが、相手の男なのか……」

なるほど、雷蔵に似てる。横顔をちょっと見ただけだが、憎らしいとは思わなかった。

八千代が休日か何かで、虎夫と二人で〔神輿洗い〕や祭のパレードを見物に来たのだろう。

そして二人は、どこかのレストランか何かで、あんまり値の張らない夕飯を食べるだろう……。

万里子は青い顔になり、人ごみを縫ってホテルへ駈け出していた。

その夜——万里子は、まんじりともしないで、堤氏のことを想った。

どうしてだかわからない。無性に堤氏の体が、声が恋しかった。

銀座のバア〔ヘルガ〕のバーテンの紹介で、つき合いはじめてから一年になるが、その間、何度位、堤氏と夜を送ったことだろう。

割り切ってはいるが、どの客も金で買う万里子の体に加える愛撫の本質は同じものなのに、堤氏のは全く違っていた。

ものやわらかなくせに、生一本で、まじめな力が、その両腕から、万里子の裸身に、しみじみと伝わってくるのだった。

堤氏の亡くなった細君は、もと洲崎の娼婦だったという。そして、二人も子を生み、堤氏にみとられて、安らかに死んで行ったらしい。

(だから違うんだわ、あのひと……他の男達が私の体を見るのと全く違った眼つきで、やさしく温かく、私を見てくれるもの……)

いつだったか、堤氏が、こんなことを言った。

「万里ちゃんだったら、私は——つまり、もっと若かったら、申込むだろうなあ、結婚を……」

「何言ってるのよ、冗談はやめて——」と、あのときは笑いとばしてしまったものだが……。

（女って、やっぱり、きまった男がいた方が、いいのかな……）

しまいには、淋しくてやりきれなくなってきた。

（チキショウ。八千代のやつ……）

7

いよいよ決まってしまった。

三十六歳の処女を後妻にもらおうなんて、思っても見なかったことだ。

別にもらいたいとも思わんが、仕方がない。

何しろ社長の強引なるすすめなのだから……。

それにまた、断わる理由もあるまい。私はまだ五十なんだし、そうつり合いがとれなくもない。

娘達は「これで何時お嫁に行っても安心だ」と、よろこんでくれているし、それに、もう四、五回デイトしたが、気だてのいい女らしい。

両親に早く死に別れ、A商事のタイピストをしながら弟妹三人を育て上げてきたというのだから女丈夫といえようが、しかしそんなところは見えない。ものやわらかで温和《おとな》しいひとだ。

だが、いざとなってみるとやはり怖い。

(しろうと)さんには全く、つき合いのなかった私だし、むろん、まだあのひとの裸の体を抱いてみてはいないし……。

何しろ私はいけないやつだったので、女はまず、その肉体を通して、すべてを知るという癖がついてしまっている。男女のあのことほど、男女のすべてが、むき出しになって現われることは他にない。何といっても人間の本質は〔賭事〕と〔色事〕のうちに、何も彼も露呈されるものだと、私は考えている。

死んだ妻の肉体は、妻のすべてを物語っていたし、だから結婚した。そしてその期待は裏切られなかった。それだけに(しろうと)さんには、ちょいと怖れを抱いている私なのだ。

しかし、すべてはきまった。

明日は、形だけの結婚式を明治神宮でやる。

今さら恥しい気もするが、もっとも、私は亡妻とも式はあげていない。

両親には勘当されたし、何しろ戦争前の日本では、娼婦上りの女と結婚するなどとわかったら、とても住みにくくてたまったものではなかった。

そうだ。そう言えば、万里ちゃん、どうしたろうかな？

この前、夜更けに電話をかけてきたのは……そうだ、もう一月も前だ。

あのとき「まあ聞いてよ、堤さん――」などと、彼女は妹の結婚について、大いに憤慨をしていたっけな。

「いいじゃないか、放っておけよ」と私は笑って答えてやったが、あの何事も割切り、いさましく目的に向って進む万里子のことだから、妹の心意気が古くさく見えて、バカバカしく感じられて仕方がないのだろう。分る。

昨日も大阪から電話があったと娘が冷やかした。私は宴会で遅くなったのでよくわからないが、どうも万里子らしい。また妹さんの〔古さ〕を嘆く電話だったのだろう。

しかし、何が古く何が新しいというのか……。

私は、現代の、しかも十九かそこいらの娘に、万里子の妹のようなのが存在するとは思いがけないことだった。古い新しいと騒ぐことも、それは饅頭《まんじゅう》のうす皮みたいなもので中身の餡《あん》は昔も今も変らない。人間の本性が百年や二百年で変ろう筈はない。いや、何千年もの昔から、人間の本性というものは、あまり進歩？　してはいないような気もする。

万里子の妹も、相手の男と、きっとうまくやってゆくだろう。何しろ、金持ちの両親に向って「コール・ガールと結婚します」と、堂々やりやアがったという男だ。

万里子はバカだというが、昔の私のことを思い出させてくれたためか、私は、その名前も知らない大阪のぼんぼんと一杯飲みたい気持だ。

万里子とも、もうつき合えまい。

何しろ三十六歳の処女だ。

妻とする以上は、こっちも……こっちもそのつもりにならなけりゃならないものな。

仕事も忙しい。とても浮気の出来るほどのエネルギイは今の私にはないものな。

だから、ちょいとばかり、万里子が恋しくもなるのだ。

彼女、私とすごす夜だけは、本当に素直な気持で燃えられる——とか何とか言ってくれたっけ。

どうも顔の筋肉がゆるんできた。これも年の故かも知れない。年といえばだ。もしもだ。私がもっと若く、そして、万里子が、あれほど娼婦という職業をドライに割切って（彼女の口癖だったたっけ）いる女でなかったら――もう少し、家庭というものに心をそそられるような女だったら、私は思いきって、彼女を強引に女房としてしまったろう。

いや、彼女にその気さえあれば、何も今さら三十六歳の処女に来て頂かなくてもだ。今すぐにでも私は申込むところだ。

しかし、夜をすごし、朝別れて行くときの万里子のサバサバとした、むしろ颯爽として私の出す金を「ありがと!!」と受取って出て行く靴音のドライさは、前夜の、あの、すばらしい彼女とは別人のようだったものなあ。

いや、ほんとに全く――万里子にだけは、私ひとり勝手に、もてていたつもりでいたのかも知れない。

娼婦すみ江の声

1

大阪南の盛り場、宗右衛門町にある〔エルム〕というクラブでバーテンをしている堀井丈治が、ぼくを訪ねて木屋町の宿へあらわれたのは、18号台風が明日にも関西地方を縦断しようという、その前日の夕暮れどきだった。

「昨日はお電話をどうも――先生、このごろ、ちっとも大阪へ来てくれはりまへんなあ」

「もう、君ンとこにも用がないからね」

「よう言わんわ。現金なもんやな。もっとも、三十ちかくも歳が違う奥さんやそうですな。ま、ムリもないけどね」

堀井は、ぼくを見つめてニヤリとした。

ぼくは、シナリオ作家としても、かなり古手の方だ。

むかし、若きころは傾向的な芸術作品？　に没頭したこともあるが、いまは、もっぱらチョンマゲものの脚本でちょうほうがられている。こういう意味から言えば、たしかにベテランと言ってよいだろう。ツボは外さないし仕事も早い。会社の信用も大きいし、収入も十年前からくらべて格段の相違だ。

まあ、若いころは苦労も多かったのだし、五十を越えた現在、安易だが、しかし不安のない生活が送れていることに、ぼくは満足している。

ぼくは五十三歳になった今年の春に、二十四歳の妻をもらった。二度目である。

若い妻は、むきたての、新鮮な水蜜桃のように水気をふくんでいて、その肉体のどんな部分も、すばらしい芳香にみちみちている。しかも処女である。ぼくの故郷からもらった亡妻の、がっしりとした骨太な体とは、くらべものにならない。

亡妻との二十年にわたる結婚生活に、ぼくは、どんなに厖大《ぼうだい》な忍耐を強いられたことか……。

もうよそう。

こんなことは、この話の本すじではあるまい。

ともかく、ぼくは、ここ半年というもの、堀井丈治に女の世話をたのまなくてもよいことになったわけだ。

一人きりの娘の葉子も、ぼくの後輩のシナリオ作家と結婚してうまくやってくれているし、いまはただ、ぼくは甘汁のしたたる水蜜桃を懸命に味わっていればよいのである。

「かなわんな、どうも——もうやめといて下さいよ、先生」

堀井バーテンも閉口したようだ。

明日は超大型台風の中心が突きぬけようというのに、京の町の夕暮れは、まことにしずかだった。

秋のシーズン前の京都は、観光客の姿もほとんどなく、ぼくの宿の近くの京都ホテルの窓々は一面に暗く、灯のともっている部屋といったら両手の指で数えきれようというものだ。

ぼくは堀井を誘い、町へ出た。

「御馳走になるのやったらTがええな」と、堀井が言った。

〔T〕は祇園花見小路にある洋食屋である。

シチューやステーキや蝦《えび》の料理を売りものにしている店だ。

〔T〕は、まだ夕飯どきに少し間もあって、客は、ぼくら二人だけだった。

「君、よかったら、ぼくの宿へ泊って行けよ。どうせ明日は、台風で商売にならんだろう」

「でもね」と、堀井は声をひそめ、

「あの道ばかりは台風に関係ないですわ」

「そうか。何もムリにとは言わんけどね」

「いいえ冗談や。泊めて頂きますわ。そのかわりまた、明け方近くまで、シナリオのネタを根ほり葉ほり訊かれますのやろな」

クラブのバーテンというが、堀井という男は現代のバイタリティを体いっぱいにみなぎらせたやつだ。

年齢は二十八だが、株でも儲けるし、大阪の北浜には品の良い喫茶店を経営し、これを細君にやらせておき、自分は〈エルム〉でカクテルなぞをつくりながら、さまざまな方面へ首を突込み、顔を売っては儲け口を見つけている。

その一つは、彼が、手もちの高級娼婦を客に斡旋することだ。彼が扱う娼婦たちは、一夜二万から三万という女たちばかりで、いずれも、この商売に誇りをもって働いている？　逸品ぞろいなのである。

二年前に〈エルム〉で、友人のプロデューサーから堀井を紹介されたぼくが、関西へ仕事の打合せに来るたび、彼の世話になっていたことは言うまでもない。

前妻は五年前に亡くなっているが、しかし、生きていたころからでも、ぼくの性生活は、今度の妻と結婚するまでの十年間というもの、独身者のそれと同じようなものだった。

ぼくと堀井は〔T〕を出た。

夜になると、風もいくらかさわやかだった。

四条大橋をわたって河原町の雑踏へ泳ぎ入ったときである。

肩を並べて歩いていた堀井がいないのに、ふっと気づき、ぼくは振り返ってみた。

七メートルほど後方で、堀井は一人の男と挨拶をかわしていた。

男は、パナマ帽をま深にかぶり、仕立の良い服をゆったりと着ていて、にこにこと、何かしきりに話す堀井に、いちいちうなずきをあたえているようだ。

(おや……?)

ぼくは、その男の顔を、遠い昔のどこかで、または何年も前に見た夢の中で見たことがあるような気がした。

年齢は三十そこそこだろうか、ふっくらとした感じのよい顔立ちである。

堀井が戻って来た。

男は、ゆっくりとした歩調で大橋の向うへ去った。

「先生」と、堀井バーテンは歩き出しながら、何時《いつ》もに似合わない、しんみりした声で、

「いま、私の話してた人ネ、一寸見て、どう思いました？」

「紳士じゃないか、なかなかの——あの人も、君の客かね？」

「ええ、まあ、そんなとこですわ」

「しかし、何か一寸……ぼくの感じだけかも知れないが、あの人には、何かこう暗い影のようなものがただよってるねえ」

「そうなんですわ、先生!!」

堀井の語調が強くなった。

ぼくは、わざと（前に見たことがあるような……）と思ったことは黙っていた。

すると、堀井が、もうたまりかねたように昂奮して言った。

「こりゃア、書けますぜ、先生——」

「ほう……」

「映画にしたら、こりゃおもろいわ」

「ほう……」

「芸術作品になりますわ、きっと——」

「ほほう……」

「けどネ、書いてもらいたくないんやなあ、ぼくは……」

「ほう。その話ってのは、あの、今の人のことかい？」

「そうですねん」

「話せよ、おい」

「でも……書かないって約束してくれなきゃ、困りますな」

「よし!!　書かないよ。だから話し給え」

ぼくは、近ごろ珍らしく、現代物のオリジナル・シナリオをたのまれていた。急ぎの仕事だった。

その材料に、ぼくは困り抜いていたところだった。

監督も主演者も一級品がそろっての仕事だったし、ぼくは、久しぶりで何とか野心的な現代物のシナリオを書きあげたいと熱望していた。

ことに近ごろのぼくは、職人作家だとか何だとか言われてもいるし、それは事実、ぼく自身としてもみとめざるを得ないところだ。客が入る映画をつくる自信はあるが、ぼくも、ここらで一年に一本位は……芸術づくわけではないが、香りの高いシナリオを、オリジナルでやって行きたい、五十を越えた現在、ぼくのシナリオ作家としての盛名も、いまが頂点で、あとは下り坂にかからねばならぬことは誰よりもぼくが知っている。良い仕事をするのなら今のうちだった。

「よし!! 決して書かないよ」

と、堀井バーテンには受け合いながらも、ぼくは眼を輝かせて堀井の言葉を待った。

こんな場合、堀井の話がつまらなかったためしはなかったからだ。

2

クラブ〔エルム〕のなじみ客で、弘亜毛織大阪支社の販売課長から、堀井バーテンが依頼されたのは、例によって高級娼婦の斡旋についてだった。

「しかしね、君イ。今度はひとつ条件があるんだがね」と、山崎氏は意味ありげな眼ざしを堀井へ投げ、

「君。秘密は守れるね」と言った。

「可笑《おか》しなこと言うんやなあ。山崎さんにも、私という人間、わかってるのと違いまっか?」

「だから——だから頼むんだ」

「いいです。何でも言うて下さい」

堀井は自動車のセールスまでやっていて、この方面では山崎氏の紹介で、ずいぶん儲けさせてもらっている。

どんなことか知らないが、親しい客のためなら決して秘密をもらすような堀井ではない。

「で、どう言うことなんです？」

「それがね、君……」

或人に女を斡旋してもらいたい。しかし条件がある。

それは——その或人が相手の娼婦と会い、その女体に愛撫を行い、終って別れるまで、すべて顔もよくわからぬ闇の中で行ってもらいたいのだという。そして絶対に言葉は交さないこと、というのだった。

「そんなん、つまらんやないですか」

「いいから堀井君。頼むから……」

「いいです。引受けました……」

堀井は、それ以上、詮索《せんさく》することをやめた。

（こら、よほどの大物やな）

娼婦にさえも顔を見られたくないという男だ。

（大臣級やないか……？）

しかし、どんな女性がいいか？　と山崎に訊くと、

「年齢はいくつでもいいんだがね。とにかく、気だてのやさしい女がいいと思うんだ。顔なんか見えやしないんだからどうでもいい。気だてがよくて、肌ざわりがよくてだな、こういう特別な条件を厭がらない女性がいいんだがねえ」

「なるほど……」

とっさに、堀井バーテンの脳裡《のうり》にうかんだのは、山本すみ江のことだった。

顔を見せ合うのは困るから暗闇で、しかも互いに絶対の沈黙を守らなくてはいけない、などという条件では、他の若い娼婦たちは承知をしない。

堀井の扱う娼婦たちは、自分たちの商売を少しも恥じてはいない。

彼女たちは、いずれも何百万という貯金もあり、バスつきのアパートで電化生活をし、将来は女ひとりで生きて行けるだけの準備を充実させるため、闘志満々として男にいどむ連中ばかりである。

「何いってんのよ。そないに顔を見られるのが厭やったら、自分の奥さんだけを抱い

てたらええやないの。男いうのは、すぐに体面を考える。先《ま》ず一番さきに男の体面なんだから……厭や。おことわりや‼」

威勢のよい津村さとみなんかは、きっとそう言って、断然、承知はしないだろう。

堀井丈治とむすんでいる娼婦の中には――。

ストリッパー出身の津村さとみとか、Rデパートの商監部（店内売場に姿は見せない）につとめているBGの山之内かおるとか、東京から来て大阪に居ついてしまったさとみの友人の柳万里子とか……。来日した外国の大使の相手に出しても、おくれはとらない美女たちがいる。

山本すみ江は、その中でも、いちばん地味な女だった。

しかも、今年四十歳にもなる彼女が、他の若いエネルギッシュな仲間たちにも、さして退《ひ》けをとらずに稼いでいられるのは、どういうわけだろうか。

関西クロスの専務や、映画監督のM氏や、新生興行の理事をしているB老など、いずれも年配の客が、しっかりとついている。

「すみ江さん、あらええわ。私も男やったら、私みたいなのと遊ばんで、山本さんと遊ぶナ。ええわ、あのひと、ほんまにええわ」

今や売れっ子の津村さとみでさえ、堀井バーテンに、そんなことを言ったこともある。

（そやろか？）

悪いとは思わないが、津村さとみが絶讃を惜しまないほどの女性とは思えなかった。

（もっとも、女言うもんはベッドを共にせん以上、わからんもんやからな）

むろん、自分が扱う大切な商品には、決して手をつけたりはしない堀井である。ポン引きやヒモとは違うという自負をもっているのだ。

「人間の三大欲望の一つ、その大切な需要に対して、もっとも清潔で充実した商品を供給するのや。わいが扱う女性は立派な職業人としてのプライドをもってるもんな。じめじめした暗い陰気な、この職業にまといついているムードを一掃するのが、わいのやり方や」

ことに売春防止法が施行されてからの堀井の活躍は目ざましかった。

よいことではないにきまっている売春が、どうしても必要な男と女、人間なのである。

「男も女も知らん婆あ議員どもが、とんでもないものを持ち出しよった」

フランスでも、売春防止法施行の巨頭といわれた女議員が、今では率先して、その復活運動をしていると聞く。

売春禁止の弊害については、ここでのべるまでもあるまい。第一、看護婦や保健婦たちが、

「私たちが、せっかく赤線の性病管理をここまでもってきたのに、とんでもないことをしてくれた」と嘆いていることをみても、その弊害の一端がのぞけようというものだ。

「何千年の昔から、娼婦と客がいなくなった時代言うもんは絶対にないんや。女言うもんを肉体的にや、ええか肉体的にしか受け入れられん体にやな、神さまが男言う生きもんをつくり上げてしまった以上、こらもう仕方がないんや。ことにやな、女房がおらん独身男が、女の体にふれんでいてごらん、気狂いになって死んでしまうわ」

などと、堀井は細君相手に一席ぶつこともある。

さて、山本すみ江と〔くらやみの紳士〕のくだりに移ろう。

すみ江の前歴については、堀井もよくは知らない。戦後に、四年ほど、某映画会社で女優をしていたらしい。

もっとも映画好きな堀井や、すみ江の客のひとりである映画監督M氏も全く女優時代の彼女におぼえがないほどだから、彼女の女優としての地位がどんなものだったか

は、およそ察しられる。

「よろしいわ。私、ちっともかまへんわ」

堀井から聞いて、すみ江は、すぐに承知をした。

「何や、ぼくらのプライドを傷つけるような話やで面白うないのんやけど、他ならない山崎さんの頼みやよってね」

「かまへんのよ、そんな――こっちもその方がええわ。おばあちゃんの顔、見られとうないもの」

「何言うてんねん、そんなきれいな肌をしてて」

「ま、いややわ、堀井さんたら――」

肌は、ほんとうにきれいだった。

顔だちも平凡で、中肉中背という、みにくくはないが目立たない山本すみ江なのだが、衣裳の着こなしは、さすがに、もと女優だっただけのことはあると、堀井バーテンは思ってる。

渋い紬《つむぎ》のような和服を着ると、立派な奥さまで通るし、そのくせ、黒と茶の千鳥格子のタイト・スカートに、うすくなめした黒皮のジャケットというモダンな洋装も、しゃっきりと着こなしてみせる。

さすがに年齢は、眼じりのしわや首すじのあたりの、ややたるんだかたちにあらわれてはいるが、一寸見たところ、三十三、四にしか見えない。

「そりゃ若い肌じゃない。けどね……」

この人にだけは、うるさく迫られてすみ江の年齢をうち明けてある映画監督のMが、堀井に言ったものだ。

「けどね、味のある肌なんだよ、君――」

「へえ、どんな味です？」

「一寸言葉には言えんね。とても、いい匂いがする肌なんだ。清潔な、それでいて、なめしてなめしてなめしぬいた精巧な皮細工のような感触なんだがね」

「ははあ、ねえ……」

「若く張り切ってはいないが、少し、たるみかけている味わいもいいんだ」

「ははあ……」

とにかく常連には評判がよい。

女性専門の週刊誌に、すみ江が本名で投書したことがある。

ここで一寸言っておこう。山本すみ江はビジネス・ネームで、彼女の本名は紺屋真佐江というのだ。

で、投書したのは詩だった。これが入選した。

「ほら、ほら、これ、私のよ」

ふだんは無口の方で、しっとりと微笑をたたえているばかりのすみ江なのだが、このときはよほど嬉しかったとみえ、堀井を心斎橋の喫茶店へ誘い出して、その週刊誌を見せたものである。

彼女の双眸は、キラキラと輝いていた。

詩は――ある女が（たぶん、すみ江自身のことなのだろう）公園のベンチにかけて、ひとりぽっちで煙草を吸っていたら、その隣りへ〔秋風〕がやって来て腰をかけた……とかいうようなもので、

「へえ、これが入選だっか。ぼく、何やわからへん」

思わず言ってしまい、堀井は、すみ江の苦笑をまともにくらったことがある。

（けど、そんなところがやね、彼女の、何やええとこなのかも知れんなあ）

堀井は、そんなことも考えて見る。

「私ねえ、堀井さん。将来はね、しゃれたレストランでもはじめたいの。どうせ、この道へ入ったのやし、一生懸命やりますよって、よろしゅうお願いしますわ」

そんなことも言った。身よりもないらしい。

さて――三ヵ月前の、六月中旬の或夜に（くらやみの出会い）が、おこなわれた。

場所は、堀井が経営している喫茶店の二階である。

ここは、そのために堀井が設計したもので、むろんバスもつき、専門家にたのんでスペイン風の装飾がほどこされたベッド・ルームだった。控えの間もあって照明も千変万化だ。

ムードに関する一切の設備は遺憾なくととのえられている。

この部屋で、堀井に紹介された女性と一夜をともにした紳士どもは、二万や三万の金が少しも惜しくないほどの感激をおぼえ、翌日からの仕事に精を出すエネルギイが与えられるというのだから、男というものも、妙な生きものである。

その翌日だった。

一夜の支払いを受けとりに来た山本すみ江に、堀井が訊いた。

「どうでした？」

「ええ人やった。とても親切なの」

「口をききはった？」

「声は出したわ、思わず……」

「え――だって、そりゃ約束が……」

「言葉やない、声やわ、お互いに……」

「へへえ、お互いの声をネ……」

男は自分から、その秘密を堀井にうちあけもした。

男は、別に大臣でも有名人でもなかった。

しかし、堀井は秘密を守っていた。

いたのだが、つい心やすだてに、シナリオ作家の酒井真吾に口をすべらしてしまったのだ。

それほど——誰か一人には話さずにいられないほど、この話は堀井にとって、たまらなく興味ふかいものだったのだろう。

すみ江にしては色っぽすぎる言葉が出たので、堀井バーテンはあきれた。

「また来週の月曜日に、ですって……」

「ふうん……」

以来三ヵ月の間に(くらやみの、無言の愛撫)が、およそ十二回ほどもあったろうか。

今では、堀井も、その男とは口をきき合ってるし、非常に信頼もされている。

3

ぼくは、その紳士の秘密を堀井から聞くことが出来た。

しかし、その人の名前や職業については、

「それだけは、いくら先生でもよう言えまへんなあ」

いくらそそのかしてみても、堀井は頑として応じなかった。

「そうか」

ぼくはニヤリとしてみせた。

「ではだね、その人の名前を、ぼくが当ててみようじゃないか」

「え……？」

堀井バーテンは眼を丸くした。

「知ってるンですか？　あの人を、先生は……」

「知ってるかも、知れない」

「何や、そんなカマかけてもあきまへんで」

「中村周治——違う？」

「そや。その通りや、先生——」

堀井は、びっくりした。

さっき四条大橋で、あの男を見たときに感じたことがハッキリと想い起せたのは、堀井バーテンが、あの男の（秘密）を語ったときだった。

あの男——中村周治氏の秘密というのは、氏が〔禿頭病〕だということなのである。

もう中村氏なぞと呼ばなくてもよかろう。

中村周治は、終戦も間近くなったころ、ぼくが勤務していた横浜のE海軍航空隊にいた水兵だったのだ。

ぼくは応召の下士官であり、中村は電話室で交換手をつとめていた兵員だった。

彼は、ぼくと同じ分隊でもなかったし、口をききあうこともなかったわけだが、それにしても、当時二十一歳の若者だった中村一等水兵の頭髪は、早くも〔禿頭病〕の徴候をあらわしはじめていたのだ。

彼が、ふっくりとした童顔の持主だけに、いや丸刈りの兵隊頭にしているだけに、その頭の頂点からツルツルに禿げかかっているのは、尚更に無惨であり、気の毒だった。

隊内でも中村水兵の頭のことは評判になっていたし、それを酒の肴にして下士官室で騒ぎたてている同僚たちに、

「当人の身にもなってみろよ」とぼくが言ってやったことも何度かある。

ぼくは、懇意にしていた衛生士官の和田中尉に、それとなく訊いてみた。中尉は、

「うむ、あの兵隊ねえ——実は、おれ、診てやったんだけど、ありゃア君、完全な円形脱毛症なんだよ」

「つまり禿頭病なんですか？」

「そう。とにかく、あの病気の原因というのが、どうもハッキリせんのだな。栄養神経障碍《しょうがい》説か、または寄生性触接伝染病説か……どうも判然とせんのだ。とにかく、極度の神経衰弱やヒステリイの後や、軍隊・監獄などの集団生活の中にだね、この病気が発生する例が多い。もちろん例外はあるがね」

「なるほど——あの男の場合、もう癒らんのでしょうかな」

「毛根が無くなっちまっているからな。とにかくだな、残っている毛髪だけでも何とか喰いとめるように、薬を調合してはやったがね」

ときたま、隊内の庭を軍帽を深くかぶって歩む中村周治水兵の姿を、ぼくも見かけたことが何度かある。

行き交う兵員や下士官たちの、にやにや笑いをあびて、うつ向きかげんに急ぎ足で通る彼は、哀れだった。

ことに、浴場へ入るときなど、空いている時間をねらって行くらしいのだが、

「中村一水がですね、頭に手ぬぐいを巻きつけて入っておりましたら、第三分隊の三井兵長がですね、バカヤロ!! 兵隊がハチマキして風呂へ入るやつがあるかと怒鳴りつけましてね、いきなり、その手ぬぐいを引ったくり、パンパーンと往復びんたですわ。いや、さすがに気の毒で見ておられませんでした」

部下の兵長が、こんなことを、ぼくに話したこともあった。

ぼくが〔くらやみの紳士〕について知るところは以上のごときものなのである。

あれから十七年たった現在、中村周治は三十八歳になってる筈だった。

その彼が妻も迎えず、暗闇の中でという条件つきで娼婦を買っているという、その心理は、容易にうなずけることだ。

「とにかく、もうツルツルなんですわ」

堀井バーテンも眉をひそめ、

「それに、あの人は、一寸可愛らしい、坂本九チャンをもっと美《い》い男にしたような顔つきやよって……だからことさらにネ……」

「童顔だからね。さっき四条で見たとき、十七年ぶりだったけど、せいぜい三十そこそこにしか、ぼくには見えなかったもの」

「そや、そやから気の毒なんですわ」

「君イ。こうなったら何も彼も話し給え。中村君は、いま何をしてるんだね？」

「ええ、しやないな。よろし、先生だけにならよろしまっしゃろ。そのかわりネタにしたらあきまへんで」

「彼のことを書いたりするもんかね」

「あの人ネ、W光学いう会社ネ、カメラで有名な――」

「うん、うん」

「その会社の社長の弟さんですわ。いま、副社長でネ、大阪支社へ、この正月から来てるんですわ」

「そうかね」

　わずかな資本金から出発したW光学が、その優秀な性能と、絶えず新鮮なアイデアによる新製品を生み出し、カメラ界に盛名をはせていることは、よく知られている。

　中村君が、そうした会社の副社長をしていて、しかも〔円形脱毛症〕にとりつかれたその劣等感から、そんな思いまでして男の性欲をみたさなくてはならないのかと思

うと、

（少し、意気地ないな）

ぼくも一度はそう考えた。しかし、ぼくが彼の年代で、この十七年間を彼と同じような苦悩と共にすごしたのだったら、どうだろうか。

金にも困らないのだろうから、おそらく近代医学の種々な面から治療をこころみたのだろうが、それでも尚、ついに一本の毛髪も再生しなかったというのは、彼の脱毛症もよほど特殊なものかも知れない。

男のくせに意気地がないとも言えるかわり、男なら無理もないとも言えるのだ。ぼく位の年代になれば彼の頭も奇異には感じられまい。

中村君は対女性関係において、その過去に言うに言われぬ苦い哀しい経験をいくつも積み重ねてきているに違いなかった。娼婦でさえも彼の頭には冷笑をあたえたのであろう。

〔くらやみの愛撫〕を願う中村君の胸のうちは察するに余りあるというものだった。

山本すみ江という娼婦にしても、中村君のことを、六十に近い老人だと思っているらしい。

それは、互いに裸身をかき抱いて、種々多様な姿態をとりつつ事《こと》を行うのだから、中村君の頭が、彼女の手にふれることもあるわけなのだった。

互いに声は発しても言葉は出さぬという約束は、現在も厳として守られているそうである。

「言葉を出すと、どうしても年齢がわかってしまうし、それに、互いの身の上にもふれんならん言いますのや、中村さんはネ、先生。前に何度も何度も、厭な経験があるらしい言うてますぜ、山崎さんが……」

弘亜毛織の山崎氏は、中村君の中学の同窓で、ごく親しい友達なのだという。

だからこそ、山崎氏は堀井バーテンを見込んで、すべてをたのんだのであろう。

それにしても、男というものは……。

「哀しいもんだなあ。いや中村君ばかりじゃない。どうして男ってものは、女の——女の肉体を抱かないと生きていられないのだろうねえ、君イ」

堀井はプッと吹き出した。

「先生。そういう映画、つくって見せて下さいよ」

だが、彼はすぐに生まじめな表情になって、じいっと天井を仰ぎ見るや、

「けど、中村さんという人も、気の毒や。人ごとには思えまへんなあ……」

なぜか、しみじみと嘆息して言うのである。

ともかく現在では、中村君も山本すみ江のもてなしに、すっかり満足しているらしい。一夜三万円を支払う他に堀井へも小遣いをくれるし、近ごろでは自分専属の女性にしてもらえないか。それにはそれ相応のものをすみ江にも堀井にも支払うから……などと言い出しているそうだ。

堀井との話は、翌日の夕方までつづいた。

18号台風は、まっすぐに大阪・京都を襲った。大阪にくらべては物の数ではなかったが、京都も一時は風圧が凄まじく、ぼくの宿も、東山の上からまともに襲いかかった突風で、雨戸もガラス戸もこわれ、その突風が天井から屋根へ突きぬけるというさわぎもあった。

その夜――台風が去ってから、近くの小料理屋からとりよせた魚料理で、堀井とビールを多量にのんだのがいけなかったらしく、ぼくは珍らしくひどい下痢を起し、宿で寝たまま動けなくなってしまった。

異常に蒸し暑い日がつづいた。

九月も末だというのに、この暑さは全国的なものらしかった。

妻が心配して東京から飛んで来た。

ぼくは床にねたまま、プロデューサーや監督と打ち合せをした。今度の時代物に主演する俳優も見舞いに来てくれた。

このことを何処で聞いたのか、

「先生。あのまま、ここに居やはったんですか」

堀井バーテンが、メロンの籠を抱え、宿へあらわれたのは、いくらか新秋の爽涼さが夜気にただようようになった九月二十九日の夜だった。

「先生。いや、どうもえらいことになりましたぜ」

「何がさ？」

「例の、あの中村さんのことですがな」

「へえ。何かあったの？」

ぼくは、思わず床の上へ起き上った。堀井は、ぼくの傍にいる妻を見て、一寸ためらった。

ぼくは、妻に、河原町の書店への用をたのんだ。

4

その事件があったのは……。

18号台風の後始末もどうにかついた九月二十四日の午後のことだった。

まだ〔エルム〕の開店時間には間もあったので、堀井バーテンは、ちょいと北浜の店へ出かけてみようと思い、西長堀のマンモス・アパートをぶらりと出た。彼はその日、宿酔で今までアパートに寝ていたのだ。

マンモス・アパートに住む堀井夫婦にはまだ子供もいない。細君の光子が朝九時にアパートを出て、北浜の店へ通うのだった。

北浜の喫茶店は〔ピープル〕という名前で、場所がら客すじもよく、瀟洒《しょうしゃ》な店である。使用人たちはみな通勤だが堀井の腹心の泉という青年が店に泊り込んでいる。

そして娼婦たちと客のための部屋へは別の入口から入れるようになっていて、喫茶店の方の閉店時間は午後七時ということになっていた。そのかわり朝は八時に開店する。あたりがオフィス街だけに、それで充分だった。

アパートの前の通りへ出て、車をつかまえようとしている堀井に、

「堀井さん、堀井さん……」と、声がかかった。

振向くと、アパートの前に車をとめた中村氏が手を振っているのだ。

「やあ、これはこれは……」

駈け寄って行くと、中村氏は、

「近くまで来たのでね、もしかしたら、君がいると思って……」と言う。

堀井をアパートに訪ねるようになったほど、二人の間には親密なものが流れていた。

よほど堀井バーテンは中村氏につくしているのだろうし、信頼も深いらしい。

「ま、とにかく上って下さい」

「いいの？」

「別に用事があるわけやないのンです」

堀井の部屋は、その巨大なアパートの十階にあった。バスつき四間の部屋である。

部屋へ入ると、中村氏は、ホッとしたようにソフトをとった。

明るいリビング・キッチンの中である。

中村氏の頭の光沢は、今日も異様に見事だった。

「奥さんにあげてくれ給え」

中村氏は、中之島の〔タカミヤ〕のフルーツの籠を出し、ケースをひらいて、ウェスト・ミンスターをぬきとって火をつけた。

「ねえ、君。この間の話なんだが……」

「あ、すみ江さんをあなたの専属にいう話ですか？」

「そう。笑わないでくれ給え。どうもね、ぼくも、すっかり参っちまったもんで……他の男に、あのひとを……」

「そうでっか。え、わかってます、わかってます」

「まだ話してみてくれなかった？」

「はあ……」

「たのむよ、君」

「え、よろしい。けど、専属になってからも、まだ暗闇でのうては、いけまへんのですか？」

「うむ……」

「けど、いっそ、そうなるのやったら、お互いにハッキリと顔も体も見せ合うて、口をきき合うてですな、もっとお互いに、よく、深くですな、知り合うたらええ思いますのやけどなあ」

「そりゃそうなんだ。でもね、ぼくは、もう、この頭を女性に見せるのは、つくづく、こりてるんだよ。君のおかげで、せっかく、ここまでうまく行ってるんだものね。もしも、そんなことをして、嫌われでもしたら……」

光る頭と、ふくよかな童顔をうつ向けて中村氏は溜息をついた。

（そんなことはおまへん。もう体と体で充分に愛情を感じ合うてるのやったら、大丈夫だす。女いうもんは、あんたの頭を笑うような女ばかりやおまへん。他にも、同じような例がありますわ。すみ江さんやったら大丈夫だす!!）

口まで出かかったのを押えて、堀井は、

「わかりました。さっそく今日にも話してみますわ」

こう言って立上った。

「どこへ行くの？」

「へえ、一寸。すぐもどります」

あいにく酒を切らせていたのである。

堀井は、同じアパートに住む作家の部屋へ出かけた。そこにはいつもスコッチのいいのがおいてある。

「先生。ちょいと一びん借りて行きまっせ」

ウィスキーを借りて、部屋へ戻った堀井バーテンは、リビング・キッチンの中央に棒みたいに突立ち、まっ青な顔をして天井を睨んでいる中村氏を発見した。

「中村さん。どうしやはったんです？」

「君……君イ……」

中村氏の唇も両手も、いや両脚さえも、わなわなと震えているではないか。

「中村はん……」

「君!! いま、君に電話があった。紺屋真佐江という人からだ」

「へえ……」

山本すみ江の本名が紺屋真佐江だということは、もちろん中村氏は知らない。

「君は、紺屋さんという人を知ってるの?」

せきこんだ、しかも緊迫にみちた声なのである。

「はあ……知ってますけど」

堀井も生つばを呑んだ。

「ぼ、ぼくも知ってるんだ、紺屋さんを……」

知ってる筈だ。その体のどんな部分でさえも……。しかし、それにしてもだ。

(電話で、すみ江さんの本名がバレたのかな?)

そうでもないらしい。

「君!! 紺屋さんはどこにいるんだね。どこにいて何をしてるんだね」

「ま――まあ落着いて下さい。とにかく椅子へかけて――ゆっくりと聞かして下さいよ」

中村周治氏は昂奮に耐えかねつつ、すべてを語った。

紺屋真佐江すなわち山本すみ江は、中村氏の初恋の女なのだという。

しかも、互いに互いの声を言葉を交したのみで恋し合っていたのだという。

それは、十七年前のことだ。

中村氏が、いや中村水兵が横浜のE航空隊の電話交換室の勤務についていたときに、二人は知り合ったのだ。

紺屋真佐江は、そのころ横須賀鎮守府の交換手だったのである。

夜更けから夜明けまでの当直は暇なものである。

各部隊の交換室にいる兵員たちと、鎮守府の女交換手が、このときに声を通じて仲よくなり、外出のときにうち合せて会ってみて、幻滅を感じてしまうのもあり、恋愛関係となるものもあり、中には見事、終戦後に再会して結婚したものもある。

中村周治と紺屋真佐江も、その中の一組だった。

二人とも詩を読むのが好きで、ことに田中冬二の純日本的な詩情にみちていて、しかもバタの香りのする詩が好きなことでは一致していた。

「暇？　――こっちもそうよ。フンフン――まあ、上等水兵に進級なさったの。おめでとう、でもないかナ。だってね、さっき、おたくの司令が、うちの運輸参謀に、こんなこと言ってたわ。油をくれって言うの。ええ……」

「あ、さっきの通話か……飛行機の油、足りないんだねえ」

「そうなのねえ。そしたらね、うちの参謀ったら、もうそっちへまわす油は一滴もないって答えてたわ、二人で大喧嘩してるの。もうダメだわ、こんなことじゃ……」

「駄目かね、沖縄も……」

「駄目。こっちの飛行機が全然近寄れないらしいわよ」

鎮守府の交換手は全部、女だ。

そして通話を盗み聞くのは交換手の特権である。

交換手という仕事は、どうしても、その声の調子を一本調子のキメの荒いものにしてしまうものだが、紺屋真佐江の声は、どんなに忙しいときでも、やわらかく落ちついていて、しかもやさしかった。彼女の年齢が二つ上だということも中村は知った。

「お目にかかりたいわ。こんなにたくさん話し合っているのに、どうして会って下さらないの。私、横浜まで行くわ」

しかし、頭のことを知られるのがつらかった。

でも、思いきって外出の日をうち合せ、会おうとしたことが二度あった。軍帽を決してとらないつもりの中村周治だった。

だが、二度とも駄目になった。二度とも空襲警戒警報が出て、外出どめになってしまったからだ。

たまりかねて、彼女の方から航空隊へ面会に来たことが一度ある。折悪しく公用で、中村は追浜《おっぱま》の航空隊へ出かけていて会えなかった。

「ヒドイわ、ほんとに……」

真佐江は電話線の中から嘆いた。

間もなく、中村は山陰の基地へ転勤を命ぜられた。

ちょうどお互いに当直がぶつからず、中村は山陰基地へ出発した。

(会わない方がいいんだ。会ったらアイソをつかされるにきまってるものな……)

そして終戦。復員した中村周治が、彼女の行方について全く知るところがなかったのは言うをまたない。

かくて十七年……ということになる。

その日――真佐江が、いやすみ江が堀井バーテンに電話をかけてよこしたのは、前夜の客についての今後のうち合せがあったからである。

堀井が、ウィスキーを借りに出た直後のことだった。

「あの、堀井さん、いやはりますでしょうか？」

「いま、一寸出てますが、すぐ戻ります。おまち下さい」

こう答えながら、中村周治の脳裡に、その女の声が、まざまざと十七年前の鎮守府の交換室から流れてきた彼女の声を思い起させた。お待ち下さいと言って電話器をおいてから、中村は、おずおずと再び電話器を手にとった。

「あの……あの、あなたは、どちらさまでしょうか？」

「紺屋ですけど……」

凝然となった。やはりそうだったのだ。

と——彼女の声が変った。

「モシ、モシ。あの、あなたのお名前は、何とおっしゃいましょうか？」

「え……？」

「モシ、モシ。私、紺屋真佐江ですけど、もしか、あなたは中村周治さんじゃございませんか？」

「…………」

「モシ、モシ——モシ、モシ……」

ガチャリと、力なく中村は電話器をかけた。

そこへ、堀井バーテンが戻って来たのだった。

5

「それで——それから、どうなったんだい？」

ぼくは、もうすっかり話にひきこまれて、堀井に催促をした。

「それがネ、先生——」

堀井はゴクリとつばをのみこんで、

「彼と彼女はやね、今日のいまごろ、いよいよ明るい光のもとにおいて、ハッキリと顔を見せ合うて、名乗りをあげ合うて、会うている筈ですわ」

「ほほう……」

中村君も決意をかためたらしい。

もちろんその前に、堀井バーテンが山本すみ江すなわち紺屋真佐江に、中村君のすべてをうちあけたのだ。

「会います。私、会います!!」

すみ江は、歓喜に顔貌を輝かせて決然と答えたという。

そのことを堀井から聞いて、中村君も決心したらしいのだ。

「で、どこで会うことになってるの？」と、ぼくは訊いた。

「新大阪ホテルのロビイですわ」

「なるほど……」

くらやみの中で何度も互いの裸身をたしかめ合った二人だが、白日のもと、互いの顔はわからないのだった。

二人は、それぞれの手に、田中冬二の詩集を持って相会うのだという。

「フーム。いいなあ……」

ぼくは猛然たる創作慾に駆られた。

それも、中村君の過去を知っていたからかも知れない。

ぼくの脳裡には、シナリオのための、いくつかのシークエンスが浮び上ってきて消えることがなかった。

腹痛も下痢も忘れた。

今度の、現代物のオリジナル・シナリオには絶対の素材だった。

監督の持ち出したテーマにもピタリとはまるし、主演の男優のパースナリティにもピタリだ。

「先生。この話をネタにしたらあきまへんで」

堀井バーテンは、妙に真剣な眼つきをして、ぼくに言った。

「しないよ!!」

ぼくもハッキリと答えた。

この話をシナリオにしたいのは山々だが、とうてい、ぼくには書けよう筈がなかった。

「今頃、二人は何を話しているかねえ」

「そうですなあ……」

「うまくいくといいが……」

「ぼく、あの二人は、きっと結婚すると思いますねん」

「そうかな」

「そうですとも!!」

堀井は決然と言った。

その夕方――ぼくは下痢もとまり、いくらか食慾も出て来たので、大阪へ帰るという堀井バーテンを誘って、花見小路の〔T〕へ出かけた。

ぼくは、コンソメ・スープにチキンのグラタンをこしらえてもらい、堀井はステーキを食べた。

〔T〕を出ると、さすがに夜の風はさわやかに冷たかった。
大阪へ帰る堀井バーテンを、ぼくは四条の駅へ見送った。

堀井丈治は改札口を入ってから、ぼくに振向いて、こう言った。

「先生。ぼくの親父も禿頭病やったんですわ」

娼婦の揺り椅子

1

井上亮吉の眼ざまし時計は、午後三時に鳴る。

亮吉が眠るのは朝の六時だから、彼の一日は夕暮れ近くになって始まるというわけだ。まだ独身である。三十八歳にもなっているのだが……。

起きると、亮吉は、パジャマのまま、すぐにタオルをつかみ、アパートを出て近くの銭湯へ出かけて行く。

（来てやがるな……）

番台へ入浴料を置き、亮吉は流し場に只ひとりかがみこんでいる男に視線を投げ、

（また、やってやがる）

苦笑と一緒に軽い舌打ちをもらした。

あけたばかりの銭湯には、まだ亮吉と、その男の二人だけだった。

目黒区の一角にあるこのあたりの町は、繁華な商店街と下町風の職人の家と、サラリーマンの住宅と、近ごろ流行の小アパートとが雑然と入りまじっているのだが、口あけ早々の銭湯へやって来る人びとの顔ぶれは、何処の町の銭湯でもそうであるように、大てい決まっていた。

その中でも、亮吉とその男が一番早い。

そして亮吉よりも、その男の方が毎日早い。

もっとも、その男は、この銭湯のまん前に住んでいる。幅三間ほどの道路を横切ればいいのだから早い筈だ。

男は——その青年は、見たところ二十三、四というところだろうか。

人気力士の柏戸をもっとニヤけさせ、体重を三分の一ほどに減らしたようなのが彼である。痩せているくせに胸毛だけは凄い。そのくせ、太股や脚はつるつるしているのだ。

(またやってやがる)と、亮吉が苦笑するのも毎日のことなので、青年は、まず流し場へ入ると、石鹸の泡をたてて、自分が使うカランをゴシゴシと洗い、その上の石鹸置きになっているタイル台をも、石鹸で洗うのである。

よほどの潔癖と見える。

そればかりではない。亮吉も呆れて、同じ〔おでん〕の屋台をひいている仲間の杉山老人に話したことがある。

「その野郎ときたらね、杉山さん。銭湯へ入って来るのに、着物をぬぐ、あの籠ね、脱衣籠ってのかナ。そいつまで自前のを持って来やがるんだ」

「へへえ。おどろいた畜生だな、亮さん」

「そんなに銭湯が汚なけりゃア、手前ンところで湯をたてればいいと思うんだがね」

「全くだ、違えねえネ」

「ぼくも、昔、銭湯の籠を汚ながって、籠の中に新聞紙をひろげてだネ、その中に着物をぬいでた爺さんを見たことはあるが、籠を自前で持って来るやつを見たのは初めてだよ」

「ふうん、なるほどねえ……」

「ちょいと美い《い》男だけどね」

「何をしてやがるんだい？　その汚ながり屋は？」

「銭湯の前で喫茶店をやってるんだ」

「へえ、大したもんじゃねえか、若いのによ」

彼が、喫茶店〔揺り椅子〕の主人であることは後にのべることにして、もう少し、井上亮吉と共に、彼の入浴ぶりを観察することにしたい。

彼は、自分の肉体を三度も洗うのである。

しかも石鹸を塗り替えては流し、流しては塗りまくり、入念丹精をきわめて洗い流すのである。

そんなにも毎日、彼の体には洗い落さなくてはならぬようなものがくっつくのであろうか……。

いくら若い脂肪が豊富でも、こんなに極端に脂をこすり落してしまっては、寒い季節などには、(風邪をひいちまやしないかナ)と、井上亮吉も首をかしげるほどだ。

頭髪も毎日洗う。これがまた大変だ。

オイル・シャンプーを二袋も使い、洗って洗って洗いぬく。その後ポマードで固く固く塗りかためる。

「一体、あいつは、どの位、湯に入っているんだい?」

亮吉は一度、番台の女の子に訊いたことがある。

「この間はかってみたら一時間二十分いたわよ」

銭湯の女の子も深甚なる興味をよせているらしい。

こういうわけだから、後から来た亮吉が体を洗い終えて脱衣場へ上って来ても、彼はまだ、やっと二度目の石鹼塗りたくりにかかっているところなのだ。

「あのねえ、上って来てからが、また凄いのよ」

番台の女の子が言うので、一度、時間を見計らって出かけ、亮吉は、その現場を目撃したことがあった。

なるほど凄い。

パンツをつけると、彼は湯上りの顔に三種類のクリームをぬりたくり、それからオーデコロンをたっぷりと両掌《りょうて》にとって、これを全身に塗りまくるのである。

女の子が、彼に言ったそうだ。

「ずいぶん、おしゃれなんですねえ」

彼はニコリともせず、むしろ、じろりと女の子を見て、

「だって、男のたしなみでしょ」と、こう答えたそうだ。

こう書いてくると、彼がいかにも女性的な本能を持った男のように思われるが、そうではない。

動作もテキパキしているし、濃い髭《ひげ》を入念に剃《そ》りあげたあとなどは、その剃りあとの青さが鮮やかで、番台の女の子なども、

「あの人の髭剃ったあとの顔、好きヨ」などと臆面もなく口走ったりする。

だから、銭湯に働く三人の女の子が口を揃えて、こんなことを言うのだ。

「あんなに毎日、オーデコロンがしみたあの人に抱きしめられる女性って、どんなひとなんでしょうねえ」

「ふうん、そういうもんかねえ」

「そういうもんですよだ」

「俺なんかダメかい？」

「ダメ。もう頭の毛が薄くなってるもん」

「バカ。まだ四十前だぜ。しかも独身だぜ。どうだい？　一度、熱海へ行かないか？」

「イヤ。屋台のおでん屋さんなんか……」

なるほど、まだ四十には二年もあるというのに屋台をひいて暮しているような男ではなあ、と亮吉も考えてみる。そうかと言って別に口惜しくもないし、落胆もしてはいない。

売春防止法が施行されるまでは、〔ポン引き〕と俗によばれる仕事をしている連中のうちでも、かなり幅がきいた井上亮吉である。

おでんの屋台をひいている現在でも、女には不自由をしていない。

それはともかくだ。番台の女の子が言った〔オーデコロンのしみついた彼の腕に抱きしめられる女性〕が、九《いちじく》ひろ子だとは思いもかけなかったことだ。

2

九と書いて〔いちじく〕と読ませる苗字も珍らしい。むろん、ひろ子の本姓である。

しかし、井上亮吉が彼女を知ったころ、ひろ子は〔津村かおる〕という芸名で、浅草のM座の踊り子だったのである。

七年ほど前のことだ。

そのころの亮吉は〔ポン引き〕としても脂の乗ったところで、おもに浅草と上野周辺を舞台に馴じみの上客もかなりあって、収入もよかった。

そのころの金で、一日二、三千円も稼ぐことはザラにあったのである。

娼婦を客に世話をするこの職業については〔ポン引き〕という用語を耳にしただけでも顔をしかめる人びとがいようというものだ。

むろん上等な職業ではなく、一般社会というものから顔をそむけ足を踏み外したものがとりつく〔孤島〕であるとも言えよう。

けれども、それぞれに〔道〕のおもしろさはあるもので、亮吉も、ふとしたことから、この道へ迷いこんでみると、筆舌にはつくしがたい興趣も生甲斐もわいてきた。

亮吉の性に合っていたと言うべきだろう。

「お前さんならやれるよ。いいポン引きになれるわな」

こう言って手ほどきしてくれたのは、当時、浅草一帯に腰をおろし、何人もの上客をつかまえていることで有名だった木下伝治郎という老ポン引きだった。

知り合ったのは浅草千束町の飲み屋だった。

ときに、井上亮吉は二十九歳である。

亮吉は東京M大学の国文科を出ていた。

学徒出陣で中支へ行き、終戦の翌年に復員した。

帰ってみると母親は病死してしまっていた。

父親は昔から放蕩者で、亮吉が出征するころには、浅草馬道の大きな酒屋だった店も財産も、つぶれかかっていたほどだった。

父親は、湯河原へ疎開していた。

浅草の芸者で三十も年が違う若い女と一緒に暮し、温泉場の検番で事務員をやっていたのである。

「なあんだ、帰って来たのか……」

復員した息子の顔を見たときに放った第一声がこれだ。

「いけなかったかい」と亮吉。

「いいにもいけねえにも。お前を食わせるだけの自信がねえよ、今のあたしには……」

「何も父さんに食わして貰おうたあ言わないさ。は、は、は」

「それなら安心した。ところで、これから何をやるつもりだ？」

「そうだなあ」

「まず闇屋が順当だろうぜ。あたしも体がきけば、どんどんやってやるんだが……」
二、三年は闇屋で何とかやってみたが、文庫本の〔万葉集〕だの〔ヴェルレーヌ詩集〕だのをポケットにつっこみながら闇屋商売をしているような亮吉に、あの、盲人の足を搔《か》っ払《ぱら》うような世渡りは、とうてい出来ようわけがなかった。
戦災にも焼け残った下町の一角――浅草清島町の或る寺院の一間を借りて暮しているうちに、井上亮吉は浅草の興行界の人びとと親しくなり、コメディとストリップを併演していたM座の文芸部の一員となったのである。

面長《おもなが》の、全く邪気というものがない顔に太縁の眼鏡をかけた亮吉の親しみやすい風貌と、金にも女にも、決してあくどい真似が出来ない下町っ子らしい善良さは、浅草に群れ集る誰にも愛された。

この当時の亮吉は、まだ九ひろ子を知らなかった。

ひろ子は、亮吉がM座をやめた後で入座したのである。

M座をやめたのは、座主の持ちものだった踊り子を、それと知らずに愛してしまったからだ。だからと言って追い出されたのではない。まあ、いろいろと、こんなトラブルにつきものの事件があったものと思えばよいだろう。

やめたところへ、老ポン引きの木下伝治郎が誘ってくれたのだ。

「やってごらんなはいよ。あんたなら、うってつけだよ。私がすっかり教えてあげらアね」

「フム。そうかねえ……」

などと合づちをうっているうちに、伝さんはテキパキと亮吉を（この道）へ引っぱり込んでしまったのだ。

やって見ると、たちまちに気に入った。

まず第一に、娼婦とポン引きというコンビが生み出す、いわゆる日蔭者同士がいたわり合う人情の世界が気に入った。

（これこそボードレエルの世界だ!!）

などと、亮吉は眼を輝やかせたものだ。

そのくせ、伝治郎先生が教えてくれた（この道）の道徳《モラル》のきびしさも、亮吉の胸をうった。

「女との、金の貸し借りは、きちんとしなくちゃアいけねえよ」

または、

「自分が扱う女に指一本もさしたら、商売人の恥だぜ」とか、そのためには、どういう性質の女と結び、どういうように女を教育したらよいのか、そのコツを、伝さんは嚙んでふくめるようにコーチしてくれた。

「なあ、亮さんよ」

と、伝さんは亮吉と飲み屋で酒をくみながら大いに気炎をあげたものである。

「亮さんよウ――この商売のことをねえ、世間じゃア、ポン引きなんていやがる。もっといけねえ言葉でスケコマシなんてのもある。そうじゃアねえ、私やお前さんがやるのは源氏屋てえ名称が、ちゃんと昔からついてる。いいかね」

つまり正統派のポン引きというわけだ。

質のよい娼婦を、いかにも質のよい女性として客にさし向ける技術の持主になれというわけなのである。

もちろん、そこは遊びである。

洋裁の内職をして子供が一人ある未亡人というふれこみでもよい。または、ここのところでどうしてもまとまった金がほしいから初めて客をとるレヴューの踊り子だと言ってもよい。

（ふん。うまいことを言ってやがる）

こう思いながらも、ポン引きの（いや、源氏屋のかな……）たくみな舌先三寸と、その人柄のよさに引きこまれ、何となく、客がその気になってしまうところに、この商売の妙味があるのだった。

いわゆる（ヒモ）なぞという連中は、伝さんに言わせると蝿かダニなのだそうで、「あいつらが、われわれの沽券《こけん》（ねうち）を傷つけやアがるのだ」と、いうことになる。

第一級のポン引きになるためには、やはり良質の娼婦を手持ちにすることが第一条件である。

源氏屋の扱う女は、赤線のそれとも違うし、コール・ガールとも違う。それとは全く別種の気質と環境が彼女たちを支配しているのだ。

そのことを書けば、また一篇の小説が出来るであろうが、この物語には別の話になるから、先へ進もう。

とにかく井上亮吉を数年の間、この商売に踏み止まらせた理由と言えば、前にのべた伝さんの「ポン引きのモラル」のよさの他に、男にも女にも、遊びの世界の中で虚飾や見得や体裁をかなぐりすてた裸の人間と接することが出来るというたのしさであったと言えよう。

亮吉がやめたあとのM座のストリップで大評判をとっていた九ひろ子を知ったのも、その頃だった。

M座の連中とのつきあいもあったし、ひろ子がよく行く喫茶店で語り合ったこともある。

ひろ子のストリップは——、彼女がレッスンを受けた浜村奈津子というストリッパー直伝のもので、懐中電灯を小道具にして絶妙のストリップを展開するのだ。

「肺病で死んだ奈津ちゃんのも凄かったが、かおるちゃん（ひろ子の芸名）のも、体が若いだけにすばらしいねえ、まさしく芸術だよな、彼女のエロチシズムには卑俗な感じがちっともないからね」

などと、三十を越えてもまだこんなことを言っていた亮吉だった。

そのうちに、ひろ子は浅草のS組でも羽振りのいい遊び人だった大柴という中年男に引っかかり、体も金も搾りつくされ、ついに、たまりかねて大阪へ逃げてしまった。

その少し前に、亮吉は千束町の「牡丹《ぼたん》」という小料理屋で、ひろ子から相談を受けたことがある。

「大柴から逃げようっていうんなら、もう浅草に——いや、東京にいない方がいいよ。かおるちゃんだけの技術がありゃア、どこへ行ったたって恥かしくねえギャラはとれると思うよ」

「そうかしら」

「そうだとも」

「私ねえ、亮さん。大阪へ行って見ようと思うんだけど……」

「賛成だね。で、お金はあるの？」

「それがもう、みんな大柴に——だって見てよ、亮さん、あたしの体——こ、こんなに痩せこけちゃったじゃない」

「ほんとになあ……」

涙ぐんでいるひろ子に、亮吉はポンと二万円をやった。

「いいの？　ほんとに借りていいの？」

「いいさ。もってけよ」

景気もよかったのだ。

当時でも、亮吉の扱う女は一夜で五千六千というクラスで、客のなかには有名人も何人かいた。

こうして、九ひろ子は逃げた。

「てめえが、いっちょう噛んでるのじゃアねえか」

じろりと白い眼で、亮吉は大柴に睨まれたこともある。

それから何年たったろう？　……五年だ。

五年ぶりで見た九ひろ子が、喫茶店〈揺り椅子〉のマスターの彼女だとは全く思ってもみなかったわけだ。

その日も、例によって、彼が他の客が使用する量の五倍はたっぷりと使う上り湯を何杯も浴びては石鹸を塗り、塗っては浴びるというありさまを、亮吉は浴槽の中からぼんやりと見つめていた。

九月に入ったばかりだが、それにしても今年の夏は暑い。亮吉は蒸し風呂へ入ったつもりで、顔いっぱいに汗をかき、湯につかっていた。客はもう一人いた。亮吉のアパートの近くの自転車屋の隠居で、これも毎日、異常な彼の入浴ぶりを観察しているうちのひとりである。

隠居が体を洗いつつ、浴槽につかっている亮吉へ、石鹼の泡の中でせわしく手足を動かしている彼を顎でしゃくって見せてから、ニヤリと笑ったときである。

ガラリと男湯の扉が開いて、女が入って来た。

番台にいた女の子が何か言いかけた。おそらく「ここは男湯ですよ」とでも言いかけたのだろう。

それより早く、その女は、よく透る明るい声で、流し場へ声をかけた。

「豊チャン。いるのオ?」

と、泡だらけの彼が立ち上った。

「やあ。来たんですか?」

「急にね」と女は笑って、

「鍵どこオ?」

「ぼくの籠の、ズボンのポケット」

「わかったわ」

女は、つかつかと脱衣場へ上って来て、ピンク色の合成樹脂で出来た籠の中へ手をつっこんだ。

みんな、息をのんで見守っていた。

亮吉は、そのときすでに、その女が、九ひろ子だと知って、浴槽のフチへ顔の半分をしずめながら凝視していた。

(凄い女になっちゃったもんだなあ……)

亮吉は、感嘆していた。もちろん「やあ、かおるちゃんじゃないか」などという野暮な声をかけたりはしない。五年前に渡した二万円のことも頭に浮んではこなかった。

ひろ子は、すばらしい女になっていた。

もともと均整のとれた肉体だったのだが、それに女盛りの程よい脂肪がふっくりとのって、淡むらさきのドレスがぴったりと包んだ彼女の生身のそれは、顔や腕の肌の生き生きとした小麦色の輝きを見ても、およそどんなものかが知れようと言うものだった。

「あったわ」と、ひろ子は叫んだ。

「あった？　そう。ぼく、すぐ行きますヨ」

「早くね」

身をひるがえし、ひろ子は消えた。

〔揺り椅子〕のマスターは、今日だけはせかせかと体を洗い終え、脱衣場へ上って行った。

亮吉も自転車屋の隠居も、茫然と彼を見送った。

彼は、いつもより入念にオーデコロンを、体中にくまなくすりこんだようである。

3

その夜——おでんの屋台を引いて商売に出かける亮吉が喫茶店〔揺り椅子〕の前を通ると〔本日は休ませていただきます〕という札が下っていて、店の灯は消えていた。

だが、二階の窓には淡いオレンジ色の灯がともっていた。

ちょっと言っておくが、この店は開店して、まだ一ヵ月そこそこというところだ。

したがって、口あけの銭湯へ彼が現われてから一ヵ月、ということにもなる。

（ひろ子がねえ……）

昼間見た彼女の風貌や服装は、ちょいと映画スターなみの高級さだった。

(何をしているのかな？　まだストリップをやっているのかしら？)

それにしても東京ではないにきまっている。

何時《いつ》も店を出す目黒の盛り場へついてからも、亮吉は何となく落着かなかった。

一町ほど先に店をはる仲間の杉山老人が遅れてやって来て、声をかけた。

「亮さん。何をぼんやりしてるんだい？」

「やあ……今晩は」

「せっかく死んだお父つぁんの屋台を継いで、まともな商売するようになったんだから、少し位、景気がわるくても、ヘンな気を起すんじゃねえよ」

何を勘違いしたのか、杉山老人は、そんなことを言う。

売春が禁止されてからは前の商売も危なくなり、二、三度警察にあげられたのち、そのころは、すっかりおでん屋台の商売へ腰を落ちつけてしまっていた父親が死んだので、思いきって亮吉は転向したのである。

それから丸一年たつが、何とか食べて行けた。

「いやあ、何でもないんですよ、杉山さん」

「もうじき、稼ぎどきが来らアね」

おでんは寒いときの方がいいにきまっている。

その翌日の夜だった。

亮吉は〔揺り椅子〕が店を開けているのを知って、屋台を銭湯の裏手へあずけ、ふらりと喫茶店の扉を押した。

客は、ひとりもいなかった。

彼が――いやマスターが、アイロンのきいた白シャツに黒の蝶ネクタイをきちんとつけ、ひとりぽつねんとカウンターの向う側に頬杖をついていたが、亮吉を見ると、微笑の無言で一礼した。「いらっしゃい」の一言《ひとこと》位はあってもよさそうなものだが、微笑の一片だにマスターの顔には浮ばなかった。

室内は、青く沈んだ照明で、落着いてはいるが、この辺の客の好みには向きそうもない。だが店内はチリ一つ止めてはいない清潔さだった。

「何に？」と、マスターが訊いた。

「オレンジ・スカッシュくんないか」と亮吉。

「ございません」とマスター。

「じゃ、何があんの？」と亮吉。

「コーヒーと紅茶と、レモン・スカッシュとアイスクリームとウィスキーです」

一気に、マスターは言った。

「レモン・スカッシュがあって、オレンジ・スカッシュがないのかね？」

「ございません」

「ふうん……」

「何にいたしますか？」

「それじゃ、レモン・スカッシュでいいよ」

レモン・スカッシュをつくるのに、マスターは十五分もかかった。自分の体を洗うのと同じように入念だ。いや入念すぎる。亮吉は煙草を二本も吸った。

レモン・スカッシュを運んで来たとき、マスターは、亮吉が卓の上へこぼした煙草の灰を神経質にナプキンで払い、じろりと亮吉を睨んで去った。

（この野郎、何のために、こんな？　商売をしてやがるんだろ？）

亮吉も一寸あきれた。

（客が来ねえ筈だよ、これではナ……）

それにしても、このマスターと――いや（豊チャン）と九ひろ子の関係は一体どういう性質のものなのか……。

（むろん、只の仲じゃないけどな……）

マスターは、カウンターの向うから、無表情にこっちを見つめている。レモン・スカッシュを飲む亮吉を観察している。銭湯での立場が逆になったわけである。

それとなく、ひろ子とのことについて匂いだけでもかぎ出してみようかなと、思って入ったのだが、もう面倒くさくなり、亮吉は勘定をすますと、そこそこに〔揺り椅子〕を出た。

翌日に、例のごとく銭湯でマスターに遇《あ》った。

ところが、亮吉を見ても挨拶をするどころか、ニコリともしないのだ。すましこんで石鹸を塗りまくっている。

昨夜は彼の暇な店へ客として出かけているのだ。今日《こんにち》はの一つ位言ってもよさそうなものである。

（こいつ、おもろい野郎だナ）

前に、あの商売をしているだけに、こうなると怒るどころか、俄然、興味がわいてくる亮吉なのである。

その夜も、出がけに〔揺り椅子〕へ寄った。

またしてもレモン・スカッシュだ。マスターは黙ってテレビをかけてくれた。冷房はない。扇風機である。

黙ってニヤニヤとスカッシュを飲み、亮吉は出て来た。

翌日も行った。その次の日も行った。

「どうして、この店にはだネ、レモンがあってオレンジがないのかね？」と、亮吉が訊いた。

「嫌いなんです」と、豊チャンがのたもうた。

「誰がさ？」

「あたくしがです」

「なあるほど……」

亮吉も完全にのまれた。自分が嫌いだから客にも出さないという喫茶店が、この世の中にあるだろうか。いや、ここにあるのだ。

やがて、大相撲秋場所が始まった。

相撲が好きな亮吉は、銭湯の帰りに商店街の食堂のテレビで食事しながら見物するのが毎場所の例となっていたのだが、今度は食事をすますと、すぐに戻って〈揺り椅子〉の扉をあけることにした。

初めは「相撲かけとくれよ」と言うと顔をしかめたマスターも、三日目四日目となるうちに、もう亮吉が扉をあけると、テレビがかかっているようになったのである。

その何日目だったか、入ったとたんに、

「いらっしゃいまし」

こう、マスターに声をかけられ、亮吉は飛び上った。

(こいつ、はじめて、ぼくを客として扱ったぞ)

次の日には、またも驚ろくべきことが起った。

「いらっしゃいまし。只今、若秩父《わかちちぶ》という人が負けましてねえ、カンタンに――レモン・スカッシュ？　ハイ、かしこまりました」

しかし、その翌日、銭湯で遇うと、やはり沈黙のまま亮吉を無視しているのだった。

公私の生活をキチンと清潔？　に分けたいというモラルが彼を支配しているのだろうか……。

台風十八号が関西地方を荒れまわった夜にも亮吉は出かけた。休業の札が出ていた。

二階の窓に、オレンジ色の灯がともっていた。

(ひろ子、来てるのかナ)

翌日も休業である。二階の窓にはオレンジの灯だ。

三日おいて、また出かけた。

「いらっしゃいまし」

テレビのダイヤルをいそいそとまわしながら、マスターが言った。

「お見えになりませんでしたね」

「うん、一寸、用事があってね」と答えてから、亮吉は思い切って訊いてみた。

「いつ来ても、客は、ぼく一人だねえ」

「はあ……」

マスターの顔貌が硬張《こわば》った。そして、ちょいと首をうなだれ、生まじめな声で低く言った。

「資本を出して下さる方には、申しわけないんですけど……」

その資本家は女性だろ？　と突込んでみたくてうずうずしたが、亮吉は、やっとこらえた。

「わたくしは、この商売に向かないんですけど……儲からなくてもいいからと……」

「資本家がおっしゃるのかね？」

「はあ……でも――でも私、懸命に努力はしておりますんですが……」

それっきり、マスターはぷつんと口をとじてしまった。

以来、銭湯では相変らず亮吉を無視している彼なのである。

(それにしても、ひろ子のやつ、大分金を持っているらしいなあ)

だが、彼女が〔揺り椅子〕の資本家だとは決っていない。むしろそうではない公算が大きいな、と亮吉は思い直した。この春に新築されたばかりの貸店舗に、あれだけの店を出すというのは大変なことである。しかし、八百屋とか乾物屋ならともかく、喫茶店としては不利な場所なのだ。

一杯八十円もとるレモン・スカッシュを毎日余計に飲むのもバカらしいので、亮吉は、しばらくの間、食堂のテレビで観戦することにした。

毎日、暑い日がつづいた。まるで気狂い陽気だ。

銭湯では、毎日、彼と遇った。互いに一言も口をきかないのである。

相撲が千秋楽の日になった。

銭湯で遇ったとき、たまりかねたように、体を洗っていた彼が声をかけてきたのだ。

「このごろ、お見えになりませんね」

「そうねえ……」

亮吉は、まじまじと彼を見つめた。

マスターは眼をそらし、さびしそうに体を洗いはじめた。

(不思議な男もいるもんだなあ)

亮吉は考え込んでしまった。

客がほとんど来ない店を経営することに悩みながら、よく毎日、あれだけ石鹸を、クリームを、ポマードを、オーデコロンを惜しみなく濫用《らんよう》するものだ。そして強情もいいところだと言いたい彼自身のモラルを、頑として曲げずに、オレンジ・スカッシュをメニューに加えようともしないマスターなのである。

この若者のタイプがもつ複雑さが、どうしても亮吉にはのみこめなかった。しかもである。亮吉は、商店街でサンドイッチマンをしている顔見知りの老人に、こんなことも聞いた。

見かけは柔弱な彼が、駅前の飲み屋が並ぶ小路で地廻りの与太者に喧嘩を売られたとき、

「そりゃア凄えもんでしたよ。何しろあんた、相手は四人だ。それも、みんな腕や背中に刺青《いれずみ》入りの威勢のいいのばかりを、パンパーンとネ、目にもとまらぬ早業《はやわざ》だものね。アッパカットてえやつ。見せてえ位でしたよ。あの喫茶店のマスター、あれア只者じゃアありませんぜ」と、老サンドイッチマンは亮吉に語ったのである。

彼岸に入ったというのに少しも涼気はなかった。

そんな或日のことだった。

亮吉は、近頃ねんごろになっているT町の小料理屋の女と一日を遊び、二子玉川のホテルで一夜をすごし、昼下りのころに、自分が住む町へ帰って来た。

私鉄の駅を降りて、商店街へかかろうというときに、亮吉は、自分の前を颯爽《さっそう》と歩いて行く女に気づき、

(ひろ子だ!!)

グレイの渋いドレスだったが、臀部《でんぶ》が背中へはりついているような見事な肉体である。

亮吉は近寄り、指で彼女の肩を突いた。

「あらア!!」

やはり、ひろ子だった。

ひろ子は、陽ざかりの街路に、モミジアオイの花片のように匂いたっていた。

「亮、亮さんじゃない。あなた、老《ふ》けたわねえ」

「ひでえ挨拶だなあ、五年ぶりだってのにさ」

見交した二人の眼と眼は、それだけでもう理解し合っていた。

つまり、五年前の二人の友情と少しも変ってはいないということだった。

「あれから何度も手紙出したんだけど、みんな返って来ちゃったのよ」

「君が大阪へ行ってから、すぐにアパートを変えちゃったもんだからね」

「だって、引越した先位は……」

「手紙も来ないしね、あのころのぼくにはさ」

「だって、お借りしたお金のこと、私、もう気になって気になって――よかったわア、でも遇えてさ」

「もう前に、いや、つい一と月ほど前に、ぼくは君に遇ってるんだぜ」

「あら……？　ほんと？　ちょっと本当なの？　亮さん……」

「うん」

「あら厭だ、どこでよ？　どこでなのよ」

「しかし君、すごく美人になったなあ。浅草のころは、まだ脂が薄くて体つきも硬かったけど、今はすごいなあ、見事だよ」

「何言ってんのよ、こんなところで厭やないの」

「まだ大阪なのかい？」

「ええ――けど、どこで見やはったん？　私のこと」

「揺り椅子の前の銭湯でさ」

「あら……」

「君が、彼氏のズボンから鍵をとって行ったときさ」

「あら……」

「揺り椅子のマスターは、君の何なのさ？　言いなよ——え、言ったっていいじゃないか、水くさいな」

「ウフン……」

ひろ子は、亮吉の腕をとって、商店街アーケイドの下へ歩みつつ、こう言った。

「あの子、私の囲い者やわ」

4

亮吉とひろ子は商店街から引返し、駅前から車をひろって浅草へ行った。

「いいのかい、豊ちゃんにさ……」

「かまへんわ。今日来ること言うてないもん」

「もっとも、ぼくと一緒に歩いてるとこなんか、彼に見られたら大変だものな」

「何言うてんの。彼は、私の囲い者や言うてるやないの」

「ひろちゃんは、関西弁になっちゃったねえ」

「もう五年になるものねえ」

車の中で、ぼくは、まじまじとひろ子の横顔に見入った。

おだやかな微笑をたたえ、アメリカ煙草をしずかにくゆらしている彼女のすべてに、女の精気がゆったりとみなぎっていた。

小麦色の肌は輝き、双眸はうるんでいる。

グラマーでもなく、どちらかと言えば小柄な彼女の、どの部分にも（女の香気）がゆたかにただよっていた。

「ひろちゃんは、現在、何をしているの？」

「まあ、ゆっくり話すわ」

午後の浅草の街は蒸暑い熱気に包まれていた。

ひろ子にも、亮吉にも久しぶりの浅草だったが、街を歩いていても知り合いの人ひとり、見出すことは出来なかった。

「浅草も変ったのね」

「いや、ぼくらが変ったのさ」

「つまらないわ」

「上野へでも行ってみようか」

「そうねえ……」

亮吉と話しているうちに、ひろ子は東京弁に戻ってきたようだ。

車で上野へ行った。

池の端仲通りに古くからある蕎麦や〔R庵〕へ入った。

二階の小座敷で、二人は、柚子《ゆず》味噌や山葵《わさび》をそえた蒲鉾などでビールをのんだ。

そして亮吉は、あれからのひろ子の生活をつぶさに聞くことが出来た。

九ひろ子は大阪で娼婦になっていたのだ。

「亮さん、まだ前の仕事してる？」

「やめたよ。例の法律が出来てから、三度ほどブチこまれたんで、厭気がさしちゃってね」

「そう。ふーむ……」

ひろ子は指を頬に当てて何か考えているようだ。

「でも、君がこの道へ入っていようとは思わなかったな。立派に踊ってると思ってたけど……」

「でも、この仕事にも、前に舞台へ出たことが役に立ってるわ」

「なるほど……」

「私たち、大阪で自主的にやってるの。搾取《さくしゅ》が絶対ないから、みんな張り切って働いてるのやけど……どう、亮さん、一度大阪へ来ない？」

「ぼくがかい？」

「ええ。そりゃ私にもお客との間にたつ人がいるわよ。宗右衛門町《そえもんちょう》のクラブでバーテンしてる堀井いう人だけど、亮さんが来てくれはるんなら、協同してやらない？　女の子もいい子がいるし、もっと組織的によ」

「なるほど……」

「堀井君も言ってるのよ。東京にも手をのばしたら、もっといい仕事がとれるって――亮さんが来てくれはるんなら、東京の……」

「ポン引きの東京駐在員か」

「よして。そんな言い方は――ポン引きなんて厭な言葉やないの」

ひろ子は、亮吉をたしなめた。

なるほど、彼女は娼婦ではあるけれども、一夜二万から三万という金をとり、稼ぎの大きいときは一ヵ月で四十万も収入があるらしい。むろん税金ぬきの四十万である。

彼女の客すじが、およそどんな男たちかは、想像がつこうというものだ。

売春という悪徳めいた語句も、これだけの経済力が売る方にも買う方にもついていると消しとんでしまうかのようだった。

環境の高さが、悪徳を悪徳にしなくなってしまうことは、社会のさまざまな事例・事態にも言えることだろう。

むろん、これだけの収入を得るからには、ひろ子もそれだけの元をかけている。

良い客を迎える前には、全身美容・ヘヤー・セットなどもふくめた美容費を一度に五千円もかけるという。

肉体のおとろえを防ぐための美容体操を、二間つづきの、バスもついている高級アパートの一室で、毎朝欠かしたことがないそうだ。

「私たちの仲間でも、良い仕事するひとは、やはり前に舞台か映画に出てたひとが多いわね」

「なるほど——それゃ、ひとつの演技だからねえ、この道もさ」

「そうなのよ。で、亮さん、今、何してらっしゃるの？」

「屋台のおでんやさ」

「あら、まあ——いやだ、ほんと」

「君に嘘なんかつくかい」

「でも、それ、ちょいと……」

「ま、ビールをお飲みよ」

「ハイ。でもさ、亮さん……」

「それより、豊ちゃんのことをもっと聞かせろよ」

亮吉は、今までの〔揺り椅子〕のマスターと自分のいきさつを、ひろ子に語って聞かせた。

ひろ子は、腹を抱えて笑い出した。

「笑ってばかりいたんじゃ、わからないじゃないか」

「可笑しいでしょ、あのひと……」

「まあ、一寸変っていらアねえ」

「ものすごい潔癖やさんなの」

「しかし……」

亮吉は言いかけて口をつぐんだ。

彼のようなケッペキヤが、娼婦であるひろ子をよくも抱けるものだと思ったから

だ。亮吉の胸に浮んだそれを、ひろ子は、すぐに察したと見え、

「あのひとは、私のことを、神戸の貿易商の未亡人だと信じているわよ」

「へへえ」

「あのひとねえ、Dホテルのボーイさんだったのよ」

「なるほど」

「Dホテルは私の常宿なの」

「なるほど。東京へもどって来たのかね」

「月に一度はね、銀座へ息ぬきによ。それで豊ちゃんを知ったわけ。あのひとのお父さん陸軍中将だったのよ」

「ふうん」

「両親とも今はいないの。ひとりぼっち。二十四よ。あのひとのお母さんがとてもケッペキヤさんだったんですって、そのお母さんに育てられたもんで、ああなっちゃったのね」

「刺身に熱湯をかけて食う口だね」

「まあね。フ、フ、フ……」

「ところでさ、資本家としてはだね——あの店は、君、とても、あのままじゃダメだ

よ」

「知ってるわ」

「当人も、あの商売には向かないと知ってるらしいぜ」

「らしいわね。でも、初めはやってみたがってたのよ」

「ふうん」

「だからやらせたの。揺り椅子って名前も私がつけたのよ。いい名前じゃない？」

「まあね……」

「囲っているひとに喫茶店やらせて、毎日、体にオーデコロンを塗らせて、そして、たまに私が東京へ来て……」

「君が旦那というわけだな」

「いけない？」

「いいや。ひろちゃんの気持、わかるような気がするよ」

「そう……」

そのとき、ふっとひろ子の顔に、さびしそうな影がよぎった。

「それゃお金にはなるけど、ふだんの私は、毎日毎晩、男性のためのサーヴィスに全力をつくしているんですものね」

ひろ子は、コップのビールを一気に飲みほし、

「その反動なのね、きっと……」と言った。

亮吉は蕎麦を注文した。

ひろ子は〔かけそば〕だった。

暑い季節にも、熱い〔かけそば〕が好きなひろ子の好みを、そのとき亮吉は思い出したのである。

「それでねえ、亮さん。いま困っちゃってるのよ」

「何が……？」

「彼もねえ、お店もうまくいかないし、やめようと言うの」

「賛成だね。あれじゃアとても君……」

「私はやめたくないのやけどネ。あの揺り椅子いう喫茶店、好きやもの。月に二度位、あそこへ行くと、気が落着くのよ」

「旦那だものね、君は――旦那が妾宅の揺り椅子へ腰をかけて、その、つまり、囲いものにサーヴィスされるんだものな」

「けど、維持費も安くないしねえ。ま、もう、この道楽はこの位にしとくつもりなんやけど……」

「彼と別れるつもりかね？」

「そらそうよ。当り前やない」

「当り前……だな、そりゃ」

「もちろん手切れのお金、うんと張り込むつもりやけどネ」

「なるほど」

「それがねえ。彼は絶対別れない言うの。結婚してくれ言うのよ。どんなことしても働くから、家庭を持ってくれ言うのよ。これには困ったわ。結婚してくれないなら、私を殺す言うのよ」

「貿易商の未亡人の財産を狙ってやがるのかな？」

「そうでもないらしい。かなり真剣なのよ」

「どうするつもり？」

「そりゃ、どっちみち逃げちゃうけど……でもねえ、ちょいと未練があるのやわ、私にも——あのひとが一人でアパート暮しでもしてくれるのやったら、もう少し囲いものにしときたいんやけど……」

「そんなに、いいのかい？　あの男……」

「まあネ。私が、よう教育してあげたよってネ」

ひろ子は、にんまりと笑ってみせた。

そこへ蕎麦がきた。

外は、もう夕暮れだった。

〔R庵〕を出て、翌日また、この店で会う約束をし、車で目黒へ戻った。

駅前で、ひろ子と別れた。

ひろ子は五年前に亮吉から借りた二万円のことはおくびにも出さなかった。

夜になって、もう商売は休み、亮吉は映画を見に街へ出かけた。

〔揺り椅子〕の前を通ると、二階の窓に、今夜は淡いむらさきの灯がともっていた。

5

喫茶店〔揺り椅子〕は閉店した。

銭湯から彼の姿も、消えた。

「お客がちっとも入らなかったようですもんねえ」

番台の女の子がそう言った。

「私たちもサ、二、三度行ったけど、あのひと、愛想も何もなくて、何か陰気な感じだったわ」

　別の女の子がそう言った。

　彼は何処へ行ってしまったのだろう。

（どこかの銭湯で、また念入りに体を洗っているのかナ。あのピンク色の脱衣籠を持って……）

　亮吉は、彼のいない口あけの銭湯で、ぼんやりと体を洗いながら何故か、ふっとさびしい気がした。

（ぼくは、あいつが嫌いじゃなかったらしいな）

〔揺り椅子〕の店舗は、すぐに借手がついたらしく、たちまちに改装が始まっていた。

　やはり喫茶店にするらしい。

　亮吉と五年ぶりに遇ったその夜のことだ。

　ひろ子が彼に別れ話をもちかけると、

「どうしてもですか」

「ええ、そうよ、豊ちゃん。私も、もう東京へ来られなくなったの」

「ぼくが神戸へ行きます」

「そりゃ、いけないわ」

「ぼくは、あなたの財産をどうしようなんて気はありません、絶対です。ぼくは、もう――もう、こうなっては、どうしても、あなたと別れることなんて、出来、出来るもンですか!!」

こう叫ぶと、いきなり彼が、抱きしめていた裸身のひろ子の乳房へ、ガッと歯をたてたのだと言う。

「痛かったわ。ひどいことされちゃって……」

翌日、ひろ子は〔R庵〕で亮吉と会ったとき、顔をしかめてみせたものだ。

「医者へ行った？」

「ええ。もう少し深かったら大変やったそうよ」

「よほど、君のことを、彼は……」

「ウフン――まあね……」

とにかくその夜は大変だった。

いつもは、ひろ子の思いのままに行う愛撫にこたえる豊ちゃんなのだが、その夜は猛り狂ったように、ひろ子の肉体をさいなみ、ひろ子を狂喜させたり、当惑させたりしたのだという。

「しめ殺そうとするのよ、おどろいたわ」

「ほんとかね？」

「ほんとか嘘か――とにかく相当な力やったわ。そのときは、さすがの私も、ぎょっとしてしまってネ」

「だけど、そんなにされて、また未練が出たんじゃないのかね？」

「ウフン、まあねえ……」

「言うねえ、君も……」

「でもネ。私も、この道へ入ったからにはサ。やはり先のことを考えるわよ。亮さんだから言うけど、あと二年も働けば千万円になるの、財産が……」

「フム。財産ねえ……」

「働けるだけはやるつもりだけど、私、みじめには終らないつもりだわ。女ひとり、ゆっくりと好きなことをして、揺り椅子にゆられて、おだやかに死んで行きたいもんねえ」

「なるほど……」

「豊ちゃんもいいけど、こうなると、もう面倒やわ。面倒なこと、私、大きらいや」

「それで、一体、どうするんだね」

「思い切って言うわよ」

娼婦だということを打明けるというのだ。

そんなことは、別に、ひろ子にとって苦痛ではない。ただ旦那? が囲いものに言うべきことではないし、それでは気分がこわれる。ひろ子は、貿易商の未亡人としての演技と演出をたのしんでいただけなのだ。

その夜も〔揺り椅子〕は淡むらさきの灯をともしていた。

翌日——。また亮吉とひろ子は〔R庵〕で会った。

「言ったのかね? ——で、どうした?」

「じいっと、穴のあくほど私の顔を見つめてるの。さもさも汚なそうにね。フ、フ、フ……」と、事もなげに、ひろ子は明るく笑ってから、

「でも気味が悪くなって、よほど亮さんのアパートへ逃げようかと思ったんやけど……」

「それから?」

「それから、黙ったまま、出て行っちゃったわ、豊ちゃん——」

「ふん、それで?」

「まだ帰って来ないの」

以来、もう半月もたつのだが、彼は帰って来ないのだ。

身のまわりのものの一片をも持たずに出て行ったのだから、ひろ子も気にして、彼の所持品と、ひろ子からの謝礼？　を亮吉が預かっている。

貸店舗の家主に訊けば、わかるようになっているのだが、一向に彼は現われないのだった。

（ありゃ、奇人だよ）

亮吉もあきれている。

ひろ子の依頼で、三度も新聞に尋ね人として出してみたが駄目だった。

亮吉も困って、大阪のひろ子に手紙を出した。

その返事が、昨日来たばかりだ。

ひろ子の手紙には、こう書いてあった。


見つからないものは仕方がありません。私もあきらめます。

でも、何だか可哀想みたいやけど……。

それはともかく、一度、大阪へ遊びに来て下さい。列車のキップを同封しておきます。私も昼間は時間があるし、亮さんをおもてなし出来ます。

おもてなし出来ることが嬉しく、今から、たのしみにしております。

では待っています。必ず来て下さい。いま私は、亮さんをどんなにしてもてなそうか、それぱかりたのしく考えているのです。

ひろ子

井上亮吉さま

亮吉から借りた二万円のことは一言も言わないひろ子だったが、ちゃんと知っていたようだ。

今更《いまさら》、二万円を亮吉に返すよりも、ひろ子は亮吉を大阪へまねいて、大散財をするつもりらしいと、亮吉にもわかる。

それは、いかにも、ひろ子らしいやり方だった。

列車の切符は、特急（こだま）の一等指定席だった。

五日後の切符である。

亮吉は行くつもりでいる。

しかし、いくら、ひろ子が誘っても、もう二度と前の商売に戻る気はない。

この二年来の、おでん屋台を引張って歩く地味な暮し方が、いつの間にか亮吉の身

について しまったらしい。

〔ポン引き〕という仕事への情熱は、まだ消えてはいないのだが、そこへ戻ることは、何となく後めたい感じがするのだ。

ということは、いわゆる（堅気）の暮しの安全さが、ささやかな陽だまりにぬくもっていられる安全さが、四十という年齢を目の前に迎えた現在の井上亮吉には大切なものとなったのに違いない。

銭湯を出ると、湯上りの体のほてりが、冷やかな微風に吸い込まれて行くようだった。

遅まきながら、やっと秋が来たのだ。

五日後の日曜日に、亮吉は大阪へ発った。

その日、東京は雨だった。

古びた茶色のツイードの上衣を――その上衣が、まるで自分の皮膚ででもあるかのように、すっきりと着こなした亮吉が、レイン・コートを肩にひっかけ、昨夜、渋谷で買ってきた軽い革製の旅行鞄ひとつを提《さ》げ、旧〔揺り椅子〕の前を通りかかると、その店は、早くも新装成って、開店していた。〔ロカンボ〕という名の電気看板が、どぎつい色彩で軒にかかっていた。

若さではちきれそうな娘がガラス扉の向うに微笑んでいるのが見え、学生風の客を四人も迎え入れるところだった。

店内からのテレビの声が、大阪での日本シリーズ第一戦を中継している、その音響が雨の通りへハッキリと流れてきていた。

それに誘い込まれるように、また若い男の客が二人、入って行った。

(大阪は晴れてるらしいな)

亮吉は、いそいそと足を早めた。

東京育ちの亮吉は、日本国内で、東京以外には、熱海と湯河原しか知らない。

娼婦たみ子の一年

1

大阪の東清水町のアパートに住む松永たみ子へ「チチキトク」の電報がきたのは、去年の大晦日の朝だった。

たみ子は、すぐに、堀井丈治へ電話をかけた。

「いまさら行くことはないと思うのやけど……」

「けど、実の子は——いや身寄りゆうたらあんたひとりなんやろ？」

「そら、そうやけど……」

「あんたのお父さんは、東京でアパートを経営してるそうやないか」

「はあ……」

「そやったら、たみ子さん。お父さんが死んだらやね、そのアパート、あんたのもんになるのと違うか？」

「そやなあ……」

「そやあやないがな。どんな厭な父親でも、こんな条件が附随してるときにはやねえ、そら死水とらなああかんわ。とらな損やね、あんたの――」

「けど、私はネ、何もお父さんの遺産をどうのと……」

「そら、そら、そら。それがあかん。東京生れはそれがあかんのや。二十八にもなって、あんたがそんなきれいな口きいたとこで、誰もほめてはくれまへんで」

松永たみ子が、宗右衛門町のクラブ〔エルム〕のバーテンをやっている堀井丈治の世話で娼婦になってから、もう四年になる。

表向きは、バーテン稼業だが、堀井丈治という男が、どんなバイタリティをもった男か、それは知るものが知っている。

西長堀の高級アパートに住む堀井は、細君に喫茶店をやらせているし、株もやる、自動車のセールスもやる。

高級娼婦を客に斡旋することも、彼の重要なビジネスの一つだった。

松永たみ子は、堀井が扱う一夜二万から三万という娼婦たちの中でも比較的に下のクラスで、まず一夜一万円といったところだ。

堀井は、女たちの価格の上前をはねるというのではなく、別に客から斡旋料をとるのである。いかに彼の手もちの女たちが逸品ぞろいか知れよう。〔売春〕という語感は、暗い、じめじめした、陰湿なものをふくんでいるのだが、堀井バーテンが動かす女たちのように価額が大きければ大きいほど、世にいう男女の〔悪徳〕も明るさとたくましさを兼ねそなえてしまうことになる。

女たちは、それぞれに将来への希望の実現へ向い、胸を張って働いているのだ。たとえば、松永たみ子は、こんなことを言う。

「私はねえ、堀井さん。お金がたまったら東京へ帰って、郊外の住宅地の駅のそばで、小さな喫茶店と本屋さんをやりたい思うてるの。そしてねえ、たまに浮気して、好きな小説読んで、のんびり暮したい思うてるの」

「ふーん。何や、あんた夢みたいなこと考えてるなあ。うまくいくやろか……？」

と、堀井丈治は苦笑するのだが、まんざら実現性はないとも言えないのだ。

二年ほど前に、たみ子は堀井のすすめで株をやった。店頭銘柄専門のやり方でかなり冒険だったが、彼女は堀井の見通しをあっさりと信じ、「損してもええわ」と、もっている金を全部投げ込み、大儲けをした。

そのとき儲けたもので、たみ子は京都と大阪の郊外の土地を合せて三百坪ほど買い込んだものだ。いまは、三倍から五倍に地価がはね上っている。

以来、たみ子は株に手を出さない。

「危い橋わたるのは一度でたくさんよ」というわけだった。こういうところに反《かえ》って

たみ子の、まだ金に対するリアルな意志の欠如があると、堀井は見ている。

たみ子は東京・下谷の生れである。

母親は、幼ないたみ子を連れ子にして再婚した。だから、たみ子には二人の父親がいる。松永という姓は養父のものだ。その養父は戦争で亡くなり、今は母も亡くなってしまった。

そしていま、実父の大下寛造が、死にかけているというわけなのだ。

二年前の夏のことである。

たみ子は、久しぶりに叔父の山中に出会った。

山中は亡母の弟で、ミシン会社につとめてい、そのとき、大阪へ出張して来たもので、道頓堀の盛り場で、ばったりと出会い、しばらく喫茶店へ入って話し合った。

叔父には、自動車のセールスをしていると言っておいた。

実父の所在が知れたのは、このときである。

「君のお父さんの経営しているアパートへ、私ンとこの社員が新婚で入ってね。それを訪ねたとき、アパートの入口で……」

「お父さんに会うたの？」

「うん。おどろいたよ。ずいぶん老けてねえ」

そう聞いても、たみ子には実感がわかなかった。何しろ二十何年も会っていない実父なのだ。

実父の寛造は、ひどい酒飲みの上に、神楽坂の芸妓を家へひき入れたりしたので、たまりかねた母が、三つになるたみ子を抱いて家を出たと聞いている。

「しかし、大したもんだよ。あの人が、とにかくアパートをひとつもっているというんだからねえ」

「叔父さん、ちょいちょい会うてますの？」

「ときどき会社へ訪ねて来て、お茶ぐらい飲むこともある」

「厭だわ、そんな……」

「まあね、あのころは、姉さんや君に、ずいぶん泣きを見せたもんだが……しかし、もう歳月がたってるものなあ、向うから来れば、そうそう、君……」

「厭。私、興味ないわ、お父さんなんかに……」

そのときは、それですんだが、間もなく、突然に、父親の寛造が、たみ子のアパートへ訪ねて来たのである。

寛造は、でっぷりと肥っていた。坊主頭にして眼鏡をかけ、白のシャツ・ズボン・靴にパナマ帽とステッキを手にして、なかなか立派だった。

部屋の入口で向い合ったまま、しばらくは睨み合うようにして、父娘は見つめ合ったものだ。

ややあって、寛造が、

「たみ子も、一度、結婚したのだってね」

「はあ。あなたと同じようなお酒飲みで、女を引きいれて、……そんな男でした」

「ふーん……」

「私も、亡くなったお母さんゆずりで、そんなことがまん出来ない性質ですわ」

「ふーん……」

寛造はうなり、そして「東京育ちの女は、あきらめが早くて、気が短いからな」と言った。

たみ子はプリプリして、

「御用がなければ、お帰り下さい」

「ふーん……」

「帰って下さいったら……」

「よし、よし。帰るよ」

寛造はにやにや笑って少しもさからわず、名刺を出して地図を書き入れ、

「どうも、私ア、近いうちに死ぬような気がするんだ。そのときには上京して後始末をしてくれんか。葬式なんぞ出さんでもいい、来てくれる人もないからな。骨にして、その骨は……、そうだなあ、その骨はどうするか……まあ、いずれ考えておく」

出て行きかけて「たのむよ」と念を押した。

それが、父親の声を聞いた最後だった。

堀井バーテンのすすめで上京した松永たみ子に、亡父のアパートがころげこんだ。そのほかに、八十二万七千円の貯金帳が一冊。

アパートは、目黒から私鉄で二つ三つ行ったところにある町にあった。表通りはアーケイドの下の両側にびっしりと商店がつらなり、かなり繁華なところで、その裏通りにあるアパートの部屋は十四室あった。

寛造は心臓病で死んだのである。

叔父に来てもらい、後始末をすました。骨は叔父の寺へ入れてもらうことにしてあったようだ。

「これで、たみちゃんはアパートの女主人だ。もう大阪で働かなくてもいいいな」と叔

父は言ったが……。

(それもいいけど……けど、何やしんどいなあ。このまま、このアパートで一人ぽっちで暮すなんて……)

たみ子は下ぶくれのした平凡な顔だちで、衣裳の好みも地味だし、ベッドのテクニックもほかの女たちとくらべれば素人っぽく、それで彼女の価格は一段下なのだが、小麦色の細い肉体は、清潔なすべすべした肌につつまれ、どこか照れくさそうなベッド・マナーが好まれ、人柄のよい常客がついている。

久留米絣《くるめがすり》の和服を好んで着るような彼女の素人っぽさが、巧まずして手堅い所得を生むのだった。

(村山さんや岡島さん、今ごろ、どうしてるやろか……?)

馴じみ客の顔を、アパートの管理人室で、なつかしく思い浮べるたみ子には、娼婦気質がすっかり身についてしまったようである。

大阪を引払ってアパートへ移るか、それとも、もうしばらくは大阪で働こうか……。しかし、それならアパートの管理をどうにかしなくてはなるまい。

(いっそ、このアパート、売ってしまおうかしら……?)

迷いつつ考えつつ、たみ子は二日三日と日を送ったが、とにかく、明日は一応大阪へ帰るつもりで、或日の夕暮れ、表通りの商店街の書店へ、列車の中で読むつもりの推理小説を買いに出かけた、その帰りみちに、たみ子は思いがけない人を見つけた。

「あら!!　……あら。井手先生やありませんの？」

商店街の人ごみの中を、よちよち歩いていた老婆は、たみ子の声に振向き、しばらくは、きょとんとしたままだった。

2

井手シマエは、たみ子が小学校の四年から六年まで教わった先生である。シマエ先生は当時四十五、六だったから、今は六十を越えている筈だった。名前を言うと、先生もすぐにわかってくれた。

先生は算数が得意で、好きで、ときどき綴方や図画の時間まで算数に変更することがあった。ところが、たみ子は算数が大きらいで、

「センセ。一週間に一度しかない図画の時間ですから、変えないで下さい」と申し出たことがある。

「なるほどネ。では、松永さんだけ、図画やってよろしいヨ」

先生は、にこにことそう言い、以来、たみ子は図画の時間に算数が喰いこんだときも、一人でクレヨンをとり出し画用紙に向うことが出来た。

そのことを言うと、シマエ先生は、

「おぼえてる、おぼえてる。あんた、気のつよい生徒でしたからネ」

「そうでしょうか。そんなに気がつよかったでしょうか」

「弱くはなかったネ」

古びた補聴器を耳につけた先生と話すのは骨が折れた。

「この補聴器は、亡くなった主人がネ、アメリカ製の中古品を手に入れてくれたんですがネ、どうも此頃、工合がわるくて……」と、先生はこぼした。

駅のそばの〔浜本屋〕という鰻《うなぎ》屋で、二人は鰻重を食べた。

「こんな、おいしいもの、もう何年にも食べたことないですヨ」と先生は、これもかなり中古になった義歯を鳴らして嬉しそうである。

シマエ先生の良人《おっと》はやはり教員だったのだが、戦後、教育者としての責任を痛感し辞職したという。

「お前もやめなさい」と、細君まで教壇から退かせてしまった。

その後、東京都庁へつとめたが、十年前に脳溢血で亡くなり、以来、井手シマエは小さな自宅に二組も下宿人を置き、自分は手内職をして細々と暮しているらしい。

「でもネ、このごろは労働賃銀がよくなって、納豆の袋はりをやっても、月に一万円くれますヨ。もっとも、この景気、永くはつづきはしないだろうけど……」

「まあ、そうですか」

一人息子は、ニューギニヤで戦死したという。

たみ子は、とっさに決心した。

(そうだわ。井手先生に、しばらくアパートの管理人になってもらおう)

万事うまくいった。

先生は、自宅をそのまま下宿人にあずけ、アパートの管理人室へ移って来てくれた。たみ子は先生に〔月給〕として一万五千円を払うことにした。それでも尚、八万近くの収入がアパートから入るのだった。

「凄いやないか。喫茶店と本屋なんか、もう何時《いつ》でもやれる。よかったなあ」

堀井バーテンは、心からよろこんでくれた。

自分の扱う娼婦たちの生活が安定して行くことに、堀井は大きなよろこびを感じているらしい。

「で、もう商売やめるのやろ?」

「いえ、もう少し、やるわ」

「ほんまかいな？」

「稼げるうちはね……」

「がめつくなったやないか、急に……」

松永たみ子の顔に、生き生きとした活力がみなぎりはじめた。

何と言っても、彼女はアパートを一つ持ち、三百坪の土地のほかに、亡父の貯金帳八十余万円。自分の貯金が四百万近くもある。そうした環境は、見る間に女という生きものを変貌させるものだ。

衣裳の渋好みは変らないが、着るものの質が違って来たし、美容院へ払う金も前とくらべて三倍近くもかけるようになった。

たみ子の肌は光り、四肢の肉はみち、双眸は輝き、彼女の価格は一夜二万円台に突入した。

「でもねえ……」と、たみ子は堀井バーテンにたのんだ。前の価格で来る客の中でも、特に人柄の好きな客だけは、前の値段でもよいからというのである。

「そうか。そう、ええことやな。この道ではたらく女は、その心がけ忘れたら幸福になれんもんや」と、堀井は満足そうにうなずいた。

春が来た。

二十八歳の松永たみ子の肉体は、にわかに熟しはじめた。彼女、いくらかおくての気味があったのかも知れない。

満ち足りた環境と将来への確固たる基盤が、彼女の夜を溌剌《はつらつ》たるものにしていった。

前には、どんな客の前でも、灯を消してからでないとベッドへもバス・ルームへも入らなかったし、全裸になることなどは照れくさがって、決してしない彼女だった。だから、そうした彼女のもつ雰囲気を好む客しかつかなかったのだが、このごろのたみ子は、みずからベッド技巧を研究もするし、同じ堀井の持っている女たちが月に何度か行うビジネス上の活溌な討論会へも加わるようになった。

「松永さんてのはすごいね。あんな人がいたことを何故黙ってたのだ」

堀井は、〔エルム〕へ来る馴じみの客から叱られることもあった。

外人からの申し込みも、常連の客を通じて堀井にかかることがある。だが、そうした場合、堀井は決して自分の持っている女たちを出さなかった。

「外人はいけませんわ。外人に馴らされると、日本の女いうもんのよさが無うなります。外人は、あの方がドンカンですよってなあ。性慾はつよいが、裸の体と体をぶつけるだけや。日本の女は、もっとデリカシイいうもんがありますわ。だから、日本の女が外人の体に馴れると、只もうがむしゃらなことばかりおぼえるだけで、味が落ちます。だから、ぼくがお世話してる女性の方々は、絶対に、外人さんには出しまへん」

こうした堀井バーテンの指示もあってか、たみ子は、以前の自分の雰囲気を好む客には、そのままの自分をこわさないようにした。

しかし、新らしい客を得るに従い、彼女は、自分自身の肉体が、いくらでも新鮮な官能のよろこびをおぼえ、目ざめて行くことを知った。

もう彼女は、以前のようには働かない。

一週に三度か、せいぜい四度を限度にした。

五月になると、たみ子は、仲間の山本すみ江と琵琶湖から彦根へ遊びに出かけた。すみ江とは気が合うのだ。二人とも小説を読むことや画を見ることが好きだし、山本すみ江も地味な娼婦で、年齢は四十歳にもなるのだが、しっとりと落ちついた中流家庭の奥さんといった感じの女なのである。

琵琶湖では、湖畔の〔Bホテル〕に泊った。

鱧《はも》の土びん蒸しや蝦《えび》の刺身や、見事な鮎が出て、二人はビールを飲みながら、最近読んだケッセルの〔ライオン〕という小説について語り合った。

この〔ケニアの少女の恋物語〕とサブ・タイトルがついた小説は、野獣と少女との想像を越えた微妙な心理と愛情の交錯が、アフリカの風物の見事な描写を背景として鮮烈に描かれてい、たみ子とすみ江を昂奮させた。

その夜——たみ子は久しぶりで、東京のアパートへ電話をかけてみた。

「先生。御元気ですかア」

——はあ、はあ。たみ子さんも元気そうですネ。実は、昨日、手紙をそちらへ出したんだけどネ——と、シマエ先生の声がハキハキと答えてきた。

先生も新らしい職場を得て張り切っているらしい。

（お父さんの一周忌は、ちゃんとやらなきゃいけないわ）と、たみ子はそのとき思った。

——たみ子さんの方はどう？　自動車はよく売れますか？

「はあ、どうにか、まあ……それより先生。何か用でも？」

——ええ。実はね、7号室が空いたんですよ。それでね、そこへ人を入れようと思うんだけど、いいですか？

「ええ。先生におまかせしますわ」

——そう。でね、その人、誰だと思います？

「今度7号室へ入る人ですか？　誰って……誰なんです？」

——酒井君。酒井精一君ですヨ。

「あら、まあ……あの肉屋さんの……？」

——そう、そう。

酒井精一は小学校の同級生だった。同じ稲荷町に住んでいて、たみ子はよく精一と手をつないで登校したもので、男の同級生から「男と女の豆いり」なぞと冷やかされたものである。

色白の、温和《おとな》しい精一の、ほっそりとした少年のころのおもかげを、たみ子はハッキリと今もおぼえている。現在もシマエ先生を忘れずに、ときどき訪ねてくるというほどだから、少年のころの精一の人なつこい性格はあまり変っていないようだ。

旅行から帰って予約の客を四人ほどすましてから、たみ子は上京することにした。

(精ちゃんにも会ってみたいし、アパートも見て来たいし……)

シマエ先生には新しい補聴器をみやげに買った。

琵琶湖での電話の会話が相当に骨が折れ、あの古びた補聴器のことを、たみ子に思い出させたからである。

酒井精一が入るという7号室は、たみ子が上京したときに泊るようにと空けておいた8号室の隣りではないか。

(ひとつ、精ちゃんを誘惑してやろうかナ……)

むろん冗談に思ったことだが、何となく胸がはずんだ。

上京してアパートにつくと、先生が出迎えて、

「酒井クンにはね、あなたのことをまだ言ってないのヨ。いきなり、びっくりさせてあげようと思ってネ」

「あら、そうですか」

精一は、まだ会社から帰って来ないという。

たみ子は一休みして銀座へ出た。買物をし、映画を見て夕飯をすましてからアパートへ帰ると、

「今ね、酒井クンが若い女を連れて帰って来たんですヨ」と、顔をしかめて言う。

「あら、まあ……」

「行ってみますか」

「あら、そんな——悪いわ。明日、会います」

「そうオ……」

もれてくる。

8号の自室へ入って、耳をそばだてると、隣りの精一の部屋から、男女の笑い声が

このとき、たみ子の脳裡《のうり》にひらめいたものがあった。

(そうだわ!! きっとおもしろいわ、これは……)

たみ子は商店街へ走って行き、シマエ先生に買って来てやったのと同じ補聴器を電気器具店で買った。小型ながら優秀な性能をもつといわれたM電機の製品である。

アパートへ帰り、先生には「疲れてますから、もう寝ます」と言っておき、部屋の鍵をしめ、電気を消し、補聴器を耳につけ壁ぎわへ坐った。

聞える、聞える。

かすかな言葉にはならぬ声でも、耳に入るかぎりの音は何倍かに拡大されるのだから、おもしろい。

(あら……?)

たみ子は熱中した。

精一の喘ぎが高まり、相手の女性に何かしようとしているらしい。

「ダメ! ダメよ!!」と、女がピシリと言う声がした。

「だって——だって、君イ、今年中には結婚するんだもの、いいじゃないか……」

と、精一らしい。

「ダメ!!　とにかく、あなたが月給三万円以上にならなきゃ結婚いやよ」

「だからさ……だから君イ……」

「ダメ!!」

その「ダメ!!」という鋭い女の声に、たみ子は何ものかを直感した。

（精ちゃん、そんな女性と結婚したらダメやわ。一生、お尻に敷かれるから……）

結婚前には体を許さないということは悪いことではないが、同じ（ダメ）でも言い方がある。何百何千の言い方があるものだ。

「君イ。だってキスまで許してくれて、どうしていけないの」

「ダメ!!」

「そんな、君――ひどいよ。カツレツの衣《ころも》だけ食べさして、中身はいけないなんて、そんな……」

たみ子はふき出しかけた。

やがて、女は帰った。

生あたたかい夜更けである。隣室で、酒井精一が輾転《てんてん》として眠れず溜息をもらす気配を、たみ子の補聴器がとらえた。

3

翌朝（日曜日だった）になって、たみ子は酒井精一と十六年ぶりに会った。

「なあんだ、ひどいなあ、井手先生も……黙ってるなんて、ひどいですよ」

精一は、井手シマエにそう言ったが、すぐに、まぶしそうな視線をたみ子に向け、

「たみちゃん、きれいになってたんで、びっくりしちゃったよ」

「何言うてはんの。きれいなお嬢さんがついてるくせに……」

「知ってたの？」

「ええ、知ってましたとも」

自分の部屋が8号室だとは、精一にも言わず、シマエ先生にも口止めしてある。

ともかく、管理人室で茶を飲んだり、近くの店から寿司をとったりして旧師弟三人のおしゃべりは止むことを知らない。

そこへ、精一の恋人がやって来た。

「河野紀美江さんです」と、精一がたみ子に紹介をした。

二十一か二になるのだろうか、若い娘らしくぷっくりとふくらんだ体つきなのだ

が、それを、たみ子から見ると、

（何や知らん、生ぐさい感じがするわ）

娼婦でも清潔感にあふれている女体があるのと同様に、処女でも変に厭な体臭を感じさせる女がいるものだ。

勝気らしい双眸はまだいいとしても、鼻の下から、まくれ上るように突き出た紀美江の唇を見たとき、

（こら、あかんわ。精ちゃん、どうかしてるわ）と思った。

精一と紀美江は、やがて外出した。渋谷で映画を見て共に夕飯をするのだという。

「酒井クンに、あんな彼女がいたのですねエ」と、シマエ先生が言う。

「そりゃ、だって精ちゃんも私と同じ二十八になるんですもの、当り前ですわ、先生……」

「ときに、自動車のセールス、うまくいってますか？」

「はあ。このところ、大分儲かりまして――」

「大したものね、たみ子さんも」

「とんでもない」

夕飯には、先生が鮭のフライとなめこの味噌汁をこしらえてくれ、二人は仲良く食

事をすました。

銭湯から帰って、たみ子は、ひとりで散歩に出た。駅前の洋菓子店でコーヒーをのんでから、商店街のアーケイドの下を、ぶらぶらと歩いた。

夏は、もうすぐそこに来ているようだった。

生あたたかい夜気が、人びとの流れにゆれ、花屋のウィンドウには紅いチュウリップが盛られている。

たみ子は書店へ入り、M氏の推理小説を二冊買い、好きなY氏の時代小説を手にとって見ていると、

「やあ、たみちゃん、いたのか」

「あら、お帰んなさい」

精一と紀美江なのである。

「相変らず本が好きなんだなあ、たみちゃんは」

「そうだったかしら?」

「小学校のころも、よく読んでたよ、大人のよむ小説をさ――」

紀美江が近づいて来て、ぎょろりとたみ子を見て言った。

「あら。時代小説なんかお読みになるの。ウェットでいらっしゃるのね」

「時代小説よむと、ウェットなんですか？」と、たみ子は微笑して言ってやった。

「あら。推理小説お買いになったの」

「ええ」

「日本もののミステリイはまだダメですわね、プロットが幼稚ですもの」

「そうは思いませんけど、私は……」

「やっぱり向うのものの方がよろしいわ」

「どんなものにも、良いものと悪いのはありますものね」

紀美江はぷんとして、書棚に手をのばした。

精一は、しきりと頭を掻いている。

「私、Dさんのエッセエ好きよ」と紀美江が、書棚から一冊引きぬいてページをめくりながら言った。

D氏の文化評論集らしい。

「フム、フム。やっぱりDさん、いいこと言ってる。テーマが垢ぬけしてるわ」などと、たみ子へ聞えよがしに呟やきながら、紀美江はページに眼を走らせている。

たみ子は眉をひそめた。

気障《きざ》な紀美江の言葉にではない。紀美江の指先にである。

紀美江は、人さしゆびと中ゆびを使ってページをはさみ、ピュッ、ピュッとめくりとばしているのだった。その荒っぽい所行に、新刊書のページは、くっきりとしわをよせながら、紀美江の指にはねとばされ、ピュッ、ピュッと泣き声をあげていた。

(まあ……)

たみ子は、自分で買った本でも、こんな手荒な扱い方をしたことがない。

書物というものは、著者と製作する出版社の人びとの愛情がこもっているものであり、読むものにその愛情をつたえるものだと、たみ子は思っている。

しかも、たみ子は、自分の肌へローションをすりこむような丹念さで書籍を扱うのだった。

しかも、まだ自分が買ったものでもない書籍を、若い未婚の女が、口ではいっぱしの読書家であるような台詞を吐きながら、この手荒いページのめくり方はどうなのだろう。

結局、紀美江は、その本を買いもせず、ぴしゃんと函《はこ》におさめ、叩きつけるように書棚へ押しこんだ。

「買わないの？　君——ぼく、プレゼントするよ」

こう精一が声をかけると、

「いいの。私、もう帰るわ」

さよならも言わず、紀美江は黄色いスカートをひるがえして、外へ出てしまった。

「あ、君――君イ」

「送ってあげなさいよ」

「うん……」

精一の後から、たみ子は通りへ出た。そのとき、ぱっと心がきまった。

たみ子は、にんまりと微笑した。

(あんな女と結婚しちゃダメよ。私が精ちゃんに教えてあげる)

その夜更けに、突然、自室へあらわれたたみ子を見て、精一はびっくりした。

淡いブルーの寝間着から、かなり大胆にのぞいている小麦色の肌の輝きと、ふくいくたる女体の匂いは四畳半の7号室いっぱいに立ちこもった。

「た、た、たみちゃん……」

「いいの、いいのよ……」

「だ、だって……」

「いいの。いいんだったら……」

たみ子の指が、部屋の灯を消した。

4

精一は童貞ではなかったが、それに近かった。

赤線が廃止になる前に、二度か三度、友達にさそわれたことがあると、彼は白状をした。

それ以来、四年もの間、血気さかんな精一の肉体は懊悩惑乱《おうのうわくらん》の極に達していたものと思われる。

（やっぱり、精ちゃんて内気な人だったんだわ）

こういう青年は、現代では女にモテないことになっている。

だから逆に、あの河野紀美江も男にモテない女だったということも出来るわけだ。

（あんな、もったいぶった、そのくせ生ぐさい処女なんて、今どき売れるもんですか。精ちゃんは、とんでもないのに引っかかっちゃった……）

三日間――。精一は、たみ子の肉体に魂を宙に飛ばした。

これで大丈夫と見きわめをつけ、たみ子は精一には知らせず、大阪へ帰った。

それを追いかけるように、精一から手紙が飛んで来た。

結婚してくれ、というのである。

もう、たみちゃん以外の女なんて考えられない。二人は、あんな間柄になったのに、なぜ、ぼくに黙って帰ってしまったのか、現在のぼくは、たみちゃんのことで頭が一杯になってしまい、仕事も手につかない、などと精一は十枚の便箋に、めんめんと訴えてきている。

……ぼくは、誓って、たみちゃんを幸福にするつもりです。たみちゃんのすべてを知って、ぼくは、河野紀美江の冷めたい人間性をハッキリと自覚することが出来ました。お願いです。結婚して下さい。お願いです……。

河野紀美江は同じ私鉄沿線に住む官吏の娘で、精一がつとめているM製鋼の庶務課にいて、知り合ったものらしい。他の男性にはモテない彼女も温和しい精一をつかまえることが出来て、思うままに自分のプライドを発揮することに満足していたのだろう。

二日ほどして、今度はシマエ先生からの手紙が来た。

私は、精一君とあなたが、うまく結びついてくれるよう祈っておりました。もちろん、あんなイヤな女と精一君が交際しているとは知らずにネ。しかしです、酒井君はどうやら目ざめたらしい。今や、あの女性とは全く交際を絶っております。あの女は大変に自尊心が高いのか、一度も訪ねては来ません。何だか、前にあなたが上京されたときの或夜、駅前でケンカ別れしてから、一度も来ないそうです。精一君は「ボクがあやまりに来るとでも思っているのだろうけど、そうはいかない」と言っております。あなたの前の不幸な結婚のことも話したら、精一君は「ボクが、きっと今度は幸福にします」と、私に誓いましたヨ。だから……。

だから結婚してはどうか？　女は、いつまでも一人でいられるわけはないのだから

——と先生の手紙は言ってきている。

（先生のおせっかいにも困ったもんやわ……）

でも、悪い気持はしなかった。まさか結婚を申込まれるとは思わなかった。女の違いを、この一夜二万円の女体でハッキリと精一に教えてやろうという気持と、その気持に誘われた浮気ごころがそうさせただけのことなのである。

（薬が利きすぎたわ）

あのときの、がむしゃらなくせに頼りない精一の素朴きわまる愛撫の仕様を思い出して、苦笑を誘われつつ、たみ子は、結婚の意志はないことを書き送ってやった。

それから一週間たった。

〔サカイクンキトク〕と電報が来た。井手シマエ先生からだ。

さすがに放っておくわけにも行かず、たみ子は飛行機で東京へ飛んだ。

頃日《このごろ》の彼女の価格は、一夜三万円台に突入しようとしていた。

神戸の貿易商で、五十二になる田中氏が、堀井バーテンを介して、たみ子を後妻にしたいと申し出たほどで、上客の選択に堀井とたみ子が迷うほど、ナイーヴな魅力をたたえた彼女のサーヴィスには、いよいよ磨きがかかってきたらしい。

東京も、まだ六月に入ったばかりだというのに、夏の暑さだった。

精一は、飲み馴れない酒をのみ、日本橋近くで自動車にはね飛ばされ、頭を打撲したのだという。

四日間も意識不明で、しかも内出血のために暴れ出すのを、かつぎ込まれた両国の病院の看護婦が総出で押えつけたりする場面もあった。

そして、精一はうまく危機を脱した。

たみ子はホッとして、後をたのみ、大阪へ帰った。

そのとき、精一の両親が東京駅まで見送りに来て、

「精一は、あんたのことが忘れられないんですよ。あんたなら私たちも安心だ。昔なじみで気心も知れてるし、精一には、あんたのようなひとがついてってくれた方がいい。どうか一緒になってやってくれませんか」

老いた両親は、鉄道員の精一の兄の家で養なわれているという。

むげにことわることも出来ず「考えておきます」と言い残し、たみ子は大阪へ帰った。このことは堀井丈治には話さなかった。

貿易商で財産もたっぷりあるという紳士からの結婚申込みも、日を追って激しくなってきた。たみ子はこのところ、大モテである。

夏もたけなわとなった。

精一の退院も近いという。

たみ子は、またも上京した。

「どう？　すっかりええようやね」

「うん……」

「バカねえ、お酒のんだりして……死んだら、どうするの？」

「その方がよかった」

精一は、ひたとたみ子を見すえ、

「たみちゃんと一緒になれないのなら、死んだ方がよかった」と、声をふるわせて言う。

「紀美江さん、お見舞いに来た？」

「来っこないじゃないか」

「そう……」

そのときも、何とか言いはぐらかして大阪へ帰ったのだが、たみ子の心は、やや動いた。

(頼りない人やけど……でも、あんな人もええかも知れんわ。大きな子供みたいで、私の言う通りになってくれるだろうし……いまに、精ちゃんのおつとめやめさして、二人で喫茶店と本屋のお店経営するのも悪うないナ。あ……それには、あの人、うってつけやわ、実直やし……)

貿易商の方は、ことわることにした。

「これはええ思うけどなあ。田中さんやったら立派な人やで」と、堀井は残念がったが、

「まあ、もう少し、自分でやって見るわ」と、たみ子は精一のことを堀井には打明け

なかった。

九月が来た。

毎日、残暑がきびしく、一向に涼気がない。

回復した精一が突然、大阪へやって来た。

「顔見ないではいられなかったんだもの」と甘えた口調で言い、精一は、たみ子への贈物を出した。たみ子の好きな作家の新刊の小説が五冊と、真珠の指輪が入っていた。

「ボーナスが入ったんでね」

「でも、こんな高いもの、困るわ」

はめて見るとピタリと合った。いつの間にか、たみ子の指の寸法を計っていたものらしい。その精一の気持が嬉しかった。

関西は初めてだという精一を案内して、たみ子は、先ず京都を見物させた。京都ホテルに泊って、暑い日中を、精一が元気に歩むのを見るのは、たみ子にも楽しかった。

18号台風が近づき、これがまっすぐに関西を襲ったのは、京都へ来て四日目の朝だった。

外へも出られず、おそろしい風のうなりを聞きながら、二人はベッドに抱き合って、永い時間をすごした。

「精ちゃん……」

「何？」

「いいわ」

「え……？」

「あなたと結婚してもいいわっていうことよ」

「ほ、ほんとたみちゃん……」

5

たみ子は、もう夜の仕事には出なくなった。

堀井バーテンには、一切のことを話した。

「そんな若僧とあんた……それよりも、ぼくは、どうせ結婚するんならやね、神戸の田中さんの方がええ思うけどなあ」

「でも、もう仕様ないやないの」

「そらそうや。あんたの自由やもんな」

たみ子は、たびたび上京した。

秋が深まるにつれて、たみ子と精一の嬉しい明け暮れも、その密度を濃くするばかりだ。

関西に持っている地所も売りに出した。

アパートも売るつもりでいるたみ子だ。

そしてアパートの近くにある商店街の中の空店か、駅附近の空店を探してもらう手筈もととのえた。

(精ちゃんに一階の本屋さんの方をやってもらって、私は二階の喫茶店をやろう。二人の住居は三階にして、上は物干場にして……)

たみ子の夢は、いよいよ実現しかけている。

もちろん成功する自信はあった。心をひきしめて、精一と共に働くつもりだった。

それは、日本シリーズで巨人軍が三連勝をした秋晴れの日曜日のことだったが……。

たみ子は何度目かの上京をした。

「あら、いらっしゃい。酒井クンは、いま駅前の喫茶店へテレビを見に行ってますヨ、野球の……」
「あら、そうですか」

朝早い列車だったので、眠かった。たみ子は8号の自室へ入り、寝具をしき、茶羽織をぬいだだけで、少し眠った。

と……どの位たったろうか。

隣室から聞える男の大声に、たみ子は眼ざめた。

「とにかくなあ。酒井はうまいことやったよなあ。そんなにお前、財産もちの女を引っかけたなんて、大したもんだ、見そこなったよ」

笑声の中に、精一の声が何か言っている。

たみ子は、旅行鞄の中から、あの補聴器をとり出し、耳につけた。

あれ以来、補聴器は手離せない。列車の中でも、旅行の宿でも、レストランの中でも、いろいろな、思いもかけぬ面白い会話が耳にとびこんで来るからだ。

(いけないことやわ、盗み聞きするなんて……)

と思いはするが、このたのしみ、ちょいと手離しかねるというものである。

精一の声が聞えてきた。

「何も、ぼくは、あの人を引っかけるなんて……ほんとのところ、向うから積極的に、ぼくを、その何したんだよ」と、ここで精一の声に得意のいろが浮びはじめた。

少々だが、たみ子は興ざめした。

（男って、みんな同じやなあ。なぜ、純粋に愛してるからだと言えんのやろ）

尚も、精一の声がつづく。

「この部屋で、彼女が猛烈に、ぼくにいどんできてね。おどろいたよ。彼女、子供のころから、ぼくのことを好きで、忘れかねていたらしいんだよ」と、いよいよ得意満面らしい。男性一般の、これは通有性だ。男というものは、自分の女のことをおくめんもなく誰にでも誇張をまじえてぺらぺらしゃべる。

たみ子は、ややガッカリした。

「しかし、もうバカバカしくて会社づとめなんか出来んだろう」と、これは精一の友達らしい。

「彼女もやめろというんだ。三階建の鉄筋の店をつくってね、商売やるのさ」と精一。

「いいなあ、金もちの女と結婚出来るなんて――」

「だから、向うが再婚でも仕方ないや。がまんするさ」

と言う精一の声を聞いたとき、たみ子の眉がつり上った。

たみ子は、精一の部屋の扉をあけた。

後のことを、くだくだとのべるにも及ぶまい。

精一の友人に帰ってもらい、たみ子は、いま言った精一の言葉を隣室で聞いたと言った。もちろん補聴器のことは言わない。

精一は青くなった。

シマエ先生は夕方の買物に出ているらしい。だから、たみ子が上京して来たことも知らなかったのだろう。

「すまない、つまらないこと言っちゃって——ほ、本心で言ったんじゃないんだよ」

そうかも知れない。そんな計算をちゃんとした上で、たみ子に結婚を申込むような功利性をもっているような精一ではないことは、たみ子にもわかっていた。

すべては、男がもつ優越感と一種の劣等感が言わせたことなのだろう。

劣等感というのは、初婚の男が再婚の女を妻にするということに対する妙な退《ひ》け目なのだ。

いまの場合、その退け目は、精一が彼の友人に対して無意識のうちに感じていたものなのだろう。

——再婚でも、仕方ないや。がまんするさ……。

さっき聞いた、その精一の言葉を、たみ子は、もう一度、胸の中でころがしてみた。

「ねえ……ねえ。許しておくれよ。す、すまない。もう決して言わない。ぼくは、たみちゃんを愛してる、ほ、ほんとだよ。ほんとなんだ!!」

精一は泣きべそをかき、いきなり、たみ子を抱きすくめにかかった。

(男って、すぐこれだわ。精ちゃんも、いっぱしになったものだわ)

たみ子は、精一の手をしずかに払って言った。

「いいわ、もういいわよ」

「じゃ、許してくれる? くれるね」

「ええ、許してあげる」

「ほんと?」

「ほんとよ」

「た、たみちゃん!!」

また抱きつこうとするのを外して、たみ子は廊下へ出た。そのまま自室へ入り鞄をとって、たみ子はアパートを出た。シマエ先生は、まだ帰っていなかった。

精一が後を追って来た。

「ど、どこへ行くの？　ねえ、たみちゃん……」

「急用を思い出したの。向うからお手紙出すわ」

たみ子は、明るい微笑を精一に投げた。

その日の夜行で大阪へもどったたみ子は、もどった夜から、夜の仕事をはじめた。

そして、精一には、自分の大阪での仕事が自動車のセールスなんかではなく、娼婦だということを、くわしく書き送ってやった。

それでよければ、いつでも結婚すると書き添えた。

やがて精一から返事が来た。

思った通りの返事だった。

6

……まさか、君がそんなことをしているとは思わなかった。ひどい、今になってそんなことを言うなんてひどいと思います（中略）とにかく、いくら君が好きでも、そんなことをしていたのなら、ぼくは結婚出来ません。ぼくもずいぶん悩みました。しかし……

たみ子が自分の商売をうちあけなかったのはなぜか……？　そこにはやはり〈娼婦〉というものへの劣等感があったからなのだろう。それは否めない。

（こんなことじゃ駄目やわ。思いきって、この道へ飛びこんだ私やもの。もっと堂々と胸を張って、これから先も生きて行かなきゃ……）

女ひとりで死ぬまで生きぬく。しかも男に負けず、あくまで明るく、自分の人生をつくり上げて行くことが、堀井バーテンの言う〈娼婦道〉だ。「ぼくも儲けさせてもらうかわり、ぼくが扱う君達にも、出来るだけの味方はするで。この道へ自分から飛びこんで来た君達や。だったら、それだけの決心をかためてやらなあかん」

四年前に、はじめて堀井と会ったとき、聞いた言葉だった。

（けど……娼婦なら妻にしないいう精ちゃんは、やはり私の財産目当やなかったらしいわ）

たみ子は、苦笑した。

精一の手紙の後からシマエ先生の手紙もきた。これは手きびしいものだ。

昔の教え子に裏切られるとは思いませんでした。一日も早く、そんないやらしい商売をやめて下さい（中略）……とにかく、私はアパートを引払いました。あとは、あなたの勝手です。私も酒井クンに顔向けが出来ません。

（何の顔向けが出来ないいうのやろうか……）

精一が何と言ってシマエ先生に話したのか、それは知らない。たみ子は上京し、叔父に頼んでアパートを売りに出した。そして関西の土地を売ることは中止にした。

アパートが売れたのは、十二月に入ってからである。大阪まで来てくれた叔父に、たみ子は十万円の謝礼をあげた。

「いいのかい。すまないなあ」

「とんでもない。すっかり手つづきまでして下さって、すみません」

「何、何――この十万円は嬉しいよ。この暮に、娘の光子ね、結婚するもんで……」

「まあ、光ちゃんが……もうそうなるんですか」

「早いものさ」と、好人物の叔父は目を細めた。

「だったら、お祝いに、もう十万円」

「え……？」

叔父は目をまるくした。

アパートは、七百万円ほどに売れた。

その金で、たみ子は、また大阪に土地を買った。

クリスマスも迫った或日、たみ子は上京した。

叔父の娘、つまりたみ子にはいとこに当る光子の結婚式に列席するためだった。

花嫁も花婿も初々《ういうい》しくて美しかった。

暖い小春日和で、式場に当てられたD区の区民会館には、新夫婦の友人たちが多勢集り、簡素なティ・パーティが行われた。

その日——たみ子は、夜行で東京を発つことになっていた。

明日の夜から、共進科学の専務をしている湯本氏と四泊の九州旅行へ行くたみ子なのである。

この旅行で、たみ子が得る報酬は二十万ほどだ。

時間まで、たみ子は銀座をぶらつき、四丁目のフルーツ・パーラーでコーヒーをのんだ。

(あら……?)

持ちかけたカップを卓におき、たみ子は眼をみはった。

向うのテーブルで、仲むつまじげに語り合っている恋人同士らしい男の方が、酒井精一だったのである。

精一は、たみ子に気づかない。夢中になって、連れの女性に話しかけている。

(精ちゃんも、大分モテるようになったらしいナ)

精一に、いちいちうなずき返しつつ、幸福そうな微笑をたたえているその女性の双眸は愛くるしかった。

小柄な、可愛らしそうな体をグレイのツーピースにつつんでいる。

(精ちゃん。そのひとならええわ。あの紀美江さんよりもずっとええわ)

たみ子は、フルーツ・パーラーを出た。

銀座の灯は、まだ明るかった。

何となく、ほんのちょっぴり、さびしい気がしていたが、夜行列車に乗込んだときのたみ子は、

(さあ。明日から九州旅行や。湯本専務さんに、どんなサーヴィスしてやろうかしら……)

そのサーヴィスが二十万円の札束となって、娼婦たみ子の人生の一片を担うのである。

列車が走り出すと、たみ子は、銀座で買った書籍の包みをひらき、その中の一冊をとってページをくった。

トルーマン・カポーテというアメリカの作家が書いた〔ティファニーで朝食を〕という小説集である。

たみ子は〔ダイヤのギター〕という短篇から読みはじめた。

アメリカの或る刑務所の中の、老いた囚人とギターをひく若者の囚人との、ユーモアと鋭いペーソスにみちたこの物語りに、たみ子は夢中になってひきこまれていった。

来年正月は、すぐそこに来ている。

たみ子は、亡父寛造の一周忌をおぼえているだろうか……。

巨人と娼婦

1

その日——ぼくは珍らしく一人きりになれた。

妻の圭子が、実家の母の病気見舞いに泊りがけで横浜へ出かけて行ったからだ。

「だめよ、浮気なんかなすっちゃ……」

出かけるとき、妻は、ぼくの耳朶《みみたぶ》にキスをして、こんなことを言う。

「冗談じゃない。ぐっすり眠りたいよ」

まったく浮気どころではなかった。

去年の春、ぼくは三十近くも年齢にひらきのある現在の妻をもらった。前の妻が亡くなって六年目だった。

もう一生結婚はしないつもりだったのだが、一人娘の葉子が、ぼくの後輩のシナリオ作家へ嫁いでしまうと……急に、ぼくも淋しくなったのである。

若い妻は、新鮮な水蜜桃のように水気をふくんでいたし、ぼくも何となく若々しい精気が全身によみがえったようで、それはもう思いきり愛撫のあの手この手を仕込んでしまった。

これがいけなかった。

一年たった今、五十四歳のぼくは、二十五歳の妻の肉体を、たまには……いや大体において、もてあまし気味になっている。

妻を送り出したあとは、ぼくは、ぐっすりと午後おそくまで眠った。

〔B映画〕へわたした時代劇のシナリオが珍らしくスムーズに通って、うるさ方のM監督からも一度でOKが出た。

ま、仕事が一段落したとき、シナリオ作家というものは、のびのびとした解放感が全身にみちてきて、妻にもわずらわされず、一人でゆっくり街をぶらつきたくなるような気分におそわれるものである。

幸いに、若き妻は、二日ほど家を留守にする。

ぼくはベッドから起き、のんびりとバスにつかってから渋谷のアパートを出た。

こんなとき、アパート暮しはまことに便利である。三間つづきでバスもついていて、家賃は高いが、今のところ、この生活が一番よい。ところが妻は、どうしても家を建てると言うのだ。ああ、家庭……めんどうくさいものだ。

さて、ぼくは銀座へ出て、しばらく夕闇せまる街をあるきまわってから、レストラン〔A軒〕へ入った。

生ガキをつるつると食べながら白ブドー酒。あとはコーン・スープにオックス・テールの煮込みか何かで、久しぶりに一人きりの夕食をたのしみ、また渋谷へもどり、これもまた久しぶりに映画館へ入った。

〔ポケット一杯の幸福《しあわせ》〕というアメリカものだった。

映画が始まるとすぐに（あ!!　これア一日だけの淑女のリバイバルじゃないか）と、そう気がついた。〔一日だけの淑女〕は三十年も前に封切られたアメリカもので、当時のぼくは駈け出しのシナリオ作家だった。そして、この映画の、ロバート・リスキンの才気あふれるシナリオや、フランク・キャプラ監督の巧妙さに舌を巻き、果ては感激の涙にぬれたものである。ぼくも若かった!!

しかも、三十年後の今、この映画のリバイバル版でも、ぼくと同じように老いたキャプラ自身が監督に当っているのである。

キャプラは諷刺のきいた社会喜劇の名作をつづけざまに送り出し一世を風びしたものだが、この〔一日だけの淑女〕にも、その片りんをのぞかせており、しかも古めかしい人情の美しさを堂々と謳歌している。

ところはニューヨークの下町。若いギャングの親玉〈おしゃれのデイブ〉は、リンゴ売りの婆さんから毎日一個のリンゴを五ドルも出して買う。

このアニー婆さんから買ったリンゴをポケットに入れていると、仲間の暗殺からも官憲の逮捕からものがれることが出来、酒の密造でたっぷり儲かるというジンクスが、デイブにあるからだ。

また、このジンクスが奇妙に適中するので、彼はいよいよ、アニー婆さんのリンゴを守り神にする。これがストーリイの発端である。

話が後半になって、この乞食同様の婆さんを、婆さんの娘の結婚のためにどうしても金満家の老夫人に仕立てなくてはならなくなり、いろいろとあった末に、デイブが一肌ぬぐということになる。後半は人情劇だ。

結婚というものが〈階級〉にしばられている話は、今度のリバイバル版でも変ってはいず、（古いな‼）と思ったが、しかし、老キャプラのエネルギイはすさまじいばかりで、ことに清純派スターのホープ・ラングを使ってのお色気シーンには圧倒された。

（ぼくも、こんなことでへこたれちゃいかん。女房を愛し、仕事をモリモリと……）

いささか、ぼくも昂奮して来て、

（キャプラも六十をすぎてるのに、あれだけのエネルギイを画面に発散してる。えらいもんだ!!）

古今を通じて、よく出来た〔人情もの〕は受ける。

二月にしては生あたたかい夜だったし、暖房のきいた客席にいると汗ばむほどで、最終回だというのに客の入りはよかった。

観客の群にもまれつつ、ぼくが映画館のロビイに出たときだった。

「酒井先生じゃございませんか？」

振り向いて見て、瞬間、ぼくは相手の女性が誰であるか、とっさに思い出せなかった。

少女のように（もっとも今の少女はすばらしい体格をしているが……）あどけない小柄な体軀《たいく》を茶色の毛織紬《つむぎ》の半コートで包んだ、その和装の女性が〔向井加津子〕だと気がつくまでに、およそ三十秒はかかったろう。

「何だ、君かア……」

「しばらく……」

「しばらくにも何にも、五年、ぶりになるんじゃないのかね？」

「そうね。そうなるかしら……」

向井加津子は、人なつこい微笑を浮べた。笑うと唇《くち》もとに小さなしわが生れる。鼻の先がちんと微《かす》かに上を向いていて眸《ひとみ》が大きい。小柄で引きしまった軀《からだ》つきも、いくらかしわがれた声も……そうだ、フランク・キャプラの映画によく出ていたジイン・アーサーに、よく似ている。

「変らないねえ」

「厭。もう三十をこえたのよ」

「そうか、そうなるかねえ」

「先生。御結婚なすったのね。新聞で見たわ」

「いや、どうも……」

「どうも、何よ」

「そう問いつめてくるなよ。ところで、今、君は……？」

「相変らず」

「と言うと……？」

加津子は、にんまりとうなずいた。

「大阪へ帰って来たの。また堀井さんに厄介かけてるわ、今年になってから……」

「そうかい。で、今日は？」

「久しぶりの東京見物なの」

「一人で？」

「もちろんですわ」

相変らず〈元の仕事〉をしていると言うからには、彼女が大阪南のクラブ〈エルム〉のバーテン・堀井丈治傘下の高級娼婦をしているということになる。再婚するまでは、ぼくも、堀井の世話で、何人か彼女たちと夜をすごしたものだった。

向井加津子もそのうちの一人だ。

小柄だが、みちているべき箇所には遺憾なく肉がみちていた加津子の、ぼくの細い腕にもすっぽりとくるまってしまった羽毛のようにやわらかい肉体を、ぼくは思い浮べた。

「少し肥ったようだねえ」

「いやだわ、先生――もうダメよ。おばあちゃんですもの」

いかに、キャプラ監督のエネルギイに刺激させられたとは言え、今のぼくには、彼女を妻のいないアパートに誘って浮気をしようというファイトは湧いてこなかった。

そのかわり、得も言われぬなつかしさがこみ上げてきて、

「一杯飲もうよ。久しぶりに語り合おうじゃないか」

「いいわ」

繁華街から外れた路地に行きつけの小料理屋があった。女ばかりの経営で、清潔な感じのよい店だ。二階には小間《こま》も二つほどある。

そこで、盃をあげた。

「今の映画ねえ、おもしろかった?」

「なつかしかったよ」と、ぼくがひとくさり、キャプラについて論ずると、加津子は興味ふかそうに聞いていたが、そのうちに、

「私もねえ、ちょいとあの映画、胸にしみるのよ」

と言った。

「ほう。どうして?」

「あの映画は、ジンクスというもんが、一つのテーマね」

「うん、まあ、そう言ってもいい」

「私もねえ、あの映画で、あのお婆さんが売ってたリンゴだったことがあるのよ」

「なるほど。で、そのリンゴを買った人は誰?」

「お相撲さん」

2

向井加津子が、力士の東風《あずまかぜ》を知ったのは、昭和三十三年の大阪春場所がひらかれていたときだから、ちょうど四年前になる。

すでにそのころ、加津子は堀井バーテンの手帳に名をつらねていた。

堀井も当時は二十六歳だったが、大阪ミナミの宗右衛門町のクラブ〔エルム〕では顔のきいたバーテンで、株もやるし、喫茶店を細君に経営させていたし、自動車のセールスまでやっており、なじみの客を相手に種々雑多な取引きをして金を儲けていた。

高級娼婦の斡旋は、彼のもっとも好むところのもので、加津子のほかに十二名ほどの女たちを扱い、下は一夜一万円から上は二万、という逸品ばかりで、加津子はむろんこの道に入ったばかりだったし、一夜一万が彼女の価格だった。

それが……。

「どやね、向井さん。二万あげられると思うんやけど、今夜、出てくれますかナ」

住吉にある加津子のアパートへ、堀井が電話をかけてきたのである。

「そんなに頂いても、よろしいの？」

大阪へ来てから、まだ一年にもなってはいない加津子だった。

「そのかわりネ、ちょいと骨がおれるかも知れへんけどネ」

「どんな……？　相手の、そのお客さん……」

「ま、来て下さいよ。たのむわ。ぼくの言うことや、別にどうということあらへんのやけど、ただなあ……」

「何ですの？」

「ま、とにかく来てや」

夜に入ってから、加津子は堀井が経営している喫茶店へ出かけて行った。株式街の近くだけに、夜になるとあたりは森閑《しんかん》と静まり返ってしまうので、店も午後七時には閉めてしまう。

そのあとで、堀井の娼婦たちが、店の二階のベッド・ルームで客をもてなすことになるのだ。

もっとも、客の好み次第で他のホテルへ行くことは自由でもある。

堀井は、勤め先のクラブをぬけ出して来て、加津子を待っていた。

「今夜、お相手してもらうのは、お相撲さんなんやけど……」

「あら。厭だわ」と、加津子は眉をひそめた。

「厭かいな？　相撲は？」

「大きらい。相撲とかレスリングとか拳闘とか、ああいう商売のひと、いやだわ」

「そうか。そら、弱ったなあ」

堀井バーテンは嘆息した。

はじめは、小柄な加津子ではなく、もっとボリウムのある足立富士江というのを予定していたのだが、これがあいにく急性盲腸炎で今朝入院してしまったという。あとの女たちも、みんな予約ずみなので、加津子に来てもらったのだが、そんなことは堀井も口には出さない。女たちのプライドを傷つけることになるからだ。

「ま、何でも温和しい気性のお相撲さんやよってネ、それで、あんたのような気分のええひとやったら思うて、受けといたんやけど」

堀井の話によると、その力士は東風という醜名《しこな》で、入幕したばかりなのだそうだ。

ところが、新入幕と言っても、相撲歴はかなり古く、下づみが永かったのだそうだ。

それというのも、俗にいう〔稽古場大関〕の口で、稽古土俵では十両も幕内も、まるで歯が立たず、東風の三十八貫の巨軀に圧倒されてしまうのだが……。

「それが、本場所となると、もうダメなんやね。気持がやさしいせいか知らんけど、もうコチコチに固くなる、つまり勝負度胸のない相撲とりなんや」

「はあ……」

加津子にとっては、堀井の説明もピンと来ない。

相撲のテレビでさえも見たことがない彼女なのである。

「うちへ来る客で、ぼくも昔、大分世話になった人から頼まれたんやけどネ。その東風いう相撲とり、苦心の甲斐あってやネ、やっと、この大阪場所に入幕を果したんやけど、ところがやネ……」

今日は七日目で、初日から七連敗なのだそうだ。明日負ければ負け越し決定だし、そうなれば尚更気力も闘志もなくなり、せっかく宿願を果した幕内力士の座から、たちまちに十両へ逆戻りするばかりか、来場所も気持がいじけてしまい、良い相撲もとれなくなるだろうと、東風が所属している〔霧島部屋〕の後援会長が心配し、親方とも相談をして、

「どうだろう、東風にゲン直しをさせてやったら……」ということになった。

場所中は酒と女——ことに女は禁物とされているのだが、あえてこれを破り、思いきり女体の恩恵をうけさせて、心機一転をはかろうという〔ならわし〕みたいなもの

が相撲界にはあるらしい。

堀井が親しくしている客も〔霧島部屋〕後援会のひとりなので、そこから堀井へ世話をたのんできたわけだ。

「それがやネ、あんたと同じ東京生れの相撲とりやそうや。だからたのむわ、一肌ぬいでやってくれんかなあ」

「…………」

ここで、加津子の心も少し動いてきた。

東京へは、もう一年も帰っていない。

父母もすでに亡く、税務署につとめている口やかましい兄がいるきりの東京だが、兄には会いたくなくても、やはり〔東京〕がなつかしかった。

二十七になるまで、加津子は箱根から先へ旅をしたことがなかったのだ。

学校を出て、都庁へつとめ、兄夫婦の家に暮していたが、出勤退庁の時間にまでいちいち口やかましく、友達と映画を見て遅くなったりしようものなら、眼を光らせ歯をむき出して叱りつける兄にも、タイラントの兄にいつも撲《なぐ》りつけられ義妹の加津子にもろくに口もきかない陰気な義姉にも、つくづくと愛想がつき、加津子は兄の家を出た。それが三年前のことだ。

女ひとりが食べて行くためには、とても官庁の給料ではまかないきれない。

そのためにはまた（風俗営業）とやらいう便利なものが都会にはひしめき合い、女の働き手をいくらでも呑みこんでくれる。

加津子は八重洲口のキャバレーで働きはじめた。

乳房の上半分まで露出したおしきせのカクテル・ドレスを身につけると、肌理《きめ》のとけるような加津子の躯が物を言って、客もついた。

ただし、客がやたらに怪しいまねをしたりすると、加津子はハイボールをぶっかけて、さっさと席を立ってしまう。

けれども、よくしたもので、おもしろい女だという物好きな客もいて、加津子も余り退《ひ》け目を感じないで働いていられたのである。

かたくやってきたつもりだが、むろん、指で数えられるほどの〔浮気〕はあった。

都庁にいたころ、加津子には恋人があった。

躯もゆるしていたし、その男との結婚をたのしみに兄の家で我慢をしてきたのだが、加津子の恋人は間もなくとんだ目にあってしまった。

自動車にはねられたのなら、まだわかる。

そば屋の出前持とぶつかって、もののはずみで転倒したとき、舗道に積まれていた鉄材に後頭部をぶつけてしまった。そのときは平気で帰って来たらしいのだが、一週間もして、突如、都庁のオフィスで卒倒したのである。

脳内出血というおそろしい症状は、こういう状態を見せることもあるのだ。

キャバレーづとめの加津子が何故、大阪へ来たか……。それはともかく、

「じゃア、引きうけましたわ」

二万円という彼女にとっては倍額の金をもらえるのも悪い気持ではなかったし、東京生れの東風とかいう力士にも何となく同情がもててきた。

「すまんな。じゃ、たのむわ」

すぐに堀井は金をよこした。手の切れるような千円札が二十枚である。女に金を渡すとき、堀井は出来るだけ真新しい札に替えてよこす。

「きれいな札でわたせば、彼女たちの商売意識が向上する」という堀井の妙な倫理感からだ。

加津子は、そのうち三千円をベッド・ルームの部屋代として堀井に払う。その他に堀井は客からちゃんと取るのである。

間もなく、くだんの東風関が堀井の喫茶店にあらわれた。

加津子は、すでに二階のベッド・ルームで待っていた。

スペイン風だと堀井が自慢するベッド・ルームにはバスもあり、照明も千変万化で、ベッドの横のスイッチをひねると、天井の幕がするするとすべり、大きな鏡が下のベッドを見下ろすという仕かけもととのえてある。

「ごめんなさい」

こう言って、ピンクの照明の室内へ入って来た東風を見たとき、さすがに加津子も息を呑んだ。三十八貫という男の肉体がどんなものか、それを眼前に見て、

(私、押しつぶされやしないかしら……)

加津子は青ざめた。

縦も横も、幅も厚味も大変なものだ。

それにゴム風船を二十も入れたようなお腹の、小山のように盛り上った偉観、東風が裸体となったとき、

(いけない。帰らしてもらおうかしら……)

淡いグリーンのネグリジェの下で、加津子の軀は、ぶるぶると恐怖に震えたものである。

3

翌日の午後になって、堀井バーテンは、加津子のアパートへ電話をした。さすがに心配だったらしい。

「モシモシ、あのネ……何しろ相手が相手だけにやね。ちょいと心配になってかけてみたんやけど……どう？」と、堀井が言うと、加津子の声が物倦《ものう》げに、

「どうって……どういうこと？」

「いやその……あんた小柄だけにやね、押しつぶされやしないかと思うて……」

加津子が笑った。

「私も、あの人を見たとき、そう思ったけど」

「思ったけど、どうやった？　大丈夫かね」

「おどろいたわ」

「何が？」

「こんなとこで言えないわよ、堀井さん」

あとで、研究のために、あくまでも真摯《しんし》な態度をもって堀井が加津子から聞きとっ

たところによれば……。

いざというときになると、東風は、その巨大なふくらみをもつ自分の腹の皮と肉を両掌でもみあげるように胸のあたりへ押しあげてしまうのだそうである。

あとは……あとのことに必要な部分は全く常人と同じようになり、巨人はしずかに女体の上へ体をしずめてから、押えていた腹の肉から手を放すと……。

こんどは、その腹の肉がふわりと垂れ下ってきて、加津子の腰部をふっくらと、みっしりと、包みこんでしまうのだという。

「それが、とても……」

加津子は、キラキラと眼を輝やかせ、恥かしそうに口ごもった。

「フーム。東関の腹の肉が、あんたの腰を包みこむ……それが、とても、やね……？」

「もう厭。よしてよ」

「フーム……」

「とにかく堀井さん。今夜は休むわ」

「え？　そりゃ困るなあ。例の、ほら大阪電線の専務の、ほら山上さんネ、前から、あんた言う約束で……」

「でも、とても……今夜は、しんどいわ」

「フーム。やっぱり……そないに、しんどかった？」

「もう厭……」

加津子は電話を切ってしまった。

東風は、気性のやさしい男らしく、巨体をたくみにあやつって、

「すまないなあ、でもゲン直しだからカンベンしてくれよね」

こうささやきつつも、三時間ほどの間は、加津子の軀中の骨が粉々になってしまうような目に会わせてくれたのだ。

休むところを知らないのである。

こんなことは加津子にとっては、はじめてのことだった。

銀座のキャバレーにいたとき、バンド・マンの樋口という男に誘われ、結婚するからというので大阪へ来て半年もたつと、樋口は、さっさと姿をくらましてしまった。

樋口は宗右衛門町のサパー・クラブ専属のバンドで働きはじめていたのだが、借金も女出入りも激しくて、加津子も持て余していたところだったので、逃げて行った樋口を追う気持にもならなかった。

こういうところは、東京の女はあきらめが早い。

東京で生活した女というのではなく、三代も四代もつづいた東京の、それも下町育

ちの女たちのこれが気質のひとつで、加津子の母親も、なまけものの父親にさっさと見切りをつけ、兄妹二人の子を抱え、母手ひとつで育ててくれたものである。めんどうくさい男にはかかわりたくないのが東京女だ。非情というのではなく、あきらめが早いのであろうか……。

それはともかく、樋口も遊び人で、彼によって加津子の肉体は初めて目ざめたと言えよう。

だが、東風のそれは、樋口など問題にならない。

あまり、巧みに巨体をあやつるので、

「よく、あなた、そんなに……」と、加津子が驚嘆すると、

「相撲とりてえもんはネ、首投げしてるときでも、相撲の手を考えるようでなくちゃア、いけないんだ」と言う。

「首投げって？」

「いま、ぼくたちが、こうしていること」

「あら、厭だわ……」

なかなか相撲研究には熱心らしい。それに、力士くさいところが少しもなく、話題も豊富だった。聞いてみると、生れも加津子と同じ浅草だという。

なんとなく、加津子は東風に好感をもってしまった。

三十歳だというが、くりくりした双眸が愛らしい感じで、さすがに専門家だけに、肥満はしていても、ほれぼれするほどの肌の輝きなのである。

翌日、堀井との電話がすむと、早々に入浴をすまし、加津子は駅近くの喫茶店へ入った。

むろん、東風の土俵を見るためだ。

こうして、まともに相撲のテレビを見るなどということは加津子にとってははじめての経験だと言ってよい。横綱の土俵入りがすみ、中入後となって三番後に、東風が出た。相手は若手ながら相撲のうるさい扇島という力士だ。時間一杯となって立上るや、東風は、あの肥満した巨体を一気にぶつけ、おどろくべき出足でもって扇島を土俵下に突き飛ばした。

「あら、まあ!!」と、加津子は叫んだ。

喫茶店の客が、いっせいに加津子を見た。

あとの取組には用がなかった。加津子は赤くなって喫茶店を飛び出し、近くの古本屋に積んである古雑誌の中に相撲専門の雑誌を見つけ出すと、これを、洗いざらい十二冊も買いこみ、アパートへ戻り、ふとんにもぐって読みはじめた。東風という名のある記事という記事には、ほとんど目を通した。

（フム。ははあ……そうなの……）

いろいろ、わかってきた。

相撲評論家のS氏が、雑誌の座談会で、東風について、こんなことを言っている。

——どうも不思議ですなあ、東風は。だってそうでしょ。稽古場じゃアあなた、稽古もよくするし研究熱心だし、大関の三雲山でさえもてあますというのに、十両相手の本場所で勝ったり負けたり、四年も幕へ入れないというんですからな。これア、気が弱いなんてことじゃ済まされませんよ……。

一年前の雑誌なのである。

（でも、やっぱり気が弱いんだわ。そうねえ、何しろ、あんな大きな体したもの同士が全力をこめて押したり突いたりするんだもの、よっぽど気が強くなくちゃア、つとまらない商売だわ）

加津子も、十余冊の相撲雑誌を見、軽量横綱の若乃花が、大きな力士をぶん投げる写真だの解説だのを読むうちに、すっかり相撲というスポーツに魅せられてしまってきた。

「電話ですよ、向井さん」

管理人の声が扉の向うからした。ハッとして時間を見ると午後七時だ。もう、とっぷりと暮れている。お腹が急に空いてきた。

（誰からかしら？）

もと、このアパートにいて、加津子を堀井バーテンに紹介した足利里江かも知れないなどと思いながら、管理人室の電話をとりあげると、

「モシモシ、向井さん？　――僕や。堀井やね」

「あら、今夜はもう……」

「それが、また東風が、どうしてもと……」

「まあ……」

「どうかいな？」

「行きますわ」

4

その春場所の残り八日間を、東風は毎夜、加津子のもとへやってきた。そして、八日間を勝放し、見事に星を残したのである。

一夜二万円だから、合計十六万円。ひいきもろくにいない前頭の十三枚目という東風の給料でまかなえるものではない。二度目からは後援会長にたのむわけにも行くまいから、おそらく、方々を駈けまわって、大分借金をしたものと見える。

とにかく、こうして東風は、幕内にとどまることが出来たのだった。

「おかげで助かったよ、加津子さん」

最後の、大阪を彼が離れる日の午後に、東風は加津子を心斎橋のお座敷洋食へ招んで御馳走をしてくれた。

加津子は、げっそりとやつれていた。小柄ながら十三貫は越えていた軀が十一貫そこそこになってしまっていたのだ。

「あんた、少し、やせたようだけど……」

「みんな、関取のせいよ」

「いやあ、どうも……」

「おどろいたわ、ほんとに……」

「ぼくもさ。だって毎晩……それでも勝てたんだものなあ」

「いやだわ……」

握手して別れるとき、加津子は東風に贈り物をした。スイス製の腕時計である。

「あたしだと思って、東京の五月場所もがんばってね」

「ごっつぁんです」

やがて、五月になった。場所があいた。

初日、二日目……。加津子はひとごとでなくテレビの前にかじりついたものだ。

三日目まで、東風は勝ちつづけた。ところが、あとがいけない。四日目に例の扇島が、突き進む東風を右にかわし、上手をとっての出し投げ見事にきまって、東風はすってんころりだ。五日目もすってんころり。六日目も……。

(あら、どうしよう……)

負けつづけた九日目に東京から、堀井バーテンのアパートへ電話が入った。東風からだ。

「来てくれ言うのや、東京へ……どないする？　向井さん」と、堀井から電話がきた。

「行くわ!!」と、敢然と答え、加津子は伊丹から夜の飛行機で上京した。

十日目、またもやられた東風と落ち合い、大宮公園の割烹旅館の離れで一夜を共にした。

あのアド・バルーンが、またも加津子をすっぽりと包みこんでくれた。加津子は狂乱の体を見せた。

翌朝——「大丈夫よ、今日は……」と、加津子にはげまされ場所入りをした東風は、小結の西ケ岩と闘った。

怒濤のごとき寄身だった。小結は手が出なかった。足も出なかった。

「勝ったよ!!」

またも大宮公園である。その夜は、部屋の親方がうるさいからと、十時には二人とも引きあげ、加津子は八重洲口の旅館に泊り、東風は東両国の〈霧島部屋〉へ帰った。

十一日目。またしても勝った。

加津子は千秋楽まで滞在し、毎夜、東風にもみくちゃにされつつも、嬉しかった。

(私だわ!! 私の力が、彼に勝たせるんだわ!!)

はじめの日に二万円うけとったが、あとは「いいのよ、ムリしないでも……」と突き返した。

「でも……」

「いいの。あなたが勝ってくれるのが、嬉しいの」

「ごっつぁんです」

大阪へ帰る前の夜に、加津子は五万円ほど出して「お小遣いにしてネ」と東風にわたした。

大阪へ帰って間もなく、東風が贈りものを送ってきた。

加津子の和服の好みを早くも知っていたと見える。それは、淡いブルーグレーの地に立枠の紺地の柄へ、さびローズの水玉を浮かせた塩沢絣《がすり》の反物であった。

「四万円はするんじゃやないかしら？」

これも、同じ仲間の松本春代が見てそう言った。

加津子は狂喜した。

男性から、こんなものを贈られたのは生れてはじめてなのである。

二十七歳の女の軀も心も燃えあがるばかりだ。

七月――名古屋場所があいた。

三日目に、東風は、またも扇島に討ちとられた。

今度は直接に、加津子のアパートへ電話がかかってきた。

「助けてくれよ、加津子さん……」

「行くわ!!　行く、行く!!　行くつもりでいたんだもの!!」

こういうわけである。

とめどもなくなったのである。つまり、加津子を〔首投げ〕にしないことには、どうにも東風、土俵で勝てなくなってしまったというわけだ。

5

「福岡の九州場所、東京、名古屋……大阪は、むろんのことでしたわ」

向井加津子は、よく飲んだ。顔はそれほどでもなかったが、えり足のあたりから胸もとにかけて、酒のいろがほのぼのと立ちのぼっている。

「それから……それから、どうしたんだい？」

ぼくは、たまりかねて話のつづきをうながした。

「厭。先生ったら、すぐに映画のシナリオか何かに書いちゃうから……」

「書かんよ、そんな……」

「でも、いつか、ほら、木曾路の鴉《からす》とか何とか言う股旅映画に、京子さんのこと、あの話、使ったそうじゃない」

「そりゃ、京ちゃんも了解ずみだもの。それにマゲモノの中に一寸あの話を使っただけだ。別に……」

「でも、もうこれだけにしてよ」

「話せよ。一人の人間の話として、ぼくは聞きたいね、君とぼくと、そんな水臭い間でもなかったんじゃないか？　そうだろ？　思い出してくれよ、五年前のことをさ」

「ウーン……そりゃ、そうだけどオ……」

「そう言えば、急に、君、大阪からいなくなったものね、二年前かナ。ぼくが今のやつと結婚する少し前に、大阪で堀井君に会ったら、何だか、結婚したって……」

「え、しましたわ」

「で、いまは……」

「しつっこいのね、先生ったら……」

「ま、飲めよ。何かもらおうかね？」

「いいの、食べるのは、もう沢山……」

「君……どうしたんだ？　涙ぐんだりして？」

「いいの、いいのよオ……」

だいぶ、酔ってきたらしい。

「バカバカしいものねえ、先生。女なんて……しゃくにさわるけど、でも、どうにもならないんだもの」

何がバカバカしいのか……。向井加津子は、尚も盃を重ねながら、話せるらしいところまでは話してくれたのである。

それから、まる二年の間というものは、向井加津子にとって、目くるめくような充実した日々が来、そして流れた。

相撲も一年に六場所となった現代である。場所があるたびに、十五日間を東風に附添っているわけにも行かなかったが（そんなことをしたら、共倒れになってしまう）いざというときには、必ず何をおいても加津子は駈けつけて行った。

一進一退をつづけながらも、東風が二年後に、あこがれの三役、小結の座をかちとったのは、まさに加津子の御利益があったと言っても過言ではなかった。

「私を抱かなくては勝てなくなっちまうなんて、そりゃいけないわ。そりゃ変則だわ。若乃花だって栃錦だってごらんなさい。あくまでも、どこまでも自分ひとりの、孤独な孤独な力だけを頼りにして土俵へ上っているのよ。ジンクスもコンプレックスも、みんな一人きりで追い退け、確実な自分一人の力だけに自信をもって勝ちつづけてるんじゃない？　違う？」

「そりゃ、そうだけど……けど、加津ちゃんも、ずいぶん、くわしくなったんだなあ、ワシらの世界のことをさ」

東風もあきれて言った。彼もこのごろでは「ぼく」と言わず「ワシ」と言うようになっているのも、永年の力士生活にも、やっと自信を得てきているのであろうか。福岡や東京でも、加津子なしで勝ち越すこともあり、負け越すこともあったが、十両へは落ちなかった。落ちそうになると加津子もたまりかねて東風の電話を受けると、何も彼《か》も放って飛んで行った。するとと、不思議に勝てるのである。しかも朝潮と同じで大阪場所がよかった。前頭三枚目で十勝五敗して小結の座を得たのも大阪場所である。大阪のときは、加津子も附きっ切りだからなのだろうか……。

そのころ、加津子の価格は一万円台から一万五千円台に突入していたし、美容費にはうんと張りこむが、何といっても女ひとりだから、金に不自由はしない。堀井バーテンに所属する娼婦たちが何百万もの貯金や不動産を着々増やしていくのが、堀井の自慢でもあった。だから、

「なあ、向井さん。あんた、あの東関に、そないに注ぎこんだらバカな目を見ますぜ。ぼくは、もういいかげんに手エ切ったらええ思うんやけどなあ」と堀井は、よく注意してくれたものだ。

「ええ、ありがと。そうは私も思うてますけど」

思うてますけど、どうにもならないのである。

加津子は、東風の身のまわりから、ときにはまとまった小遣いをやることもしていたし、むろん彼とつき合うときにはホテル代までも払うことさえあった。

つまり、完全な相撲ファン——それもひいき気質の醍醐味に加津子は魅了されてしまった。テレビではがまん出来ずに場所へも出かけて行くし、相撲雑誌を山とつみあげ、〔大日本相撲史〕なんどという七冊揃えの部厚い古本も買い込んで来て読みふけるというありさまだ。

また稼ぐことも稼いだ。堀井を中心とする娼婦たちの——いかに客をサーヴィスするか、そしていかに金をもうけ、いかに女ひとり胸を張って生きて行けるだけの用意をすべきか——そのためには、……等々、まことに真剣な研究会にも必ず顔を出したし、娼婦としてのテクニックにも美容にも（朝起きて美容体操までやりはじめたのだ）加津子は身を入れて励み出したのである。

一万五千円から二万円台になった。

こうなると東風も（色男）気取りになり、かつて加津子に四万円もする塩沢絣の反物を贈り、感謝した精神を何処かへ忘れてしまったらしい。

小結の座を二場所――東京と福岡でもって加津子なしにこれを維持したときから、彼の態度はガラリと変った。

「来月は大阪ねえ。たのしみにしているわよ」

その年の初場所がすんだとき、加津子が〔霧島部屋〕へ電話をかけると、いきなり、

「もう、君がいなくってもワシはやれるよ。自信がついたもんな」と、こういう。

「そりゃ、よかったわね」と答えたが、加津子は胸のうちで舌打ちをした。東風の声には、まざまざと（もう加津子には用がない）という調子が露呈されていたからだ。

（バカにしてる‼）

いつだったか一度、東風がこんなことを言ったことがある。

「ワシには、もうどうしても加津ちゃんが必要なんだ。自分の気の弱いことはみとめる。君の軀を何しないと、ダメなんだ。君は、君の軀には魔力がひそんでる。ワシにとってはね……だから、だから折を見て、ワシ、君と結婚しようと思っているんだけどなあ」

そのときは「何言ってるのよバカね。それよりも、私なしで勝てるようになりなさい」と言い捨てたものだが、まんざらでもなかった。意識するとしないとにかかわら

ず、いつか彼女の胸のうちには（関取の奥さんに……）という希望が生れていたらしい。

東風に入れあげ、商売にも打ちこみ、懸命に貯金をはじめたのもそれだったし、来るべきときのために、わざと〔霧島部屋〕へも近づかず、東風と会うときも決して人に知られないように気をくばってきた。

（もし、そうなったら、あのうるさい兄さんもよろこんでくれるだろうな）

そんなことも考えていたのである。こんなことを堀井や仲間の娼婦たちに話せば「あんた、いくつになったのよ？」と、鼻で笑われることだろう。

ともかく、彼女と狂おしい一夜を飽くことなくすごした東風が、その翌日には颯爽《さっそう》と勝名のりを受ける姿を見ていると、

（私が……私が勝たせたんだわ!!）

ごぼごぼと涙があふれそうになるのだ。生甲斐が全身をしめつけてくる。これが女の（虚栄）だということに加津子は気づいていないのである。

それだけに「君には用はない」というのと同じような言葉を聞いたときには、加津子の怒りは反動的に爆発した。

そして、東風が三月に大阪へ来たころには、加津子も大阪にいなかった。

彼女、結婚をしてしまったのだ。

6

向井加津子が結婚した相手は長崎の人で、山崎清次郎という中年男だった。長崎でも〔山崎鼈甲店《べっこう》〕といえば、長崎名物の鼈甲《べっこう》細工で〔老舗《しにせ》〕と言われている。

山崎は四十八歳だが十年も前に妻を亡くしている。月に一度は大阪へ商用でやって来るが、品のよい温厚な人物だった。山崎が知人の紹介で堀井のつとめる〔エルム〕へ遊びに来るようになり、間もなく堀井の〔これならええわ〕という客の品さだめにもパスして、まず、相手に出たのが加津子だったのである。

一夜で、山崎は、すっかり加津子が気に入ってしまった。

昔からの開港地だけに、長崎人は物事に開放的だし、初対面の他人にでもすぐにうちとけ、そのためによく人に騙《だま》されて損をすると言われるほどだ。万事にゆったりとかまえている。ゆったりしているところは気の早い東京女とは違うが、その他の点で、加津子も、

（いい人だわ……）

懸命のサーヴィスをした。

何しろ研究会をひらいてまでもベッド・マナーに心がける堀井仕込みの高級娼婦の、加津子はひとりである。

「こげん女性もおったとはなあ……」

山崎は感激の極に達した。

加津子も前にのべたように悪い人柄ではない。むしろ女の悪さをもっているがゆえの人の善さをむき出しにするタイプだ。山崎は、彼女の肉体にのみ眩惑されたのではなかった。

一と月に一度の大阪行きが、二度、三度となった。

「あの加津子さん、どうだろう、こん私と結婚してくれんえ？」

真剣に、堀井を通じて、二度三度と申込んできたのである。

「ま、よう言うときますわ」

堀井バーテンも、加津子と東風とのいきさつを充分に知っているだけに、

（ええ話なんやけどなあ）

一度、加津子にもちかけて見たら、

「そんなこと、今の私に出来るわけないやありませんか」と、喰い入るように九州場所のテレビを見つめ、

「あ……若乃花の出し投げ、たまらないわア。東関もあの半分でもいいから、気力出してくれれば、大関間違いなしなんだけど……」

うわ言のように口走るのである。

堀井もあきらめた。山崎は決して自分から加津子には申し込まず、あくまでも堀井の顔をたてて、堀井をせかすのだが、そのあまりに純真な、一途に思いつめた様子を見ると、堀井も無下《むげ》な返事が口から出なくなってしまうのだった。

(けど、この縁談は、向井さんの幸福のためにも逃がしとうないなあ)

わが手で斡旋する娼婦たちの幸福は、堀井バーテンのもっとも気にかかることだし、事実、彼は、彼の仲介によって数人の娼婦を結婚させてもいるし、洋裁店やら喫茶店やらの女主人に仕立ててあげてもいるのだ。

ぬらりくらりと山崎をかわしながら、折あれば加津子の東風に対する情熱を冷やしてしまおうと、堀井の細君も一緒になって計画を練っているところへ、

「私、決心したわ!!」

加津子から申し出たではないか。

「そうか。けど、ええの？　関取の方は……」

「もう、ダメ。あんな男、つきあわない」

「その方がええ。なあ、向井さん。山崎氏なら、ぼくが保証するわ、絶対や!!　あんたやって、もう来年は三十やもん。この辺がええとこと違うか。な……」

「ええ……」

「よかった。よう決心してくれたなあ」

　思えば、堀井バーテンという男も、三十にはまだ一つか二つ間があるというのに、変った男ではある。

7

　加津子の話を聞き終り、ぼくは、その小料理屋の二階の小部屋の、床の間の壺にいけられている色もあざやかな菜の花を見つめた。

　春が、そこに、忍び寄ってきていた。

「そうか……それで君は、山崎鼈甲店の奥さんを棒に振って、また大阪へ戻っちゃったんだね。何が不足だったのかね？」

「不足なんかなかったわ、主人も良い人だし、長崎の町もすてきだったわ。海も山も、人情も……そうよ、長崎ってところには、まだ人情なんてものが残ってるの。あのねえ、支那町へ行って皿うどんをたべると、百二十円で三人分も大皿にもってくるの。それが、とてもうまいのよ」

「そんなにいいところを、どうして出たの？」

「わからない？　先生なら、わかってくれると思うんだけどな」

「ふむ……で、いま、その東風というお相撲さんは、どうしてるの？」

「私がいなくなってから、幕内を落ち、十両も落ち、この初場所では幕下へ下って、しかも二勝五敗なの」

「ははあ……」

「おわかりんなった」

「なったような、気もするがね」

ぼくは、加津子の盃に、熱い酒を注文して酌をしてやった。ぼくと遊んだころの彼女の顔は、肉が引きしまって、しわ一つない張り切った皮膚におおわれていたものだが、さすがに五年という歳月は女を変えずにはおかない。

よく見ると……あごにもくびれが出きているし、眼じりのあたりの小じわは隠しようもなかった。

それにしても三十一歳。まだまだ何処へ出しても向井加津子は退けをとるまい。

「私が長崎へ行ったあと、だんだん負けがこんできて、あの人ったら気狂いのように私を探したらしいけど……」

がんとして、堀井バーテンが加津子の居所を東風に教えなかったのは言うまでもないことだ。

「長崎にいてもねえ、テレビで相撲見てると、もうたまらなくなっちゃうの。でも、がまんしたわ。二年の間に、相撲の巡業も二度ほど長崎へ来たのよ。九州場所が終ってからね……でも、歯を喰いしばって、見にも行かなかったわ……そのうちに、あの人、どんどん番付を落ちてしまって……今じゃ、もうテレビ見たって出て来やしない……」

盃をふくむ加津子の頬に、ひとすじの液体が伝わり落ちた。

どうも、一時代前のウェットな、松竹蒲田映画の一シーンみたいな雰囲気になってきたのである。

「君——君は、今でも……」

「決心したわ!!」

ぐっと顔をあげて、ぼくを見た加津子の眼は、情熱できらめいていた。

「君はまた、リンゴになるつもりかい？」

「あの人を、また入幕させなくちゃ、とてもたまらないわ。そ、それればかりじゃなく、私は、もう……」と思わず口走り、加津子はチラリとぼくを見やって、すぐに顔を伏せた。何とも言えない色気が、さすがのぼくの胸をときめかせるほどだった。

それればかりじゃなく……彼女の腰をしっかりと包み、ゆらゆらと揺曳《ようえい》する、あの東風のアド・バルーンは彼女の軀に抜きさしならぬ〔クサビ〕を打ちこんでしまったのだろう。

四十八歳の温厚な山崎氏がいかに懸命になったとて、それを加津子に忘れさせることは出来なかっただろう。

女の業《ごう》である。ぼくも憮然とした。

加津子が言うところによると、大阪へ戻ってきた彼女を堀井バーテンは「しようもないひとやなあ」と言ったきり、温かく迎え入れてくれたが「そのかわり、もうあの相撲とりとは縁切ってもらわな、ぼくはごめんや。いいね、向井さん。これは、あんたのためを思うてるんやぜ」と念を押したそうだ。

東京へ今日の昼頃に着き、加津子は都庁時代の友達で、今は結婚している女性を駒沢に訪ね、夕飯を共にしてから渋谷へ出て、ふらりと映画館へ入ったのだと言った。

「じゃ、まだ東風氏には会わないんだね」

「部屋へ電話したんだけど、朝から居ないらしいの」

「今夜、泊るとこは？」

「Fホテルへ、さっき電話しといたの」

「そうか。それなら安心だな」

「先生……私って、バカねえ」

「うん。バカだ」

「でも、もう一度、リンゴになって見たいの。私がリンゴになれば、あの人、大丈夫!! きっとよ」

ぼくも、そうだろうと思った。彼女の話が真実ならばだ。

人間の肉体というものは、自然現象の影響を非常に敏感に感じるため、反《かえ》って種々の錯覚に落ちいる。それが無用の場合もあり、有用となる場合もある。

〔ジンクス〕などというものも、それが生み出した一つの迷信だ。

迷信だが、信念でもある。

「もう、お別れするわ、先生……」

十一時に近くなっていた。

ぼくは赤坂のFホテルへ送ってやるつもりだったが、加津子は「とんでもない、もったいないわ」と、よろめく足を踏みしめながら、店の女中さんがつかまえてきてくれた自動車に乗り込んだ。

「じゃ、先生……」

「もうじきに春場所なんだろ。幸運を祈るよ」

「ありがとう」

「明日、彼に電話するんだろう？」

「もちろんよ!!」

ぼくの、こだわらない応対に、彼女も気を良くしたらしい。

車の窓から手を振って遠去かる向井加津子の双眸は希望に輝いていた。

(私が行けば、私が勝たせてあげる!!)というジンクスへの信念にきらめいていたのだ。

加津子が去ってから、ぼくはまた、その小料理屋へもどり、今度は下のカウンターの前へすわりこみ、春菊の胡麻和《ごまあ》えで、ビールを飲み、飲みながら、ふと、カウンターの向うに白い割烹着をつけ、こまめに立働いているこの店の女主人が相撲ファンで若乃花ファンだということを思い出した。

ぼくは、それとなく訊いてみた。

「おかみさんは、東風っていうお相撲さん、知ってる?」

「あら先生。先生も御存知なんですか?」

「うん……まあね……」

「あら、大変」

「何が大変なんだね」

「さっき十時のニュースで、ラジオの……」

「どうした?」

「東風が、今朝、部屋を出たきり帰らないもんで部屋の親方衆や何かが心配してたら、東関はネ、先生。何ですか、大宮の……大宮公園の旅館で、しかも一人ぽっちで、服毒自殺をしたんだそうですよ。あの人も、小結から幕下まで落ちて……きっと悲観しちまったんでしょうねえ」

乳房と髭

1961年秋

ぼくは四十四歳になる中年男だが、結婚は一度もしていない。

「ねえ、先生……あの、先生は、不能者なの？　ねえ、おっしゃってよ」

去年の春ごろから、ぼくの身のまわりの世話をするようになり、ぼくのアパートの、ぼくの部屋へ居ついてしまった藤原かおるが、何時《いつ》だったか、ぼくを流し眼で見やりながら、こう訊いたことがある。

「なぜ、そんなことを訊くんだよ」

「だってエ——」

かおるは軀をくねらせ「もし、そうだったら、あたくし、別の意味で、もっともっと、先生が好きになっちゃうと思うんですけど……」

「いいかげんにしてくれよ」

いいかげん、ぼくもうんざりしてきた。

ここで一寸ことわっておきたい。ここまで読んだ読者は、おそらく藤原かおるを女性かと、思われることだろうが——違う。

違うと言ったら、今度はまた、はっきりとおわかりになったことと思う。そうなんです、かおるのやつは、いわゆる〔ゲイ〕なんだ。〔ゲイ〕なら〔ゲイ〕で、女だと見あやまるほどの美貌かと言えば、そうではない。小柄だが四角張った顔つきで、眉も髭も濃いのである。服装も男のものだし（女装だったら、絶対に、ぼくは、かおるを引き取らなかったろう）声も割にふとい方なんだ。

髭そりのあとも青々とした〔ゲイ〕に一日中、くにゃくにゃとつきまとわれているぼくも、まあ、どうかしている。はじめのうちは、何とかして、ころがり込んで来たかおると別れるつもりでいたのだが、ずるずるべったりに居すわられてしまったのだ。しかし、ぼくは、かおると同性の愛にふけっていたわけではない。

まあ、ぼくも俳優の端くれだし、かおるはぼくの、たった一人の弟子というわけなのだった。

下手な女よりも、家事一般、料理まで手まめに、上手にやってくれるし、無精者のぼくが、知らず知らず、かおるの居ることの便利さに馴れてしまったのだろう。けれども、アパートの連中はうるさかった。

「山鐘さんも悪趣味ねえ」

「あたし、山鐘さんの一寸したファンだったんだけど、あれじゃア、ゲンメツだわ」

ぼくのアパートには二号が多い。ぼくも、かおるのおかげで、大分カブを下げてしまったわけだ。藤原かおる——本名を藤原健次郎と言って、当年二十七歳。ぼくとかおるがどうして知り合ったかは後にのべることにして……。

かおるの前身を説明するために、昭和三十二年発行のある演劇雑誌にのっている歌舞伎俳優S氏の談話を、次にぬき書きさせて頂きたい。

S氏　その通り（笑）。いま歌舞伎を毒してるのは、ほんとに女形《おやま》ですよ。なぜかと言いますとね、立役《たちやく》の方は肉体的に労働が激しいから、素人が、ちょっと役者になりてえと思ってやっても、大抵三ヵ月くらいで、よしちゃいますよ。ところが素人で役者になりてえなんてのに限って、色の生ッちろい、でれでれしてるのが多くてね、男か女かわからねえような……白粉《おしろい》をべったり塗って、ぐんにゃりしていてえ役者、こいつが一番ダメなんです。ちょっと小言をくらわすと、ああだこうだと言いわけして、あげくには「ほんとに封建的ねッ」とくる（笑）。あいつらは、ほんとに芝居がしたいんで役者になりてえんでなしに、女形の真似がしたい、ただ、それだけなんですからね……。

かおるは、このS氏にこきおろされているような女形の卵のひとりだったのだ。数年前には大阪歌舞伎にいたそうである。ただ、かおるは、S氏の言う〔色の生ッちろい……〕というのと〔あいつらは、ほんとに芝居がしたいんでなしに、ただ女形の真似がしたい……〕というところが違う。かおるが至って男くさい風貌をそなえていることはさっきのべた。そして、かおるは今も〔舞台〕へ立つことを畢生《ひっせい》の念願としている。

「テレビでもいいの。だから先生、お願い……」

しなをつくり両手を合せ、首をかしげて、気味のわるい声でたのまれると、ぼくも、ぞっとするが、かおるを追い出すわけにも行かないのだ。かおるは、ぼくが放浪中に大変世話になった人の息子でもあるし……。

ぼくは、四十を越えてから、ようやく人並みな生活を獲得することが出来た。

結婚も、厭でしなかったのではない。貧乏と放浪のしつづけで結婚するヒマがなかったからだ。

ぼくは、東京・浅草に生れた。親父は錺職人《かざり》だったが、ぼくを神田のD中学へ入れてくれた。学校を出て、ぼくが東洋映画の俳優研究所へ入り、つづいて新興座に加わり、俳優の卵になってしまったことを、親父は、いたく悲しんだらしい。

「子供が二人とも、ひでえのをさずかっちまった。まん中のが生きていてくれればなあ……こうなったら、お前もおれも、行末の運命きわまったと、覚悟をしなくちゃアならねえ」

親父は、おふくろに、こう言ったという。

兵隊にとられるまで、ぼくは、さんざんに流れ歩いた。旅まわりの劇団を渡り歩き、九州の福岡にいたころ、かおるの父親の世話をうけたのだ。

かおるの家は、駅前に大きな食堂を経営していて、ぼくは、半年もの間、三度の食事をそこで食べさせてもらったことがある。

さて——二年前に、新宿のバー〔シュガー〕で、ぼくはバーテンをやっているかおるに会ったのだ。

話し合って見て、これが〔食堂・フジワラ〕の息子の健坊だと知ったとき、ぼくも少なからず、おどろいたものだ。

「もう戦後はメチャメチャでしたわ。父も母も死んでしまうし、お店も叔父に乗り込まれてかっぱらわれちゃいましてネ、あたしも、もう、今じゃたよりにするものが一人もいないんですわ」

かおるは、ぽろぽろと涙をこぼし、

「先生。これから、たよりにしてよろしいかしら？」

じいっと見つめられて背すじが寒くなったが、ぼくも出来るだけのことはしたいと思った。

恩というものは着せるものではなく、着るものだというのが、死んだ親父の口ぐせで、知らず知らず四十をこえたぼくに、この口ぐせが沁《し》みついてきている。古めかしいかも知れないが、まず、昔の東京人がもっていた抜きさしならない性格の一つがこれであって、そんなものにとらわれているからこそ、お前はその年になるまで女房も持てなかったんだときめつけられれば、もう何をか言わんやである。

だから「あたくしのお願いは只一つよ。それは、先生のお弟子にしていただくことなの」

かおるに、こう切り出されては断わり切れないぼくなのである。

四十すぎから芽が出て、ぼくも映画やテレビの傍役《わきやく》として、かなり忙がしくなっていた。天皇とよばれる映画監督の赤沢氏にみとめられ、その映画に出して頂き、その年の助演賞をW新聞からもらったのが、キッカケとなり、ぼくも売れはじめてきたのだ。

「先生。今朝のスパゲティ。おいしいでしょ？」

「うまいよ」

その朝も、ぼくは、かおるが料理したスパゲティを食べ、コーヒーを飲みながら、午前十時から始まるEテレビのリハーサルの台本をめくっていると、

「今日は——」

ノックもなしに、リビング・キッチンに接した扉がひらかれた。

「あ——鈴子か……」

「しばらくだね、兄さん」

「どうしたんだ？」

「東京へ帰ってきたよ」

名古屋にいた妹の鈴子だ。鈴子の言葉つきでおわかりかと思うが、ちょいと異常でしょうな？　——つまり男の口調なんだ。

さっきのべておいた亡父の言葉で「子供が二人とも、ひでえのをさずかっちまった……」

というのを思い出して頂きたい。

「どうしたんだ？　鈴子——」

「なあにね——名古屋のごろつきを十人ばかり相手にして、こっぴどくやっつけたもんで……それで、ちょいと居にくいことになってサ」

鈴子は、茶のスポーツ・シャツに黒皮のジャンパーという男装でもって、頭は、きりっと刈りあげている。数年前に会ったときと同じに、顔のいろは真珠の肌のように白く重く沈んでい、切長の双眸はキラキラと光っている。

三十四になる筈だが、見たところ、何歳なのか見当がつかない。

そして、誰が見ても女とは思えないだろう。

つまり、かおるとは全く反対の妹なんだ。

ただ、かおると違って、妹は、まさに〔男〕が板についている。それも美男そのものだ。背も高いし、空手二段の腕前だから軀も引きしまっている。

「あら……」

と言ったきり、かおるのやつが、呆然と見とれ、次には髭あとも濃い四角な顔に、ぱあーっと血の色を浮かせて、でれでれとなったのも無理はなかった。

「兄さん。こいつ、変なやつだねえ」

自分のことはタナにあげ、鈴子は、かおるをあごでしゃくって「兄さんも変なとこへ迷い込んじまったナ。独身生活は、やっぱりいけなかったねえ」と言うのだ。

今度は、ぼくが、あわてる番だった。

ここで、ぼくの名を言っておこう。

山鐘敏郎という。珍らしい名でしょうな、芸名も本名も、ぼくは同じだ。

山鐘なんて伝統のない苗字である。これはね、ぼくの祖父（やはり江戸の下町の職人）がね、明治維新になって、町人でも苗字をつけなくてはいかんという法令が出たもんで、あわてて「何とつけたらよかろう」というんで、上野の山内を考えにふけりながら歩いていると、上野寛永寺の鐘がゴーンと鳴りはじめた。

祖父は、ぽんと手をうち「上野の山の鐘が鳴る——よし、山鐘にきめた」というんだから、伝統も氏素姓もありゃアしないのだ。

江戸の——東京の職人というものの、こだわりなさがこれである。階級意識も体面も、まったくない気やすさ……。

ぼくら山鐘兄妹という妙ちきりんな産物も、こうした母胎から生れたからなのか……。

それにしても、妹は、ひどすぎる。

同年十二月から翌1962年一月にかけて——

山鐘敏郎に、丸の内の新興劇場出演がきまったのは、十二月も押しつまってからだった。

顔ぶれは、野心的な歌舞伎俳優として注目されている市川扇十郎に、映画・テレビ・舞台に大活躍をしている人気女優・萩原千恵子の〈現代座〉が合同するという活気のあるものである。

ところが、傍役の大村圭之助が急病で倒れた。大村は夜の部の時代物に市川扇十郎とカミ合う重要な役をうけもっているので、当事者は大いにあわてたが、急のことなので、なかなか、主演の扇十郎が気に入るような俳優が見つからない。

「あ——そうそう。あの、ほれ、テレビによく出ている山鐘君ねえ。あのひとに出てもらおうじゃないか。きっといいぜ、この、ひょうきんな泥棒の役は——」

扇十郎が、考えぬいた末、急に思いついて、こう言い出したのだ。

山鐘にとっても、うまくスケジュールが組めそうな状態にあったのが好都合だったし、

「久しぶりの舞台だし、扇十郎さんに嚙みつけるなんて、こいつは嬉しい。よし、がんばるぞ!!」

山鐘も、うすくなりかかった頭を叩いて張り切ったものだ。

「よかったわア、先生——あたくしも嬉しい」

かおるも浮き浮きして、

「あたくしも、先生の附人になって、久しぶりで大劇場の舞台を踏めますのネ」など
と言い出した。

「いや、それアいけねえよ、かおちゃん。今度は、ぼくに附いてくれなくてもいい
よ」

「ま——なぜ？　どうしてなのヨ？　先生——」

「だって……」

この〔ゲイ〕の弟子に附きそわれ、いちいちめんどうを見てもらうのは、どうもテレくさかった。テレビ局の化粧室でも、このごろの山鐘は、みんなに冷やかされて、説明に汗だくとなることもあるほどだった。

今度の新興劇場では、あまり顔なじみのない俳優たちのところへ、一人で乗りこむのだから、尚更《なおさら》、かおるに附いてこられてはたまらない。

しかし、いくら山鐘が説明しても、かおるは断乎《だんこ》として聞き入れず、

「そんなら、よ、よ、よくってヨ!!」

屹《きつ》と、山鐘を睨んだと見るや、いきなりキッチンへ走り込み、肉切り庖丁をつかんで喉へ当てようとした。

「あッ!!」

「えい!!」

山鐘の叫びと、傍にいて週刊誌を読んでいた山鐘の妹の鈴子の低い気合とが、同時に起った。

鈴子が投げたガスライターは一条の矢となって、かおるの右手を打ち、

「あ痛ッ!!」

かおるは庖丁を床におとし「おねえさん、ひどい……ひどい」と泣きわめいた。

庖丁を喉に当てたかおるの必死な顔つきにもおどろいたが、山鐘は、さすがに空手二段だけのことはあるなと、妹の早業にも眼をみはった。

「かおる!! 変な芝居はやめなさい」

鈴子は、ニヤリと言って、また寝ころび週刊誌に読みふけりはじめた。

「よし。いいよ、何とか頼んでみるよ」

山鐘も、うなずいた。たとえ芝居にせよ、あの庖丁を喉に当てがったかおるの気魄《きはく》を見ては、行先、とてもこんな〔ゲイ〕が俳優になる見込みはないとしても、(恩人の息子なんだ、一度だけでも、大舞台を踏ませてやろう)と、山鐘も思った。かおるは、前にいた大阪歌舞伎では、まだ舞台も踏まぬうちにクビになっていたのである。

その翌日——山鐘は市川扇十郎と、はじめて新興劇場の稽古場で会った。

「テレビで、よく拝見してますよ。私アね、あんたのファンなんだ」

気やすく笑いかけてくれた扇十郎に、山鐘は思い切って、かおるのことを頼んでみた、むろん、恩人の息子だという事情を話した上でのことだった。

「よござんすとも——あんたが附人を連れてくるのは当然なんだし、何、舞台へ出すことは、ぼくが受け合いましょう。ただしセリフがつくかどうか、そいつは受け合えないけど……」

「セリフなんてとんでもないです。当人も、ただ大舞台に出られるだけで、もう満足すると思うんです」

アパートへ帰ったのは、夕暮れ近くになっていた。かおるは、山鐘から出演のことを聞いて狂喜した。

「嬉しい、先生――」

いきなり、髭面をこすりつけられ、チュッと頬にキスをされて、山鐘は、辟易《へきえき》した。

「よせよ、気味がわるい……」

そこへ、鈴子が帰って来た。例によって男ものの細いズボンに皮ジャンパーという姿である。

「鈴子。まだお店へ行かなかったのか?」と、山鐘が言った。

鈴子は、名古屋でも栄町のRビルの地階にある酒場〔フラミンゴ〕のバーテンをしていたし、東京へ戻ってからは銀座の〔ボントン〕でシェイカーを振っている。〔ボントン〕のような高級バーでもつとまるほどに、鈴子はバーテンとしても一流だと言えよう。

「どうもネ、女どもがうるさくてかなわないヨ、兄さん――マダムにだけは、こっちの本体うちあけてあるんだけどサ、あとの連中は、あくまでも私を男だと思ってやがる。こいつには何処へ行っても悩まされるんでねエ」

苦笑と共に、鈴子は山鐘に洩したことがあった。

無理もないと山鐘も思う。むかし、松竹少女歌劇で、ターキー水の江と共に人気をうたわれた男役のオリエ津坂――あのオリエに、もうひとつ頽廃《たいはい》的な香味をきりりと加え、軀つきを細くしたのが、鈴子の男装だった。

(妹の方が役者になれる。そこへ行くと、かおるは……)と、山鐘は嘆息した。

「おねえさん、あたくし、先生と……」

かおるが、今日のよろこびを、いそいそと鈴子へ告げるのへ、鈴子は、よかったねとも言わず、

「そうか――おい、かおる。フロへ行くヨ」

さっさと外へ出て行く。

「ハイ。いますぐ――」

かおるは、鈴子と自分の入浴道具をあわてて抱え、「おねえさん。待ってエ――」と大声に叫びながら、鈴子の後を追ってアパートを飛び出して行った。

近ごろのかおるは、山鐘よりも、鈴子へのサーヴィスに熱中する気味があった。

「オイ、かおる。肩もめヨ」

「ハイ」

「オイ、かおる。襟足《えりあし》を剃ってくンないか」

「ハイ」

それが、このごろでは、かおるの方から、

「おねえさん。マッサージ、させて——」とか「おねえさん、とてもすてき。ねえ、一度だけでいいの、かおるにキスさせてくださらないかしら？　お願い——」

「イヤだヨ」

「イジワル」

べたべたと、それはもう献身的なものだが、それをまた鈴子が平然とうけ入れ、まるで亭主気どりで、かおるを使いこなしているのだった。

リビング・キッチンに八畳の和室というアパートの部屋なのだが、山鐘も、つくづく、

（かおるもかおるだが、妹のやつは、どうして、こんな男に……いや女になっちまったのか）

ためいきが一日に何度も出てくる。

こんなこともあった。

鈴子が名古屋から、このアパートに住みつき、はじめて、かおるを連れて銭湯へ行ったときのことだ。かおるの異常なのには近所の人々も浴場の人たちも馴れてしまっていたが、男装の鈴子が、つかつかと女湯へ入ったときには、

「キャーッ」

女湯の客が総立ちになった。それを平然と見て、鈴子が上着をぬぐところへ、番台のおかみさんと、番頭も走り出て、「此処《ここ》は女湯ですよッ」と叱りつけた。

「私はネ、めくらじゃないヨ。女湯だからどうしたというんだ」

答えるや鈴子はパッとワイシャツをぬぐ。その下は胸もとまで巻きつけたサラシの腹巻で、その腹巻をするするとめくりとると、ぷっくりとふくらんだ、とても三十四歳には見えぬ処女の乳房があらわれる。

「うおーん……」という、どよめきが、女湯にたちこめ、銭湯の番頭は、あまりのショックに腰をぬかしたという。

×　　×

昭和三十七年正月の、新興劇場の初日があいた。

入りもよかった。出しものは、市川扇十郎が萩原千恵子と踊る舞踊劇の一幕をのぞいて、みんな新作であった。

かおるは、山鐘が出る戦国物の序幕に出してもらえた。

役は〔死体〕である。

つまり、幕あきの関ケ原の戦場にるいるいとして横たわっている武士の死体の一つになって、ただ舞台に寝ているだけの役であった。山鐘は一寸、可哀想な気もしたが、経験もない素人のかおるなら仕方のないことで、むしろ市川扇十郎の好意に感謝すべきだった。〔死体〕でもかおるは給料をもらえるのだ。

ところが……とんでもないことになった。

初日の幕があくと、舞台は前日の激戦を思わせる戦場の一角で、およそ十五人ほどの死体が横たわり、朝の陽が、この凄惨な場面に落ちかかっているというわけなのだが……。

幕が上るや、死体の一つが、むっくりと顔を持ちあげ、しきりに、客席へ向ってウインクをするではないか——。

「わあーっ」と、客席が笑った。当り前だ。ウィンクした死体は、かおるなのだ。

扇十郎は、カンカンになった。

「山鐘君!! せっかくだが、君のあの弟子は、もう舞台に出せないね」

「ごもっともです」

山鐘も、とんだ恥をかいた。

さいわいに、山鐘の力演は扇十郎の気に入られて、よかったようなものの……。

「どうして、あんなマネをしたんだ？」

夜更けてアパートへ帰り、山鐘がかおるを問いつめると、「だって、あたくしを見に来て下さっているお客さまに、あたくしだって顔ぐらいお見せしなきゃ……」

四角張った顔をぶるぶるとふるわせ、あんまり形のよくない鼻の穴をふくらませ、かおるが、うらめし気に、涙ぐんで言うのだ。

「バカ言うなヨ。君の顔を見に来る客なんかいるかい」

「いましてよ、先生――いましてよ……」

かおるは、ぷっとふくれた。

話を聞き、ぼくもおどろいた。かおるは、福岡の店を叔父にゆずったとき、その代償として押しつけられた五十万円のうち、十五万円ほどをまだ持っていて、その金を全部、貯金帳からおろして新興劇場の一等席のキップを買えるだけ買い、そのキップに一冊百二十円のプログラムまでそえて、知り合いの人びとに、「ぜひ、いらしてネ」と、配りあたえたのだという。

バーテンをしていたころの知り合いや客にもキップを配り、ぼくの住むアパートの住人たちにも洩れなく配ったばかりか、銭湯の番台にいる〔おねえちゃん〕にも配ったのだそうだ。

「何てことをしたもんだい、君は……」

山鐘はあきれ返ったが、銀座の店から帰った鈴子は、このことを聞くと、

「バカだねえ、かおるは——」

ヒゲづらの、ごついかおるの肩を抱いて、やさしく愛撫してやりながら、

「よし、よし。私が引きうけたヨ」と言った。かおるは、鈴子に抱きつき、いつまでも甘ったれて泣いていた。

翌日——山鐘は市川扇十郎によばれて、

「おどろいたよ、山鐘君。あんたの妹さんが、今朝、私のアパートへ来てねえ」

「ひえー、妹が……」

「かおる君を舞台に出してやってくれ、もう決してウィンクなんかさせませんからというんだ」

「どうも、これは……」

「おどろいたよ、君——あんたの妹さん、こりあ、舞台へ出したら凄いぜ」

感にたえたような扇十郎の声だった。山鐘は恐縮するばかりだった。

かおるは、鈴子のおかげで、それからのちは、ウィンクもほどほどに、何とか二十五日間の舞台をつとめ終えた。

1962年春

春になって、また、市川扇十郎と現代座の合同公演が新興劇場で行われることになった。

正月公演の評判がよかったので、扇十郎も〔現代座〕をひきいる萩原千恵子も大いに気をよくし、一も二もなく、二人は、多忙なスケジュールをくり合せて公演にのぞむことになった。

今度は、山鐘敏郎にも前もって参加の依頼があり、もちろん、山鐘はよろこんで引受けた。

三月の下旬に、スタッフの顔寄せが、劇場の稽古場で行われた。

昼夜とも、二本ずつ新作をそろえた公演なので、みんな張り切っている。

「やあ、しばらく。このごろはまた売れてるじゃないか。こないだ、君がレギュラーになってるBテレビのホーム・ドラマを拝見したよ。いい味じゃないの」

市川扇十郎は、山鐘が稽古場へ入って行くとすぐに傍へ来て、人懐《ひとな》つこい微笑と共に、こんなお世辞を言ってくれた。

扇十郎は歌舞伎役者の中でも、人気の点で、もっともマスコミにのっている俳優だといえよう。天才的なカンのよい演技の持主である上に、古典の、たとえば一昨年の秋の初役で演じた「勧進帳」の弁慶などでも、すこぶる派手やかに演じて、近年の、どの役者の弁慶も陰々滅々で味気ないのに引きかえ、その颯爽たる扇十郎の弁慶は、絶讃をもって観客に迎えられたものだ。

それでいて、萩原千恵子と現代劇を共演しても、するどいリアルな役のつかみ方をして大いに唸らせもする。

とにかく、山鐘にとっては、扇十郎の知遇を得たことが、どんなにプラスとなっているか……。

(おれも、この年になって、やっと芽が出てきたようだなあ)

山鐘も嬉しかった。

その日——、打合せが済んだ夕方になって、山鐘が劇場を出ようとすると、扇十郎の弟子が駈けて来て、「先生が、ぜひお話したいことがあるそうですから、西銀座の〔プリムラ〕で待っていて下さい」と言う。

〔プリムラ〕は、かなり有名なレストランだった。

「かおる。先へ帰ってろよ」

「ハイ。きっといい話よ、先生——だって、この頃の先生、まったくツイてますもの」

「うん、そうだなあ」

「あたくし、おねえさんのアパートへ遊びに行ってもいいかしら？」

「いいけど——鈴子はお店だろ？」

「いいえ、今日は、おねえさんのお店、公休なんです」

かおるも張り切っていた。今度はセリフをもらったのだ。昼の部の現代物の夜の街に出没する男娼の役で、舞台を上手から下手へ通りぬけながら「チョイト、彼氏」と通行人を呼びとめる。男が（フン）といった顔をしてさっさと去るのを見送り「バカにするない!!」と怒鳴り、下手へ引込むという役だ。

「君に、うってつけだよ、かおちゃん」

山鐘が言うと、かおるは、もう大よろこびで、

「今度の役は、ぜひ、おねえさんに賞めて頂かなくちゃ——」

大変な意気ごみだった。

正月がすぎてから、山鐘の妹の鈴子は、四谷左門町にアパートを見つけて引移り、そこから相変らず銀座の店へ通っていた。

いわねえ」


「あたくし、おねえさんのメイドになりたいんですけど、いけないかしら……いけな
「きまってるヨ」と鈴子が、

「かおるは、役者になるんだろ。兄さんの弟子なんだろ」

「ハイ」

「初志をつらぬくべきだヨ」

「ハイ」

「ヒマなときは、いつでもおいで」

「ほんとおねえさん――」

「ほんとサ。私だって、かおるのマッサージをたのしみにしてるヨ」

「嬉しい!!」

男装の妹と、男装?のかおるが――いや藤原健次郎が、こんな奇妙なやりとりをしているのを見て、山鐘も、

(でもなあ、鈴子だけでも居なくなってくれた。これで、いくらか、おれも安眠出来るな)と思った。

実際、名古屋から山鐘のアパート(目黒のF町にある)へやってきて、まだ半年ほ

どにしかならないのに、鈴子は、近辺の盛り場をうろつくごろつき共と喧嘩をして、三度も交番へ引っ張られている。

骨折で入院した不良共が八人もいるというのだから、鈴子の空手二段も、まんざらではないのだ。

「お前は女だよ、いいかい。しかも三十四にもなって……」

山鐘が、いくら呆れ返っても、鈴子は、

「放っといてくれヨ、兄さん」と、気にもかけない。

話がそれたようだ。前へもどる。

その夜――山鐘敏郎は、レストラン〔プリムラ〕で、市川扇十郎と食事をしていて、ステーキの肉をあんぐり口へ入れかけたとたん、

「山鐘君、ぼくねえ、君の妹さんと一緒になるよ」

扇十郎にこう言われ、激しい衝撃をうけると同時に、山鐘は、すーっと気が遠くなるような思いがして、口の中の肉片をテーブルの上に吐き出してしまった。

「どうした？　君――山鐘君……」

「せ、扇十郎さん……」

「大丈夫かい、君――え？」

「だ、大丈夫です……」

しばらくして、山鐘もやっと落ちつき、

「鈴子のやつを、どうして……そんな……」

「どうしても、こうしてもあるもんか」

「妹と会ってらしたんですか？」

「当り前だよ」

「しかし、――妹が、よく……」

にやりと扇十郎が笑った。

「もうね、君――すまないが、出来ちゃってるんだ」

「出来た？　何がです？」

「何がって君――男と女が……つまり、ぼくと鈴子が出来ちゃったんだよ」

「へーえ」

「おどろいちゃアいけない」

「いけないという方がいけない。無理ですよ」

扇十郎が言うには……。

あの、かおるの〔死体〕事件のことで、鈴子が扇十郎のところへ、かおるの失敗を許してもらうために頼みに行ったことは、山鐘も知っている。

その後——鈴子に興味をもった市川扇十郎は、しばしば、鈴子がバーテンをつとめている酒場〔ボントン〕へ通いつめるようになったらしい。

そのころには、鈴子も四谷へ引越してしまったので、山鐘も妹の動向については、あまりよく知ってはいないのだった。

「君はそういうけどねえ、山鐘君——」

扇十郎は、ゴクリとつばをのみ下して、

「ぼくから見ればだね、君の妹さんは、まぎれもなく女なんだ。じゅうぶんに水気を内蔵している熟《う》れ切った果実なんだ」と、歯の浮くようなセリフを平気で言う。女の方では、これもかなりの勇名をはせている市川扇十郎だが、三年前に細君をガンで死なせてしまっていた。

「ぼくはもう、二度と女房をもらうつもりはなかったんだが、君の妹には、ついつい、魅了されてねえ」

「ははあ……」

つい半月ほど前のことだ。

「どう？　ぼくのアパートへ寄らないか？　三ちゃん」

思い切って、扇十郎は鈴子を誘った。

鈴子は、どこへ行っても牧村三郎という男名前で通っているのだ。

「扇十郎さんのアパートへ行って、何するんです?」

「ホーム・バーがある。何かこしらえておくれよ」

「そうですか。お供しましょう」

こだわらない扇十郎の言葉だけに、まさかと、鈴子も思ったのだろう。

山の手にある三間つづきの豪華なアパートに住む扇十郎について行ったのだ。

カクテル二、三杯に、ブランディなどをなめるうちに、扇十郎は、ピチーンと扉の鍵をかけてしまった。

「鈴子ちゃん。君を抱きたい」

山鐘より二つも上の四十六歳になる市川扇十郎は、ずばりと言ったものだ。

鈴子は、にやりと笑った。

「バカだナ、扇十郎さんは——とんでもない目にあっても知りませんヨ」

「いいとも。君が空手二段だってえことは、ぼくも山鐘君から聞いてるぜ」

ぱっと、扇十郎はシャツをかなぐりすてた。そして肌着もだ。

鈴子も、一寸おどろいた。

やせっぽちのように見えた扇十郎の上半身は、鉄棒を組み合せたように引きしまっている。

「鈴子ちゃん。こう見えても、ぼくは昔、六代目（菊五郎）のところへあずけられていたころ、北辰一刀流をまなんで四段をもらっている。空手もやったぜ」

なるほど、扇十郎の殺陣《たて》は歌舞伎俳優には見られない迫真力がある筈だ。

「行くぜ!!」

扇十郎が猛然と躍りかかった。

これに対して、鈴子もまた敢然と迎え撃ったのは言うまでもあるまい。

「いやはや――ぼくの部屋の道具も器物も、メチャメチャにこわれちまったよ。そうさなあ、あれで五、六分も立合ったかな……」

双方とも心得があるだけに、どなったり叫んだりはせず、割合に静かなる決闘だったと扇十郎は言った。

「最後に、ぼくの当《あ》て業《わざ》がきまってね。鈴子が、うーん……てえと、白い喉を仰向けにそらして倒れかかる。そいつをぐっと抱きとめ間髪を入れずベッドへ運んだよ、ぼくは――わかるかい？」

「わかりませんなあ……」

「すかさず、ぼくは、鈴子のシャツをむしりとり、あのサラシの腹巻き、あいつをとるには骨を折ったよ。しかし、あの腹巻ン中から、ぷっくりと乳房がころび出たときは、もうたまらなかったね、おれの眼に狂いはねえと……女の中の女でなけりゃア、あんなおっぱいはしていねえもの」

きらきらと双眸を輝かせ、扇十郎は昂奮していた。

山鐘は扇十郎の話を聞いていて、不思議に、猥褻《わいせつ》な感じがしなかった。

しかし、信じられなかった。

「山鐘君。鈴子は小学生のころから空手をやっていたそうだね」

「ええ。何しろ戦争前の、ああいう時代なもんで――浅草の家の近所に空手道場がありましてね。そいつを見物に行っているうちに、たしか十二か三のときです、鈴子がはじめたのは――しかし一年ほどは、家のもの誰も気がつかなかったんですよ」

「武道をたしなむもんの心得はそうありたいね。ぼくなんぞも、ぼくの腕前を知ってるやつは、ごくわずかだよ」

「なるほど……しかし、鈴子のやつがねえ……」

「女が武術をやるのは男に勝ちたい――つまり女性全部が男にもっているコンプレックスが形にあらわれるだけのことなんだよ。鈴子なんかも、いざとなって街の与太者を手玉にとるという快味が忘れきれず、したがって女になるのがバカバカしかったんだ。しかし、いざ、この、ぼくの手によって女にされて見ると、そりゃア君、何とも言えないいもんだぜ。ぼくはね、今までに、君の妹ほどすばらしい女に出会ったことはない。やっぱりあれだけ鍛えてあると、軀も心も、常人とは違うよ」

しゃべりつづける扇十郎を見つめたまま、もう山鐘は、ぐったりと疲れてきていた。

「山鐘君――いや、義兄《にい》さん。結婚式は内輪でやろうよ。ぼくも、もうこの年をしてテレくさいしねえ」

扇十郎は、精力的に、血の滲んだステーキを頬張りはじめた。

同　年　夏

市川扇十郎と鈴子の結婚式は、五月五日の節句の日に、扇十郎のアパートで、平服のまま、ごく簡略に行われた。

ぼくも、むろん列席した。

かおるは列席しなかった。

鈴子は、さすがにスラックスにブラウスを着て、大テレにテレていたものである。

あれから、もう三ヵ月近い月日が流れている。

「あたくし、失恋ヨ、先生――おねえさんを扇十郎にとられちゃった……」

かおるの悲嘆は、やる方なかったもんだ。

「あたくしとおねえさんの間は、けがらわしい肉体的な――そんなみだらなもののない、ほんとに美しいものだったのに……」

よよと泣き崩れる（かおる）こと藤原健次郎のグロテスクな愁嘆場を見て、ぼくも何と言っていいか……まったく、困った。

かおるの言葉によれば――泣いて泣いて泣きつくして、その翌朝になると、かおるは、決意をこめ、

「あたくし、もう死物狂いでやりますわ」

「何をやるんだ!!」

「勉強を――いい役者になるためによ、先生」

「結構だね」

「やる!!　きっとやる――いまに扇十郎を見返してやるから……」

「その意気だ」と、ぼくも気のない返事をしておいた。

ところが……やりはじめたのである。

何をやったかというと、かおるは、藤原健次郎の本名に戻って〔山口剣友会〕という殺陣《たて》専門のグループへ入ったのだ。

これは、山口某という殺陣師が中心となって結成されているグループで、そこで養成された剣士俳優たちは、テレビへも舞台へも出られる。

ことに、現在ではテレビの需要が多く、なかなか繁盛しているのだ。

かおるは、毎夜毎夜、手も足もアザだらけにして、ぼくの部屋へ帰って来た。

「よく、辛抱するなあ」

「やります。扇十郎なんかに負けるもんか」

「早く寝ろよ」

「すみませんわ。このごろは先生のお世話が出来なくて……」

「何を言ってるんだ。君の修行のためだ。ぼくはよろこんでるよ」

「今に、見てて頂戴ね、先生」と、言葉だけは変らないが、かおるの意気込みたるや、すさまじいものだった。

一ヵ月もたつと、

「今度、テレビへ出ますわ」

「そうか——よかったな」

「大利根《おおとね》の決闘というバクチうちのチャンバラなの。あたくし、はじめてヨ、男の役は——恥かしくて……」

などと言っていたが、いざとなって見ると、かおるの殺陣はなかなかのもので、ラストには浪人者と一騎うちをやり斬倒される一寸したシーンもあって、セリフはないが、ともかく、何とか見られたのには、ぼくもおどろいた。

「よかったよ」と、ほめてやると、かおるは大よろこびで、「扇十郎よりも、よくって？」と訊く。

「そりゃア、まだムリさ」

「いいわ。もっとうまくなるから……」
〔ゲイ〕が殺陣をやるというので、近頃のかおるはマスコミにのり、ちょいちょい週刊誌に写真が出たりするのだから、いまの世の中は不思議である。
その写真にそえて、「立ちまわりも、やはり刀をふりまわしているだけじゃアいけないんですのよ。その役にはまった芸が、刀のキッサキに滲み出なくてはネ」

などと、かおるの言葉が活字になってのせられてもいる。

梅雨もあけて、一度に空も青く、陽射しも暑くなった或日——ぼくがBテレビの仕

事をすませて、まだ陽ざかりの舗道へ出て来ると、

「兄さん」

鈴子が、扇十郎のヒルマンを運転し、傍へ来た。

「おう。鈴子か——どこへ行くんだ」

「扇十郎をG劇場へ送って来たところだヨ」

「おい、鈴子。お前も女房になったんだ。言葉つきをあらためろよ」

「三十何年も使ってた言葉だもの。急にはムリだヨ」

髪のかたちは、扇十郎の好みで、そのままだが、黄色のブラウスを着た妹は、ばかにきれいだった。

眼がうるみ、前には光沢のなかった頬もふくらみ、つやつやとしている。

「何をじっと見てるのサ。バカねえ」

「いや何——こうも変るかと思ってな」

「何がよ」

「何がって、お前……」

鈴子は、ぱっと赧《あか》くなったが、すぐに、

「さア、車へ乗ってヨ。どこへでも送って行ってあげるからサ」

「そうか——それじゃア、牛込まで行ってくれるか」

「いいとも」

牛込に住む老劇作家の桑田先生は、非常に、ぼくを可愛がってくれる。

今年六十五歳になられるのだが、作品もまたしっかりしたもので、テレビに舞台に、良い仕事を重ねておられるのだ。

ぼくは鈴子に銀座へ出てもらい、S屋のフルーツを籠に入れさせ、桑田先生のお宅へ行った。

鈴子は、桑田邸の前で車をとめ、ぼくをおろすと、

「兄さんも、そろそろ身をかためるんだナ」

「何をぬかす」

「フ、フ、フ……」

「こら!!」

「バイバイ」

鈴子のヒルマンが電車通りの方向へ消えるのを見てから、ぼくは桑田邸の門へ入って行った。

桑田先生は、お元気だった。

ひろい庭には、蝉《せみ》が鳴きこめている。

「ま、一杯いこうか――」

先生は見事に禿げ上った頭に冷しタオルで鉢巻をしておられた。

いつものように、冷めたいビールが運ばれた。

「お仕事、大変でございますな……しかし、よくタネがつきないもんで……」

ぼくがそう言うと、先生は黙って笑っておられる。

ぼくは、思いきって「こんなことを申すのは何ですが……」と切り出した。鈴子とかおるの思いもかけなかった〔転身〕について、なっとくの行く説明をして頂きたかったからだ。

桑田先生は、熱心に聞いて下すった。そして、先生は、しずかにおっしゃった。

「それアねえ、君――人間というものは、思いがけないときに、思いがけない本質が出るものなんだよ――しかし、それは、ほんの二、三人の人、または本人だけしか知らない場合がある。そしてね、本人でさえも、自分の本質に気がつかんことが多いんだね。君の妹さんも、そのお弟子さんもさ、その思いがけない機会を得て、思いがけない本質が出たというわけさ。ちっとも不思議じゃアないよ」

「はあ……」

「だからね、ぼくみたいなもんでも、何とか書くものが湧いてくる。まあ、ぼくなんか、自分の本質を自分でえぐり出すんだから、こいつは骨だがね」

先生は、ぐーっとビールを一気に飲みほしてから、

「それにしても、扇十郎は、おどろいた男だねえ」

つくづくと、感にたえて、そう言われたものだ。

昼と夜

1

井上清は、久しぶりで、兄の長谷川正信を訪問した。

六年ぶりなのである。

五つ年上の兄だから、今年で五十八になる筈だったが、若いときから勤勉精励、女あそびも酒もやらぬと自慢するだけあって、禿《は》げた頭を別にして見ると、血色のよい脂の浮いた顔には皺《しわ》ひとつない。

「ほほう……ふーん……ほほう……」

正信がじろじろと清を見ながら、しきりに首をかしげた。

「兄さん。どうも永らく、ごぶさたをしまして――」

と、応接間へ通された清が、挨拶するかしないかに、正信は目をみはって、

「ほほう……ふーん……」

しきりに、おどろきの声をあげつづけるのだ。

「清、お前……どうやら、身が、かたまったようだな」

しばらくして、正信が言った。

「はあ……何とか……」

「いくつになった？　いや待て……そうだ。今年で五十三になったんだろう？　私と五つ違いだったものな」

「そうです」

「それにしちゃア、若いじゃないか、むかし、極道をやっていたころと、ちっとも変っちゃおらん」

「兄さんも、お丈夫そうで——」

井上清は、愛想笑いをうかべながら、お世辞を言った。兄には頭が上らないのだ。どうも、昔からのくせで、兄の前へ出ると、清は威圧をされる。謹厳な兄に、清は叱られつづけて、半生を生きてきたわけだが、五十を越えた現在、たしかに兄の言う通り、先ず生活のおちつきを得ていると言えよう。

「養子に行ったんだってね？」

「はあ。ですから私、いまは井上姓でして」

「ふむ……何か、土地家屋の周旋屋をしていると、この前の手紙にあったが……」

「そうです」

「大分、儲かるらしいじゃないか」

「とんでもない」

「いや、結構。お前の身なりを一目見て、私はすぐに感じたよ。お前が昔のお前じゃないってことをな」

「どうも……」

清は白いものがまじった頭をかいた。

去年の暮に「何かと入用だから、つくっといたらいいわ」と、妻のひろ子が、あつらえてくれた黒のドスキンのダブルを、ひょろ長い体にきちんと着こなしている清を見て、正信は、びっくりしたものらしい。

「まあ、よかった。お前も身が固まって——」

「いろいろと、どうも……」

「お前には手をやいたものな」

「おそれ入ります」

「たまには遊びに来い。これからは、出入を許すよ、ウン」

「どうも──」

「私の家内は老《ふ》けたろ」

「いや。やはり相変らず、嫂《ねえ》さんは、やさしい方ですね」

「まあね、貞淑な方だろな──ところで、一郎は大きくなったよ。去年、大学を出てね。いま、私の会社で、見習いから仕込んどる」

「はあ……」

「ところで、何か用でもあるのじゃないか？　先刻《さっき》から変にソワソワしているが……」

「実は……」

「まさか、また金を貸せじゃないだろうな？」

瞬間、正信の顔色が警戒のいろを見せて硬張《こわば》った。

「いや。ち、違いますよ、兄さん──」

「じゃア、何だ？」

「実は──その、一郎君のことにつきまして──」

「何、一郎の……？」

「実は、その、昨夜、一郎君、私のところへやって来ましてね」

「何……一郎がお前の……」

「実は、たびたび、このごろは――」

「お前のところへ、たびたび行ってるのか？」

「はい。実はその……」

思い切って、井上清は、今日の訪問の目的へふれていった。

2

兄の子の……つまり井上清にとっては甥に当る一郎に、清が出会ったのは、半年も前のことである。

清の店は、目黒区のG町にあった。私鉄のG駅前商店街の入口にある貸店舗の一室に、不動産売買仲介業をいとなんでいる清の店は、岳父・井上宗吉のものであったが、宗吉在世中に、清が店員として住込み、そのうちに宗吉の一人娘のひろ子に見込まれ、養子となったものだ。

結婚当時、清は四十九歳。ひろ子は三十七歳だった。

岳父の宗吉も、岡へ上った海坊主のようなすさまじい形相をしていたものだが、娘のひろ子も、三十七まで処女を守りぬいてきただけに、ボリュウムだけは人並以上だが、顔の方は、どう見ても、女出入りのはげしかった清が結婚しようという容貌ではない。それでも、結婚にあたり、ひろ子は出歯の大手術を行ない、いくらかは見よくなったようだ。

井上清も、ここへ気持をおちつけるまでには、いろいろのことがあったものだが、

(まあ、このへんが腰のすえどころかも知れないなあ……)

あきらめて結婚をしてみると、ひろ子との間は非常にうまく行き、子供にはめぐまれなかったが、清も、

(まず、よかった)

と、安心をしているところだ。

二人は、G駅から四つ目のS駅で降りた住宅街に、土地五十坪、家屋二十五坪の家をもち、そこに住み、清だけが毎日G駅前の店へ通って来るのだ。

店には——かつて清がそうだったように、三井弘というハンサムな青年が店員として住込んでいる。

清は、三井に三万五千円を払っている。

不動産の周旋屋の店員の給料としては破格のものだ。それにはそれだけの理由があるのだが……。

そのへんで、清が甥の一郎に、五年ぶりで出会ったいきさつをのべよう。

一郎はG駅前で、ミシンの〔街展〕をやっていたのだ。

言うまでもなく、父・正信が常務をしている〔スタア・ミシン〕の社員として、一郎は〔街展〕の仕事をさせられていたのである。

〔街展〕というのは、盛り場の道へミシンをおき、通行の人々に呼びかけては、月賦購入の勧誘をするわけだ。外交員の中でも、この仕事は、もっとも至難なものとされている。

つまり、長谷川正信は、我子を〔街展〕の勧誘員から叩きあげようというつもりなのだ。

しかし、気のやさしい一郎には、このような強引な駈けひきを笑顔でやってのけようという心臓のたくましさが不足している。

しょんぼりと、G駅前の道へ、はじめて一郎があらわれた日に、清は、一郎を見つけた。

「なんだ、一郎君じゃないか」

「あ——叔父さん……」

まっ赤になって、一郎はふるえ出した。

「大きくなったねえ」

「ええ……」

「大学、出たの!?」

「出ました」

「何をしてるんだね、一体……」と言いかけ、たちまちに、清は兄の心がつかめた。

「ははあ、なるほど……お父さんに、大分やられてるね?」

「そうなんですよ、叔父さん……」

「どう? 売れるかい?」

「とんでもない。毎日、此処《ここ》へ突立って、ぼんやりしてるだけなんです。毎月、契約が一つもとれないんで、父が社員たちの前で、ぼくをガンガン怒鳴りつけるんですよ」

少年のころと少しも変らない一郎の、色白い、ふっくりとした童顔を、清は(嫂さんゆずりだな)と思った。

「まあ、お茶でも飲もうや」

「はあ……」

一郎は、ミシンの傍で退屈そうにしている実演係りの中年の婦人にことわり、叔父のそばへ駈け戻って来た。

これから……。

この叔父と甥の交際が始まったのだ。

土曜の夕方か、日曜の昼間に、一郎は、たびたび町の清の家を訪ねて来るようになった。

ひろ子も、この義理の甥の出現を大いによろこび、

「可愛い青年じゃありませんか。私にも、一郎さんみたいな甥が出来たと思うと嬉しいわヨ」

子供がないだけに、清夫婦は、一郎の訪問をたのしく待つようになった。

一郎は器用で、しかも、そういうことをするのが趣味らしく、

「叔父さん。この部屋の押入れを洋服ダンスにしたらどうかな」とか「叔母さん。サム（清夫婦が飼っている犬だ）の小舎《こや》を、ぼくが今度つくってあげますよ」とか、自分から言い出しては、いそいそと設計図をひき、ただちに大工道具を持ち運んでは、会社の帰りに寄って、職人そこのけの器用さで、造りつけのタンスやら、しゃれた飾り戸棚やら犬小舎やらを、つくってくれたものだ。

「ほんとに、一郎さんっていいひとだわヨ。家の中が、まるで違っちゃったわ」

ひろ子が、感嘆の叫びをあげたものだ。

大工道具なども本式のもので、

「そう言えば、君は、小さいときから手工……つまり今でいう工作ってのかな。好きだったものねえ」

清が言うと、一郎は哀しげに、

「今でも、好きなんです」と、答えた。

六年ぶりに、清が兄の正信を訪ねることになったのも、実は、この甥の趣味についてのことからなのである。

それは、去年の暮も押しつまってからの或日のことだった。

明日から会社も休みになると言って、一郎が訪ねて来た。

見ると、どうも浮かない顔つきをしている。憂鬱が彼の童顔から、にじみ出ているのだ。

「どうしたんだ、一郎君。何か、厭なことでもあったのかい？」

「いえ、別に……」などと、一郎は、なかなか打ちあけなかったが、清が、しつこく問いつめると、

「実はね、叔父さん。ぼく、いまの仕事やめたいんです。ミシン会社なんか、やめち

まいたいんです」

かなり突きつめた調子で、沈痛に言う。

「だって、そんなことしたら、お父さん怒るぜ」

「ぼく一人なら、家を飛び出してもいいんですけど……残った母が可哀想で……ですから、ぼく……」

「そりゃ、君が、ああいう仕事に向かないのはわかってる。兄は……いや、君のお父さんはだね、昔っから、ああいうところがあるんだ。そりゃ、たしかに立派な人だよ。ぼくと違って、大学を出てからも、何一つ道楽もせず、スタア・ミシン一本槍につとめあげて、ついに常務の椅子を獲得した人だ。おそらく——おそらくだね。兄キは、あの年になるまで、女というものを、嫂さん一人きりしか、知らないんじゃないかな」

一郎が、ぱっと赤くなった。現代の二十四歳の青年として、こういうのは珍しい。清は、それを見て、からかい半分に、

「一郎君は、まだ童貞かね？」と、訊いた。

「き、きまってるじゃないですか!!」

一郎は、むしろ憤然として答える。

「しかし、今日だね。赤線がなくなったかわりに、ガール・フレンドなんかと、すぐに肉体交渉という段どりになるそうじゃないか」

「そんな人ばかりじゃないです。ぼくの大学時代のガール・フレンド、みんな、まじめでした」

「そうかなあ……ぼくなんか君、十八のときにだね、悪友にさそわれて玉の井へ……」

このとき、妻のひろ子が紅茶とケーキをもって入って来て、

「何言ってるのよ、あなた!!」と、叱った。

「そんなことよりも、叔父さん……」

「うんうん。何だっけ……!?」

「ぼく、会社を……」

「やめたい。そうか——で、やめて何をするつもり!?」

「大工になりたいんです」

「だ、大工——」

と、清夫婦は仰天して顔を見合せた。

「何を、おどろいてるんですか？　叔父さんも叔母さんも……」

「しかし……せっかく、お父さんが大学を出してだね……」

「大学を出たものが大工になっちゃ、どうしていけないんです」

「そりゃ、いけないことはない。官吏だった父が無理をして、兄と私に大学を出してくれたんだが……私の方は、つまるところ、その、不動産売買の……」

「不動産屋で、わるかったですネ」と、ひろ子が切りつけてきた。

「いや、そういうわけじゃないんだよ、お前――」

一郎が言うには、どうしても大工になるという希望は、すでに大学にいるころから胸にひそめていたらしいのだ。

「理屈も何もないんです。ぼくは、好きなんです。カンナやノコギリやノミをもって、いろんなものをつくり出すのが……そして、やっぱり家をつくりたい。いい腕の大工になって、そして将来は、建築事務所をひらいて、いい仕事をどんどんやりたい。設計もするし現場でも働くしということで、これからは、だんだん、いい大工も少くなるんだし、ぼくみたいな気の弱いもんでも、上の人にビクビクしたり、あたりに気がねをしたりせず、コツコツと仕事に打ちこめる……そういう職業の一つだと思うんです、大工は……」

「ふーむ……」

清は、甥の言うことに感心した。清よりも、ひろ子の方が大賛成で、

「一郎さん。あんたはまア、何て偉いんでしョ。見直したわョ。男はそれでなくちゃ……ほんとよ、大学を出た頭で大工をやれば、きっと腕のいい職人さんにもなれるし、多勢の人を使って仕事も大きく出来るわョ」

「はあ、ありがと、叔母さん——これからは何でも機械力っていいますけど、日本古来の大工がつたえてきた技術も珍重されるし、それはそれで生かして行くべきなんです。いまのうちなら、腕のすぐれた棟梁もいますし、ぼく、いまのうちに、そうしたすぐれた技術をおぼえておきたいんです。ぼくは子供のころから、大工さんにあこがれていたもんだから……」

おとなしい一郎が、眸《ひとみ》を輝やかせてしゃべりまくるのである。

結局は、兄の心を何とか解きほぐして、甥の希望をかなえてやろうという気に、井上清はなったわけだ。

年があけて、松かざりもとれぬうちに、清が久しぶりで兄の邸へ出かけて来たのは、こういうわけからだった。

「ば、ば、ば、馬鹿な——」

やはり、すべてをきかぬうちに、兄の正信は足を踏みならして怒りはじめた。

「あなた……」

途中から茶菓を運んで来た妻の富江が、

「一郎も、そこまで決心しているんですから、そして当人が、そこまで思いつめて……」

「うるさい!!」

雷のような声である。富江は、しゅんとしてしまった。清は、久しぶりに兄の暴君ぶりを目のあたりに見て（相変らずだ。自分のいいと思ったことは他人にとってもいいことだと思ってる。これじゃア、どうも見込みはないな……どうしても一郎が大工になるなら、この家を飛び出すより仕方がないだろう。どうも、これは、一郎や嫂さんが可哀想だ。そうだ、いっそのこと、母子して飛び出しちまえばいい。いや、そいつは少し無茶すぎるかな……）

などと考えているうちにも、正信は大声を張り上げ、

「一郎はどこだ!!　何、会社に――よし、私はこれから会社へ行くから、あいつの街展の場所を探させ、すぐに呼びもどして訓戒せにゃならん!!」

一郎は少し前に、G町から新宿地区へまわされているらしい。

ともかく、井上清は、ほうほうの体で兄の邸を辞した。

3

清が、G町の店へ出かけて行くと、三井が待っていた。

「一郎さんから電話でした。何か、早く結果が知りたいとか言ってましたけど――」

「わかってるよ」

「どうかしたんですか、マスター。変な顔をしてますね」

「何でもない。それより、B町のアパートの件、きまったかね？」

「きまりました。双方とも歩みよりましてね。書類は、ここにあります」

「そうか、御苦労さん――」

「それからね、マスター……」

と、三井は別の用件を話しはじめた。別の用事とは別の仕事のことである。井上清が不動産屋のほかに、妻君にも内密でやっている別の仕事のことだ。

それはどんな性質の仕事なのか……。

それにはまず、井上清の過去に、ちょっとふれておかなくてはならない。

清は、中学生のころ、小説家になろうと思った。

それから詩人、俳優、画家等々、彼の夢は果しなくひろがっていったものだが、こうした彼の性格が、大正から昭和の初期という時代にかけて、清の青春を、どういう風にいろどったか、およそ見当がつこうというものだ。

日本の都会には物資がだぶついており、享楽にものびやかさがあった。物がたい官吏の父と、父そっくりの謹厳な兄にはさまれて、清が次第にぐれ出していったのもムリがないところか――。

大学を出ると、清は、もう父と兄から勘当同然となり、浅草のレヴュー小屋の文芸部へ入った。舞台にも出たことがある。それから清は、浅草をたまりに生きて来た。そのころの浅草は……などと書いて行くとキリがない。ともかく、そのころの浅草という土地には、清のような青年が、うようよと泳いでいたものである。貧乏ばかりしていても、酒と本には事を欠かなかった。

そのうちに……。

清は、妙なところへ迷いこんで行った。三十歳をこえてからのことだ。軍人と戦争一色にぬりつぶされはじめた時代である。遊廓はあったが、そのようなところに働く女以外の、もっと新鮮な、つまり（しろうと）女を客に紹介する……めんどうくさい、つまりポン引きという便利な言葉で表現しちまえばいいんだ。

いまで言う、コール・ガールと、それを周旋する仕事である。

こうしたことは、いつの時代にも絶えない。赤線廃止をした現在を見よ。東京におけるコール・ガールのクラブは、大小合わせて七十にも及んでいるのである。

清は、おだやかで親切な人柄だし、客からも女からも好かれた。この道へ入れば、また、この道のたのしみというものがある。女には良い客を、客にはよい女を……、そして、双方からよろこばれたとき、本物の（ポン引き）は、胸がうずくような快味をおぼえるのだ。見も知らぬ男女を観察して、これにはこれをとえらんだ眼に狂いのなかったときのよろこびは、ポン引きのみの知るところだろう。

もう切りがないから、やめる。

ともかく、戦後も、清は、ずっと（ポン引き）稼業で飯をたべてきた。兄の正信が、出入りをゆるさなかったのもムリはない。

井上家の養子となり、かたぎの商売をはじめた後も、昔なじみの女や客にせがまれ、ついつい、新発足をしてしまったのも、井上清の人のよさなのだ。

三井青年は、主として、こちらの方の仕事に活躍をする。三井は、昔、清が浅草で（ポン引き）稼業の一から十までを教わった先輩、三井清太郎老人の次男なのである。

さて——話をもどそう。兄の邸から引きあげて来た清は、やわらかな正月の陽ざしがガラス戸からさし込む居間の机に頬杖をつき、三井青年の報告をきいている。

「マスター。Ｆ毛織の重役の桑田さんからの紹介なんですがね。今夜の七時、若くてピチピチした娘を一人、たのみたいっていうんです」

「桑田さんの紹介なら安心だろう。で、誰をやる」

「さとみちゃんに、さっき、連絡をしておきました」

「あの娘ならいいね」

木村さとみは、コマーシャル・ガールだが、去年の夏ごろから、清の手もちの駒となった。売れっ子で今では、月に二十万も稼いでいるだろう。

そこへ、一郎から電話が、かかって来た。新宿の街頭からである。

「いま、会社から呼びに来たんです。父が呼んでるんです。叔父さん、ど、どうなりましたか⁉」

「うーん……やっぱり、ダメだったよ」

「ああ……」と、受話器の向うで、一郎が哀しげにうめき、電話を切った。（可哀想に……兄キに、ひどくシボられるだろうなあ……）

そこへ、また電話だった。Ｆ毛織の桑田からだ。桑田は浅草時代からの清の客である。

「たのむよ、清ちゃん。ぼくの友達でね」

「どんなお客さんなんです⁉」

「五十七、八になるかな。まじめそうな奴だが、ちかごろ女にこり出してね。ミシン会社の常務をしている。ふんだくってもいいよ」

「あの……」

清は、ハッとするものがあった。

「何というお名前なんです⁉」

「ウム——ま、君なら安心だから言っといてもいいがね。長谷川さんというんだ」

「………」

「どうした⁉」

「いや、何でもありません。では、七時に、……そうですなあ……」

清は、眼を、らんらんと光らせ、しばらく考えたのち、

「渋谷のK荘へおいで下されば、わかるようにしておきます」

「わかった。じゃ、たのむよ」

電話が切れたあとで、井上清は、武者ぶるいをした。

4

渋谷のK荘は、連れ込み旅館の中でも高級な方である。どの部屋も次の間、バス、テレビ、冷蔵庫つきの冷暖房完備で、二時間の休憩でも二千円はとられる。それでいて儲かって仕方がないというのだから、現代は、まことにふしぎな時代だと、清も思わざるを得ない。こうした高級連れ込み宿の激増は、酒場やキャバレーのそれと足並をそろえている。

（こんな仕事は、もうやめなくちゃいかんかな）と、五十をこえて、平穏な家庭を得た井上清は、

（もしも、女房に知られたら……）

それを思うと、ぞっとするのだ。しかし、やめないでくれと清の足を引っぱるのは、需要と供給の双方からである。それだけ（ポン引き）としての井上清は名も売れているし、絶大な信用を双方からもたれているわけなのだった。もちろん、金も入る。一夜で一万円以下の女をあつかわないし、そのうちの三割が清のふところへ入る。女たちには、出来るだけ金をとってやる。これが娼婦を幸福にしてやるもっとも

大切なポイントだ。清のような男にあつかわれた女たちは、身心ともに健康で、いままでに、幸福な結婚をするかした女たちは数えきれない。清が吟味しつくした客を相手にするから、あまり心も軀も荒れないのである。それが、彼女たちに幸福をつかませるのだ。

その夜――七時前に、井上清は、K荘へ出かけた。木村さとみを連れてである。さとみには内密で、清は、K荘の主人と打ちあわせ、孔雀の間にさとみを待機させた。七時になった。

車が玄関へすべりこんで来た。

清は、帳場の窓の蔭から、そっと、玄関をうかがった。

さて来たのは、まぎれもなく兄キだ。長谷川正信である。すかさずK荘の主人が出て行き、

「桑田様から御紹介の方で?」と、訊く。

「あ、そう」

正信は、悠然とうなずく。

「どうぞ――」

主人みずから案内し、孔雀の間へ去る兄の後姿を見て、清は、

（今に見ろ）と、舌を出した。

それから三時間もたった十時すぎに、またも悠然と、正信があらわれた。満悦の体である。

「いや、ありがと。お世話さま。これは少いが……」と、主人にチップまではずみ、正信は、にんまりと微笑しつつ、呼んでおいた車に乗り、帰って行った。

そこへ、木村さとみがあらわれた。

「あら、マスター、来てらしたの!?」

小麦色の、しなやかで、肉感にみちた、さとみの二十一歳の軀を、兄キめ、どんな顔をして抱いたのか……。

「どうだった、さとみちゃん」と、清が訊くのへ、

「すごいわア。とても、親切……」

さとみも、すっかり参ったらしいのだ。艶然たる微笑をうかべ「また今度、私を呼んで下さるって……ねえマスター。ほかのひとへまわしたら、怒るわよ」と、彼女は夢心地に廊下を踏んで、玄関へ向う。（兄キの偽善者め!!）と清は舌うちした。

さとみが帰ったあと、主人と清は、孔雀の間へ入った。この部屋はK荘で、もっとも豪華な部屋で、ステエンド・グラスによる孔雀の画が、バス・ルームにも寝室にも

散りばめてあるのだ。

主人と清は、寝室のベッドにしかけてある録音機のマイクを、取り外した。マイクはベッドの枕の上の飾りの中に仕かけてあるのだった。この部屋は、主人の趣味で特殊な設計がされているから、ここへ入った客は、すべて主人の好餌《こうじ》となってしまう。もっとも客たちのベッド・シーンを録音したテープを、主人は絶対に他人にはきかせない。だが、今夜のテープは、清のものだった。主人も、ムリに聞かせろとは言わない。

「どうも、おせわさま」

「いや、近いうちに一杯やろうよ」と、主人が言う。清とは浅草時代からの、親しい知り合いなのである。

井上清は、テープを抱え、タクシーを飛ばしてG町の店へ行き、三井青年に小づかいをやって「二時間ばかり、どこかで飲んで来てくれ」と外へ出し、清は、おどる胸を押えつつ、テープをかけた。

兄の声が流れてきた。

「……いい軀してるねえ、キミは――いくつ？」

「二十一よ」と、さとみの声だ。

「あ……ああ、ずいぶん、肩がこってるねえ。テレビの仕事なんて、疲れるんだろうねえ」

「とてもよ。たまらないの、体中がこってきて――」

「もんでやろうか？　キミ――」

とろけるような兄の声だ。この声を嫂さんと一郎に聞かせてやりたいと、清は思った。

「ほんと？」と、さとみ。

「ほんとさ。もませておくれヨ。いいだろ。さ、うつ伏せになって――」

「ウフン……恥かしい……」

「いいよ、いいよ。さ、早く。ぼくはね、マッサージはうまいよ。自分が年中、あんまさせてるからね、もむコツをおぼえちゃってね」

いちいち書いていたら、原稿紙が百枚あっても足らない。

つまり、これから、兄の正信が、木村さとみの（おそらく裸体の……）躯をマッサージする光景が、およそ一時間もテープの中から流れてくるのである。

さすがの井上清も、あきれはてた。

「ここ、どうかね？　いい気持だろう。ほら、どう？」

「とても……あなた、ほんとのあんまさんみたい……」

事実、兄は、あんまがうまいらしい。何しろ一時間にわたって、二万円も払った彼女の軀へ丹念な、本職そこのけのマッサージのサーヴィスを懸命に行なっているのである。

さとみたるもの、この正信の並々でないサーヴィスに、すっかり参ったらしい。

あんまが終ってからの、二人の模様を、ここにえがき出すことは、非常にむずかしいと思う。

正信がしたサーヴィスは二倍にも三倍にもなって、正信へ返ってきたのだ。

すべてを聞き終えたときの、井上清の表情が、どんなものだったか――それも読者の想像にゆだねることにしよう。

翌朝――井上清は、兄が出勤する前の時間を見はからって、兄の邸へ電話をかけた。

「いかんといったらいかん！　昨日も一郎を、きびしく叱っておいた。大学を出た私の息子が大工になるとは何事だ。誠実をモットーとし、女も酒もやらん私が、懸命に育てあげた一人息子だぞ。余計な口出しをするな。お前のような道楽者には、私の、誠実な、まじめな精神がわからんのだ。黙れ、黙れ!!」

「兄さん、どうしても一郎君の希望をゆるさぬとおっしゃるんですな」

「当然だ。お前も、もう出入りはさしとめるぞ」

「ちょっと、待って下さい」

「何……」

「今日、いつでもよろしいですから、ちょっとお目にかかりたいんです」

「用はない」

「実は、昨夜の渋谷のK荘でのことにつきまして、お話があります」

兄が、ピタリと沈黙した。

「兄さんにお聞かせしたいものがあります。それを聞いての上で、一郎君のことを、もう一度、考え直してみて下さい。どうしても、一郎君の希望が、かなえられないときは、私、この品物を、一郎や嫂さんや……ひいては、スタア・ミシンの社員さんにも、お聞かせする考えでいます」

「な、何だ？　その、品物とは……」

「テープです、兄さんの声を録音したものです」

「何……な、何だと……」

「ここでちょっと、おきかせしましょう」

清は、電話器の前で、テープをいじりはじめる。

三井は、外へ出ている。

「……いい騙してるねえ、キミは——いくつ？」と、正信の声が流れはじめた。

五分ほど聞かせておいて、清が電話へ出た。

「いかがです」

「う、う……」と、兄キはうめいた。

「一郎君の希望をいれますか？」

「悪漢!!」と、兄キが悲痛に叫んだ。

「悪漢はどっちの方です!!」と、清も負けずに切り返しながら、うずくような快感に我を忘れた。

(兄キに、ぼくは、初めて勝ったぞ!!)

一郎の希望も、きっとかなえられると、清は信じていた。

ピンからキリまで

1

土屋たま子は、代書屋につとめていた。

主人の中村清五郎は、下町のR区役所前に、大きな事務所をもっている。代書業のほかに、建築設計の仕事をも兼業しており、十人近い事務員を使っていて、なかなかのやり手だった。

たま子がつとめているのは、中村事務所の出張所といってもよいところで、これは山の手のM区の区役所前にあった。

区役所の横手の細い路を少し入ったところで、バスの往来もはげしい大通りに面した他の事務所とくらべては不利な場所である。

そこの十坪あまりの、まことに小さな土地を主人の中村が所有していて、中村は、この土地を持てあましている。売るには小さすぎるし、仕方がないので、そこに五坪ほどのバラックをたて、代書屋をはじめたのだ。

「とんとんに行けばいいんじゃが……そのかわり、君の給料も、あんまりやれないよ」

たま子は、三年前に雇われるとき、中村からそう言われた。

「そのかわり、あのバラックに住んでもいいがね」

「そうですかア。それなら、いいです。八千円でも――」

そのとき、たま子は二十歳だった。母親は、たま子が七歳のときに死んでいて、それからはずっと独身だった父親に育てられて来た。父親はR区役所の戸籍係だったが、たま子が十七歳の春に腸捻転をおこし、手術をしたが手おくれで、急死してしまった。

父母の親戚といっても、東京にはいくらも居なかった。

父母の郷里は鳥取県だが、そこにいる親類たちが、露骨に、たま子を引きとることを迷惑がる様子なので、

「いいわよ、田舎へなんか行くもんか」

たま子は、父が生前に親しかった（いわゆる碁敵《ごがたき》という意味で……）中村清五郎に、

「小父《おじ》さんとこで働かせて下さい」とたのみに行ったのだ。

「女中がわりに来てくれるんならいいよ」

中村は、なかなかに（始末や）で、そのころのたま子は、一日中汗水を流し、女中としても働き、そのかたわら、代書の方もおぼえさせられ、月に千円の小遣しかもらわなかった。

M区のバラック事務所へうつるころは四千円ほどになっていたけれども、とにかく、自分ひとりで出張事務所を切りまわすのだし、一人きりの生活がそこにある。たま子は大よろこびでバラックの事務所へうつった。

中村老人は、一日一度、必ず見まわりに来て、その日の収入を受けとって行く。

「女ひとりで暮しとるんじゃから、くれぐれも気をつけてね。いいかい、へんな男を近づけたりしちゃいけないよ、たまちゃん。君の身に、もし間違いでもあったら、私は、君のお父さんに申しわけないからな。わかったね、わかったな!!」

くるたびに、くどいほど念を押して行く。三年たった現在でもそうである。

（けちんぼのくせに、言うことだけはうるさいんだからナ）

たま子は苦笑していた。

今のたま子が月に二度だけ、娼婦として客をとっていることを知ったら、あの謹厳で吝嗇《りんしょく》な中村清五郎老人は、一体、どんな顔をすることだろうか……。

2

「そりゃねえ。たまちゃんの気持はわかる。よくわかるが、しかし困ったねえ」

木下伝治郎は長い顎をなでた。

たま子も、目の前のラーメンに箸を入れかけたまま、考え込んでしまった。

伝治郎が屋台店を出しているところは、上野駅から浅草に向う電車通りを横に切れ込んだ細い路にあった。このあたりは上野に近く、寺院の多い町だが、ふしぎに戦災にも焼けなかった下町の一角で、古びたアパートがたくさんある。

たま子が前に住んでいたアパートも、この近くなのである。

浅草や上野のキャバレーやバーで働く女たちの巣が多かった。そういう連中が伝治郎の常連で、「ポンポン亭のラーメン、いけるわよね」という評判で、夏でも、よく売れるのだ。

八年ほど前までは、浅草一のポン引きだと、自他ともにゆるしていた伝治郎だが、支那そば屋をはじめても器用なものらしい。「ポンポン亭」とつけた屋号もふるっている。

伝治郎は、もう七十に近い年齢らしいのだが、髪の毛も黒いし、ひょろりとした長身にアイロンのバリッときいた白い調理着をつけ、頭にコック帽を粋《いき》にのせているところなど、屋台ラーメンの主人としては隅におけない洒落《しやれ》ものである。その年になるまで、一度も結婚をしたことはない。したがって、子供もないし、孫もない。現在はともかく、戦争前の浅草という土地が生んだ人びとの中には、伝治郎のような男や女が、多かったようだ。

ここで言っておくが——木下伝治郎老は、今でも、時にはポン引きもやるのである。

もともと、売春防止法が施行されてから「こう、警察がうるさくなっちゃア、商売するのも落ちついて出来ねえ」と、伝治郎はラーメン屋台を引っぱることにしたのだが、土屋たま子をはじめ、三人ほどの女たちだけを信頼の出来る上客に紹介することは、ときたまやっている。

たま子が、ラーメンをすすりながら、

「やっぱり、うまいわ、小父さんとこのラーメン——これだけのラーメン、東京でもベスト・スリーに入るんじゃないかナ」

「そうかね」と、伝治郎は嬉しげに笑った。

豚骨からとった白いスープも独特なものだし、ソバもうまい。へたにカマボコや野菜を入れず、豚肉の炒めたものと、あとは薬味のネギだけをたっぷりと入れてくれるのも変っていた。

初夏の夜気は、なま暖かかった。

たま子が、うっすらと顔を汗ばませて、ラーメンをたべているのを見て、

「けど……たまちゃん。ちょいとしたもんになったねえ」と、伝治郎老人が言う。

「ちょっとしたもんて……何よ？」

「女ンなったよ」

「当り前よ。もう、二十三よ」

「二十三になっても三十になっても、女にならねえ女もいるよ」

伝治郎は眼を細めたが、

「それにしても、今度のことは、よっぽど考えなくちゃ、いけねえぜ、たまちゃん――」

「わかってる。私だって、もう何人ものお客さんとってるんだし、何時《いつ》、どんなことで、私のしてたことが、あのひとにわかっちゃうか、知れないものね……」

「そうよ。そのことさ。これが何だよ。たまちゃんが昔の赤線にでもいて、そこへ通って来る客から女房になってくれと、こう言われたんなら、こりゃ話は別だ。おれはね、そういう男が好きなんだがね……けれどもさ」

「けれども、私はあの人には……」

「話してないんだろ？」

「当り前よ。だって、事務所へ来て建築許可の申請書をたのみに来た人なんですもの」

「その人と、恋愛かい？」

「まあね」

「会社員だって？」

「そうなの。本田製薬っていう……」

「本田製薬っていえば大きい会社だぜ。そこの社員の奥さんに、たまちゃんがなれるんなら、こんな嬉しいことはねえしさ、同じアパートに住んでいて、親しくしてもらったお前さんのお父っつぁんも墓の下で大よろこびをするだろうが……しかしねえ……」

「やっぱり、ダメ？」

「世間ってものは、ゆだんがならねえからなあ」

3

政治家といっても種々雑多な人物やケースがある。

教育家しかり、学者も同様、芸術家にしても実業家にしても、サラリーマンにしても、農民にしても鉄道員にしても科学者にしても、銭湯の番台にいる女の子にしても、バスの女車掌にしても……。

この世に生きている人間と環境には、その名称ひとつでもって、すべてをはかり切れないものがあることは誰も承知のことだ。どんなところにも白と黒があり善と悪があり、固いのとやわらかいのがあり、堕落と向上があるのである。

〔娼婦〕という語句を、こころみに国語辞典でひいてみると――遊女・女郎・あそびめ――と書いてある。つまり金で軀を売る女ということで、あまり〔娼婦〕という言葉にはよいニュアンスがあるとは思えない。しかしである。今ものべたように、政治家でも教育者でも、女でいえば大衆のあこがれの的である人気女優にでも、上流階級の夫人にでも、ピンからキリまであるのだ。

職業や階級のいかんにかかわらず、人間たるものの実体は変らない。みな同じである。

したがって〔娼婦〕にも、ピンからキリまであるということだ。

三年前に、バラックの出張所をまかせられた土屋たま子の給料は、三年後の現在でも八千円なのである。一度、給料値上げをたのんだら、主人の中村は「厭なら出てってもいいんだよ」と言ったきりだ。取りつくシマもなかった。

はじめのうちは、毎日毎日、味噌汁ばかりすすって暮していれば、住居費がかからないだけになんとか暮していけたし、たまには、つるしんぼうの服位は買えたものだが……。

（これじゃア、どうしようもないなあ……）

物価も上ってくるし、映画ひとつ見るのにも神経がとがってくる。いまのところ、一万五千円あれば、何とかやって行けるが、八千円では、乞食みたいに食べて行くだけで、貯金はむろんのこと、二十三歳の若さが要求する女としてのたのしみのすべてを投げ捨ててしまわなくてはならない。

「いっそのこと、たまちゃん――どこかへ住込みで入ったらどうだい。おれが世話をしてもいい。今はね、女中さんフッテイなんだ。大きなところだと嫁入り仕度までしてくれて、月に四回の休みがあって、しかも一万円位はくれるところもある。それでなければキャバレーかバーでもいいじゃないか」と伝治郎も言ってくれた。

「それもいいけど……」

しかし、ともかく、一軒の家にひとりで住み、店を任せられていることは、たま子にとって、たまらない魅力だった。その上、たま子は書体がきれいで、七歳のころから書道も習っているし、一日中、飽きもせず、離婚届や婚姻届、建築許可の出願書、履歴書などの注文を書いてする仕事が、とても好きなのだ。

筆や紙、墨の匂いなどにかこまれてすごす一日の、ゆったりとした気分の自分の仕事から離れたくはない。

「たまには、中村さんに内密で、書類を書いてさ、少し上前をはねてやれよ。その位のことをしたっていいんだ。あんな因業爺《いんごうじじ》いには……」

「それが出来ないのよ、私って人間には……」

「お前さんのお父っつぁん、そっくりだなあ」

「ゆうずうがきかないのね」

「正直も、ほどほどにしないと、今の世の中は渡って行けないぜ」

「正直じゃなくて、バカなんだわ」

一昨年の暮のことだったが……。

R区役所前の中村事務所へ来たついでに、たま子が「ポンポン亭」の屋台に立ち寄ったことがある。

「たまちゃん……」

木下伝治郎は眉をひそめ「お前さんは、まあ、何てえ格好をしてるんだい」と、思わず嘆息した。

若いたま子が、洗いざらしのデニムのスラックスに、破けかかった黒いトックリ・スウェーターを着込み、オーバーもなく、髪の毛もくるくると巻いてあるだけで、香料の匂いもない。紅もつけてない。むろん香水だって……。

瓜ざね型で眼のほそい、下唇のふっくらとした、いわゆる山陰地方の女の特徴をそなえたたま子の顔は、鳥取生れの母親ゆずりのもので、顔も軀も、小麦色の肌理《きめ》がこまかい肌をしている。

「少し、病気しちゃったのよ。十日、寝たわ」

「どうりで、顔を見せないと思ったよ。どこが悪かった?」

「まあ、栄養失調かナ」

「今どき冗談じゃねえよ、たまちゃん」

「一張らのオーバーも流しちゃったもんで……」

こんなことを屈託なげに言いながら、たま子は、肉もソバも特別にたっぷりと入ったどんぶりを抱え、フウフウいいながら、

「おいしい。久しぶりだからなあ」

と、眼を輝やかせて言った。

「暮だってのに、ボーナスも出ないのかい?」

「千円くれたわ。だから、ラーメン食べに来られたのよ」

「チェ。あきれた奴だな、お前さんの主人てえ奴は……」と、こう言ったとき、伝治郎老人は無意識のうちに、

「よかったら、たまちゃん。小父さんに世話させて見ないか」と言っていた。

たま子は、じっと伝治郎を見たが「あ……そうか。あのことね」

「うん——まあね……」

伝治郎も苦笑した。

前に同じアパートにいたのだし、そのころは、浅草一の〔ポン引き〕として大いに活躍していた伝治郎のことは、たま子も知っている。

あのことというのは、客を世話しようということなのだ。

「怒ったかい？　たまちゃん——だってさ、お前さんが可哀想なんだもの——あんなところにいるのが、どうして好きなんだ。他の仕事をしろと言っても気のりがしない様だしさ」

「めんどうくさいのよ。それに、今の仕事が好きだし……」

「行先のことをすこしは考えてるのかい？」

「まあねえ……考えても、私みたいなおバカちゃんでは仕様がないけど……」

「うむ……」

「小父さん。やってもいいわ、私——」

たま子は、割合に素直な調子で言うのだ。

伝治郎の方が、今度は考え込んでしまった。

たま子は処女ではない。中村事務所に女中がわりで働いていたころ、近くのレストランのコックに騙されて軀を許している。そのコックはたま子の軀が燃えあがるころに、消えてしまった。大分、レストランや客に借金をして首がまわらなくなっていたものらしい。

たま子には一言も置いて行かなかった。

はじめての男だけに、たま子もがっくりした。

木下伝治郎のなぐさめとはげましがなかったら、どんな方向へ逸《そ》れて行ったか、知れたものではない。

こういういきさつをすべて知っているだけに、伝治郎も思わず口をすべらしたのだ。処女でないから軀を売ってもいいだろうという、そんな荒っぽい見方をしてはいけない。

（たまちゃんなら、少し商売をさせても、垢はつくまい）と、伝治郎は見きわめたのである。

そこは永年〔ポン引き〕としてみがきこんだ伝治郎老人の眼に狂いはなかった。

それから約一年半の間に、たま子は一ヵ月二度だけ……という自分の心にきめただけしか、決して客をとらない。

こういうことが出来る〔娼婦〕は、（見込みがある）と、伝治郎は思っている。

永年のカンで、伝治郎が手がけた娼婦たちの中で（これは）と思う女は、みんな幸福になっているのだ。結婚した女もいるし、小さな店を出して成功しているのもいる。

「だがね、たまちゃん——どうしても、その人と一緒になりたいなら、思いきって洗いざらいブチまけるんだな。それでもいいという男なら、結婚するさ。だが、話の様子じゃア、どうもブチまけたら、万事おしまいになりそうだな」

「そうなのよ……」

たま子は、ぼんやりと星空を見上げた。

二年前の見すぼらしい姿とくらべて、今のたま子は、血色もよく、しなやかな肉体の、ふくらむべきところはふくらみ、うす手のウールの半袖のオーバー・ブラウスの茶色が、清潔な彼女の容貌を地味にだが引き立たせている。

（今どきの若い者には、この女のよさはわかるまいが……それにしても、その相手の男というやつ、たまちゃんと一緒になると言うからには、たまちゃんのよさがわかっているのだろう。出来るなら、うまく行くといいが……）

木下伝治郎は、ビールを一本ぬいて、「まあ、ゆっくり考えようや」と言った。

4

たま子の恋人は、安藤浩一という。

前にのべたように本田製薬のサラリーマンで、月給三万七千円。二十九歳の真面目な男だ。色が白く、ふっくらと太り気味の体つきで、いかにも良家に生れたという感じがする。

安藤の家は、代々軍人の家で、父親は海軍中将だったという。太平洋戦争の海戦でその父親が死に、戦後は、母親の手ひとつで育てられて来たらしい。

麹町にあった邸宅も戦後は売り払って、安藤の母は、ずいぶん苦労をし、ようやく息子に大学を卒業させ、サラリーマンにすることが出来た。余裕も出来てきたので、現在住んでいる小さな家を改築しようということになり、その手続きやら相談やらに、安藤浩一が、たま子の事務所をおとずれたのが、そもそもの始まり……ということになる。

二度、三度とやって来るうちに、先ず、安藤青年は、たま子の見事な筆跡に心をひかれた。

安藤も若いのに似ず、書道をやっている。

「大分、習われたんですね？」

「いえ、それほどでも……」などと話し合ううちに、この出張事務所で一人ぐらしをしているたま子に、安藤は魅了されてきた。

主人の中村に見つけられるとうるさいので、たま子は店に出ているときは、まるで色気のない格好をしている。それだけに彼女の耳朶《みみたぶ》のうしろから、えり首にかけての肌のいろの清潔さが、安藤の眼には、ひときわ鮮やかに映った。

安藤浩一は童貞だった。めずらしいと言えば言えるが、数年前から法律が禁止したので、社会人となった安藤の生理的な要求も、かんたんにみたせなくなってきている。

安藤もまた、バーやキャバレーへ行くことよりも、ケインズの経済書などを読みふけるほうがたのしいといったタイプだったから、それほど苦にはならなかったらしい。

それが、たま子を見て一度に忘れていたものを（忘れようとつとめていたのかも知れないが……）思い出したのだ。

お茶――映画――散歩……。

たま子も、この純心な青年を憎からず思うようになった。

「私、ほんとは、もう一度結婚してるんですの」と言い出してみると、それがまた安藤の心をそそったらしく、熱度は上昇するばかりだ。

「いいです。亡くなられた御主人のかわりに、ぼくが、あなたを幸福に……」

秋の武蔵野の雑木林の中で、はじめてした接吻（安藤がだ）に、安藤はもう夢中になり、

「け、結婚して下さい」

どうでしょう、こういう青年も現代に存在するのだ。たま子のような女が存在するのと同様に……。

安藤は、すぐに母親をつれて、たま子の事務所へやって来た。

五十がらみの、品のよい老婦人だ。海軍中将夫人の昔が、さてこそとうなずけようというものである。

老女だが、グレイのツーピースをすっきりと着こなしていて、ほっそりした体つきだが、眼がたま子の眼と同じように細くて長くて、やさしかった。

「お前は、もう、よろしいわ」

こういって息子を帰してしまい、たま子を誘って、近くの商店街にある喫茶店へ行った。

「何を召しあがる?」

「コーヒーをいただきます」

たま子も、一寸かたくなったが、どっちみち、結婚するつもりはない。

あの日——武蔵野散歩の帰りに、むしろ、たま子が誘うようなかたちで、安藤とたま子は中央沿線のある駅の近くのホテルで許し合っている。

たま子は、自分の安藤への情熱を押えきれなかった。

安藤の感激は絶頂に達した。

たま子の肉体は——処女でないというだけで、肌の香りも愛撫の仕方も、何から何まで、潔癖で童貞で真面目一方の安藤を有頂天にさせた。

名ポン引の木下伝治郎がにらんだように、たま子の心も体も、一年半にわたる〔娼婦〕の生活から少しの汚点をも受けていなかった。

また、それだけに、伝治郎も真剣であったようだ。

まず、客の質を厳選する。たま子の（本性）にプラスになることはよいが、少しでもマイナスになるような客ではいけない。

くどいようだが〔娼婦〕を買う客にもピンからキリまであるのである。おわかりでしょうかな……。

伝治郎は、一夜、一万円以下では決してたま子を出さなかった。

たま子は、客にした男から不快なものを感じたことは一度もない。

伝治郎老人の名ポン引きたるゆえんもここにあるわけだ。

さて——話をすすめよう。

安藤の母親は、喫茶店で、コーヒーを飲みつつ、ためらうこともなく、

「息子をお願いしますよ」と言ったのだ。

たま子は、あっけにとられた。

「でも、わたし……前に一度結婚を……」

「御主人が亡くなられたそうで……ずいぶん苦労をなすったのねえ」

「は……」

「あなたなら安心よ。息子をおまかせしても……」

「でも……」

「浩一がおきらい？」

「いえ、そんな――」

「では、何も言うことないわねえ。これできまった。きまりましたね」

「は……」

きまらないのは、たま子の心だ。

安藤に許したからといって、こんなにきちんとした家庭の妻になるつもりはない。

けれども――伝治郎に相談をかけたのは、やはり、たま子の胸のうちに、安藤の妻になりたい、安藤を愛しているということがどうしても捨て切れず燃えつのるばかりだったからであろう。

ただ、伝治郎が心配するのは——娼婦をしていたということを隠して結婚した女は、かならず破局をまねいているという実例を厭になるほど見てきているからだった。

娼婦と知って結婚する男——こういう男は、男の中の男だと伝治郎は思っている。環境や名称にとらわれず〔人間〕そのものだけを主体に考えている男だからだ。もちろん、こういう男は庶民階級に多い。

たま子の話をきいても、およそ、安藤という青年の性格がわかるような気がする伝治郎だった。

それに、この海軍中将未亡人という母親のことも気になる。未亡人だと嘘を言ったたま子を息子の嫁にというのは、よほどさばけた母親らしい、たま子のよさがわかる母親らしい。しかし、息子の嫁が娼婦と知ったら……。

〔娼婦〕の前身というものは隠しても隠しても、ふしぎにわかってしまうものなのだ。業《ごう》のふかい商売と言える。

そして、世の中は広いようで狭いというたとえが、この場合ピタリと当てはまるのだ。

たま子の客となった男は、なじみの人が多かったが、それでも二十人ほどはいる。

いつどこで、この人びとが、安藤夫人となったたま子を見かけるかも知れたものではないし、たま子が客と共にすごしたホテルの従業員たちも、何人か、何十人かいる筈だ。

このことに関しては、世間は怖い……と、伝治郎は思っている。

言うべきか、言わざるべきか……。

たま子は、ついに、何も彼《か》も、安藤浩一に打ちあけたのである。

やっても決して知れることのない書類作成の代金の上前をはねることすらしなかった、いや出来なかった、土屋たま子の性格としては、無理もないところか……。

打ちあけたら、安藤は、まっ青になった。

「よくも、ぼくを、だ、騙したなッ」

ぴしゃりと、たま子の頬を撲《なぐ》りつけ、

「もう、君とは、こ、これで、おしまいだッ」

走り去ってしまったのだ。

(やっぱり……)

涙ぐんで、たま子は、その安藤の後姿を見送ったが、後悔はしなかった。

5

一年たった。

初夏が来た。

たま子は、相変らず、前と同じように暮していた。

中村の出張事務所で働き、月に二度、伝治郎の世話になり、書道の塾に通い、この春に上野の美術館でひらかれた書道展に出品して、特選をもらった。

それは〈六月火雲飛白雪〉の七字を、奔放に書いたもので、先生もほめてくれたし、展覧会へ来た中村清五郎も「ひやア。君もおどろくべき進歩をとげたなあ」と感心したものだ。

そんな或る日のことだ。

区役所からも退庁のベルが聞えてきたので、たま子が店を片づけはじめていると、

「今日は――」

「あら、まあ……」

入って来た老婦人は、安藤浩一の母の清江ではないか。

「まあ、安藤さんのお母さま……」

「しばらく……」

清江は、またも、たま子を喫茶店にさそった。

「浩一から、あなたのこと、みな聞きましたよ」

「………」

「あれから、浩一はねえ、会社の副社長さんにみとめられて、副社長さんのお嬢さんと結婚しましてね——もう半年になりますけど」

「まあ……お目出とうございます」

「ちっとも」と、清江は首をふり「おかげで、立派な家を建ててもらいましたし、浩一も次長とかに出世しましたがね——浩一も私も、そのお嫁のお尻にしかれてしまいましてねえ」

「……?」

「威張りくさったお嫁さんの指図通りに、浩一も私も暮してるわけなんですよ」

と、清江は苦笑をもらし、

「それでね、浩一に、あのお嫁さんが好きなのか？　……こう訊ねましたらね。きらいだけれど仕方がない。ぼくも、サラリーマンになったからには、停年になって部長がやっとというのではつまらない。こうなったら、何も彼もガマンして、やれるところまで今の自分の地位を利用して上へのぼって見せる――と、こう申しましてね」

「まあ……」

「あの子も変りました。あの子はそれでもよろしい。けれど、私は困る」

「……？」

「年はとっても、いやな嫁と一緒に暮すのはごめんですよ。何しろ、私の好きなくさやの干物を下品だから食べてはいけないという嫁でしてねえ」

明るく、からからと笑って、この老女は言った。

「私の実家の方の信州のA大学につとめている私の甥がね……長野で喫茶店をやっているんですよ。なかなか繁昌していましてね――ところが、その甥が今度、アメリカの大学の教授になって、向うへ行くというんです。私の甥も若いころから苦学してね。やっと実がむすんだわけでしょうか。喫茶店の方は今までも甥の嫁がやっていたんですが……その嫁もアメリカへ一緒に行かなくてはならないんで……それでねえ、私に――叔母さんも、浩一さんが結婚したことだし、ひまになったろうから、自分たちの後へ来て、店をつづけて見ないか？　……と、こう申してきましてね」

「それで……行かれますの？」

「行きます。きらいな女と一緒になってまでも、出世をしたいという気持になった息子と一緒に暮したくはありませんよ」

哀しみがただよっている声の中にも、何か凛《りん》としたひびきがあった。

「まあ……」

「どう？　たま子さん。私と一緒に長野へ行きませんか？　喫茶店の経営を手伝ってくれませんかね？」


半月後に、土屋たま子は、安藤清江と共に長野へ旅立って行った。

「ポンポン亭」の木下伝治郎だけが見送りに来てくれた。安藤浩一夫妻は、ついに姿を見せなかった。

すでに夏だった。

碓氷《うすい》峠を列車が越えると、軽井沢の高原にただよう冷気が、たま子をよろこばせた。

「すてき!!　私って、こんな遠くまで旅をしたことは、はじめてなんです」

清江は、にこにことうなずきながら、手づくりのサンドウィッチをとりだして、魔

法びんの紅茶と共に、たま子へすすめ、

「たま子さん——私のこと、あなた何と思う？」

「何と思うって？　……どういうことなん……」

「私もね、あなたと同じよ」

「え……？」

「私は、若いころに、やはり、お客をとっていましたの」

たま子は、声もなく身をすくませた。

「浩一には申してありませんけど……亡くなった主人は知っています。主人が、海軍少尉のころでね、私のお客になってくれて……そのころ、私、どこで商売してたと思います？」

「………………」

「吉原でしたけどね。ほ、ほ、ほ……」

「まあ——」

「主人は、私の商売のことなどモンダイにしませんでしたよ。お前が好きだから結婚する。それでいいじゃないかってね……浩一もバカです。あなたみたいな宝物を、みすみす手離してしまって……」

たま子は、いきなり清江にかじりついて、泣き出していた。高原の午後の夏の陽ざしは、あくまでも明るかった。

解　説

山口正介

娼婦たちの群像絵巻を描いた連作集の本書は、「池波正太郎には珍しい現代小説」として知られている。第一作の「娼婦の眼」を発表したのは昭和三十六年、売春防止法が完全施行されてから三年後のことだ。池波氏は前年の昭和三十五年に直木賞（上期）を受賞していたことから、当時は「直木賞受賞を機に新境地を開こうとしたもの」と受け止められたかもしれない。だが、今あらためて読み返してみると、情痴小説に挑戦したというだけではなく、じつは池波氏の生い立ちや体験が色濃く反映された箇所がいくつもあり、当時の日本の世相が鮮明に描写されていたりと、興味深い点をさまざまに見出すことができるという意味で、大いに評価されるべき作品と言えよう。

まず、舞台設定を分析すると、娼婦たちの暮らす街は、そのほとんどが東京の下町（浅草周辺が多い）か、山手線の目黒から私鉄で数駅のところ、とされている。これは、池波氏が下町に生まれ、荏原《えばら》に居を定めていたことによると思われる。熟知した土地であるからか、街の匂いや、歩く人々の息づかい、耳に入ってくる音などの描写が抜群に上手い。もし私たち読者が、あの時代に浅草や荏原を歩いたら、こんな雰囲気だったのだろうと追体験できるような感さえある。余談になるが、私の父、山口瞳と池波氏は終生交誼《こうぎ》を結んでいたのだが（詳しくは講談社文庫刊の拙著『正太郎の粋 瞳の洒脱』をご覧いただきたい）、荏原は父の出生地でもあり、お互い気心が知れた東京人ということで、話が合ったようだ。

人物造形においても、なるほどと、思わせるところがある。たとえば、登場人物の一人、ひろ子の母親は、浅草にある女学校で小使いをして彼女を育てあげた、と描かれている（「娼婦の眼」より）。〈ひろ子は父親の顔を全く知らず、母親もつとめて父親のことを口に出さなかった〉〈母親は、まことに威勢のいい働きもので、ひろ子も荒っぽく育てられた〉とあるが、これはそのまま池波氏の母親のことなのだ。さらに「あたいのお父ちゃん、どこにいるの？」と尋ねるひろ子に対して、母親が「あんな、インチキなずくにゅうのことなんか、忘れちまったよ」と答える場面、これも幼少期に両親が離婚している池波氏の実体験を元にしていると考えられる。

池波氏が自身の職歴を織り交ぜている箇所もある。娼婦たちに高級な客を紹介する裏仕事をしている大阪ミナミのバーテンダー、堀井。彼は若いながら株に手を出し、それも店頭銘柄専門で相当に儲けている、とあるが、これは池波氏が株屋で丁稚奉公《でっちぼうこう》をしていた体験から描いたものとみて間違いなかろう。「たみ子は堀井の勧めで株をやり、もっている金を全部投げ込んで大儲けをした」「そのとき儲けたもので、たみ子は京都と大阪の郊外の土地を合せて三百坪ほど買い込んだものだ。いまは、三倍から五倍に地価がはね上っている」という当時の世相を踏まえて描いた箇所（「娼婦たみ子の一年」より）も、株取引の知識が役立っていたのだろう。

池波氏は本書ののちに著した「鬼平犯科帳」や「剣客商売」、「仕掛人・藤枝梅安」などといった時代小説でいよいよその名を不動のものとするが、これら傑作群に描かれた人間像と、『娼婦の眼』に描かれたそれとは、相当に重なり合う。

池波氏は本書で繰り返し、「彼女たちは積極的にこの商売を選んでいる」「屈託がないのがいいのだ」と書いている。そこには悲壮感や不当な搾取《さくしゅ》といった負の側面はまったくない。娼婦たちは客との交情を通して鍛えられ、女として一皮むけるとさえいい、庶民たちも「売春防止法など愚かな法律を作って」と愚痴《ぐち》めいたことを言う。これは、性に対して大らかだった江戸時代の日本人像を彷彿《ほうふつ》とさせるものであり、江戸の生活感がまだ色濃く残る戦前の下町で生まれ育ち、娼婦たちの存在が身近なものであった池波氏ならではの見方と解釈できるだろう。

〈「そりゃねえ、売春を根絶やしにすることは悪いことじゃない、むろん善いことだよ、理想から言えばね。だがね、お母さん。太陽を担ぎ上げるのが理想じゃない、そうだろ？　太陽の光の中で、たくさんの人間のしていることの中から、もっとも現実に近い理想を見つける、こいつが本当の理想なんじゃないか……」〉

〈前科者には嫁が来ないとよく言うが、その男の人間次第で良い女房が持てることは、判然とした例がいくつもあるのと同じことで、娼婦から立派な主婦や母が生れることも、昔から、いくつもの事実がある。

男と女のめぐり合いほど、嬉しくて哀しくて、悲劇的で、喜劇的で……こんな不思議なものはないと、三井は考えるのだ〉（いずれも「今夜の口紅」より）

善いか悪いかを短絡的に断じるのではなく、それらも含めて人間の営みがあるのだとする温かな眼差しは、昭和四十八年二月、梅安シリーズの「殺しの四人」が昭和四十七年度上期『小説現代』読者賞を受賞したことを受けて記した、次の一文にも通ずるものがあるだろう。

〈この〔シリーズ〕を読者が好んで下さるのは、仕掛人の梅安や彦次郎を通じて、

「人間は、よいことをしながら悪いことをし、悪いことをしながらよいことをしている」

という主題を強調し、血なまぐさい殺しの仕事をはなれたときの、彼らの日常生活を書きこんだ故《ゆえ》かも知れぬ〉

そういえば、バーテンダーの堀井や建築事務所の三井といった、裏で売春を斡旋《あっせん》している男たちは「闇働《やみばたら》き」を請け負う時代小説の元締《もとじめ》と似通った存在であるし、男女の性愛を「教育」と称したり、「切磋琢磨して身を鍛え上げ、習得する技術である」と論じたりするところなどは、まるで武道の修練のように感じられる。言い換えれば、ポン引きは闇の手配師であり、お抱えの娼婦たちは腕に覚えのある刺客か、暗殺者の趣《おもむき》があるのだ。娼婦を買う（迎え撃つ）客は、腕に覚えのある武芸者ともいうべきか。ここでは武器を手にした命のやりとりではなく、自らの肉体を武器にした「肉弾戦」が勝敗を決する。男女が閨房《ねや》において秘術の限りを尽くして相手を圧倒させようとするさまは、さながら武術の秘儀の応酬を思わせる。

こうした構造は、じつは池波氏の時代小説群と見事に呼応している。それゆえに、

舞台設定こそ昭和三十年代であるものの、池波氏らしさをしっかりと味わえる小説として、かつ「池波時代小説の変奏曲」として読める作品となっているのだろう。

　昭和三十年代、高度成長を果たす前の日本の世相が鮮明に描かれているという点でも、この小説はおもしろい。

　先だって古書店をのぞいてみたら、「昭和時代の漫画」というコーナーがあった。昭和時代とは耳になじみのない言葉だが、考えてみれば納得である。江戸時代、明治時代と同様にして昭和時代なのかと、しばし感慨にふけったものだ。本書で描かれている習俗や生活も、もはや遠い過去のものとなっている。登場人物の多くの家には内風呂がなく、街の銭湯を利用している。二間続きか三間続きで内風呂があるアパートとなると、「高級アパート」と言い表されているのだ。「部屋代が月に三万円もする」とされるが、三万円もというところなど、当時と今とではいかに貨幣価値が変わったかを物語っている。

　テレビは、近所の喫茶店まで出かけて行って鑑賞するようだ。呼び出し電話に至っては、今では説明が必要だろう。アパートなどでは個々の部屋に電話がなく、あるのは大家さんのところだけ。だから、余所《よそ》からかかってくると、大家さんが部屋まで

「電話ですよ」と呼びにきてくれるのだ。ちなみに、私の父が直木賞を受賞した昭和三十八年前後、住まいはサントリーの社宅だったが、十数戸のタウンハウスの社宅内で電話があるのは我が家だけで、母が呼び出しに出向いていた。サントリーにして、である。わずか五十年前は、そんな時代だったのだ。

当時と現在でかくも世相が変わったことを考えれば、本書は「現代小説」というよりも「時代小説」の域に入っているのかもしれない。しかし、それでもなお色褪《いろあ》せない魅力があるのは、池波正太郎の物事の見方、人間観が見事に表現されているからだろう。その懐《ふところ》の深さは大人《たいじん》と呼ぶにふさわしい。

死して二十余年経った今も、池波小説の人気が衰えない秘密はまさにここにあると、私は思う。

初出誌　娼婦の眼「講談倶楽部」一九六一年五月号
今夜の口紅「講談倶楽部」一九六一年七月号
娼婦万里子の旅「講談倶楽部」一九六一年十月号
娼婦すみ江の声「講談倶楽部」一九六一年十二月号
娼婦の揺り椅子「講談倶楽部」一九六二年一月号
娼婦たみ子の一年「講談倶楽部」一九六二年三月号
巨人と娼婦「講談倶楽部」一九六二年五月号
乳房と髭「講談倶楽部」一九六二年十月号
昼と夜「週刊大衆」一九六三年一月二十六日号
ピンからキリまで「週刊大衆」一九六二年六月二日号

単行本　一九六五年九月　青樹社

文庫本　一九八一年五月　講談社文庫

＊文中に現在では不適切とされる表現がありますが、執筆当時の時代背景やオリジナリティを尊重し、基本的に原文のままとしております。（編集部）

|著者| 池波正太郎　1923年東京生まれ。『錯乱』にて直木賞を受賞。『殺しの四人』『春雪仕掛針』『梅安最合傘』で三度、小説現代読者賞を受賞。「鬼平犯科帳」「剣客商売」「仕掛人・藤枝梅安」を中心とした作家活動により吉川英治文学賞を受賞したほか、『市松小僧の女』で大谷竹次郎賞を受賞。「大衆文学の真髄である新しいヒーローを創出し、現代の男の生き方を時代小説の中に活写、読者の圧倒的支持を得た」として菊池寛賞を受けた。1990年5月、67歳で逝去。

新装版《しんそうばん》　娼《しょう》婦《ふ》の眼《め》
池波正太郎《いけなみしょうたろう》

2014年1月15日第1刷発行
2025年3月4日第17刷発行

講談社文庫
定価はカバーに
表示してあります

発行者――篠木和久
発行所――株式会社　講談社
東京都文京区音羽2-12-21　〒112-8001
電話　出版（03）5395-3510
販売（03）5395-5817
業務（03）5395-3615

KODANSHA

デザイン―菊地信義
本文データ制作―講談社デジタル製作
印刷――株式会社KPSプロダクツ
製本――株式会社KPSプロダクツ

Printed in Japan

ISBN978-4-06-277753-7

講談社文庫刊行の辞

二十一世紀の到来を目睫に望みながら、われわれはいま、人類史上かつて例を見ない巨大な転換期をむかえようとしている。

世界も、日本も、激動の予兆に対する期待とおののきを内に蔵して、未知の時代に歩み入ろうとしている。このときにあたり、創業の人野間清治の「ナショナル・エデュケイター」への志を現代に甦らせようと意図して、われわれはここに古今の文芸作品はいうまでもなく、ひろく人文・社会・自然の諸科学から東西の名著を網羅する、新しい綜合文庫の発刊を決意した。

激動の転換期はまた断絶の時代である。われわれは戦後二十五年間の出版文化のありかたへの深い反省をこめて、この断絶の時代にあえて人間的な持続を求めようとする。いたずらに浮薄な商業主義のあだ花を追い求めることなく、長期にわたって良書に生命をあたえようとつとめるところにしか、今後の出版文化の真の繁栄はあり得ないと信じるからである。

同時にわれわれはこの綜合文庫の刊行を通じて、人文・社会・自然の諸科学が、結局人間の学にほかならないことを立証しようと願っている。かつて知識とは、「汝自身を知る」ことにつきていた。現代社会の瑣末な情報の氾濫のなかから、力強い知識の源泉を掘り起し、技術文明のただなかに、生きた人間の姿を復活させること。それこそわれわれの切なる希求である。

われわれは権威に盲従せず、俗流に媚びることなく、渾然一体となって日本の「草の根」をかたちづくる若く新しい世代の人々に、心をこめてこの新しい綜合文庫をおくり届けたい。それは知識の泉であるとともに感受性のふるさとであり、もっとも有機的に組織され、社会に開かれた万人のための大学をめざしている。大方の支援と協力を衷心より切望してやまない。

一九七一年七月

野間省一

池波正太郎　新装版 殺しの四人〈仕掛人・藤枝梅安㈠〉
池波正太郎　新装版 梅安蟻地獄〈仕掛人・藤枝梅安㈡〉
池波正太郎　新装版 梅安最合傘〈仕掛人・藤枝梅安㈢〉
池波正太郎　新装版 梅安針供養〈仕掛人・藤枝梅安㈣〉
池波正太郎　新装版 梅安乱れ雲〈仕掛人・藤枝梅安㈤〉
池波正太郎　新装版 梅安影法師〈仕掛人・藤枝梅安㈥〉
池波正太郎　新装版 梅安冬時雨〈仕掛人・藤枝梅安㈦〉
池波正太郎　新装版 忍びの女 (上)(下)
池波正太郎　新装版 殺しの掟
池波正太郎　新装版 抜討ち半九郎
池波正太郎　新装版 娼婦の眼
池波正太郎　近藤勇白書〈レジェンド歴史時代小説〉(上)(下)
井上　靖　楊貴妃伝
石牟礼道子　新装版 苦《く》海《がい》浄《じょう》土《ど》〈わが水俣病〉
いわさきちひろ　ちひろのことば
いわさきちひろ・松本　猛　いわさきちひろの絵と心
いわさきちひろ・絵本美術館編　ちひろ・子どもの情景〈文庫ギャラリー〉
いわさきちひろ・絵本美術館編　ちひろ・紫のメッセージ〈文庫ギャラリー〉
いわさきちひろ・絵本美術館編　ちひろの花ことば〈文庫ギャラリー〉
いわさきちひろ・絵本美術館編　ちひろのアンデルセン〈文庫ギャラリー〉
いわさきちひろ・絵本美術館編　ちひろ・平和への願い〈文庫ギャラリー〉
石野径一郎　新装版 ひめゆりの塔
今西錦司　生物の世界
井沢元彦　義経幻殺録
井沢元彦　光と影の武蔵〈切支丹秘録〉
井沢元彦　新装版 猿丸幻視行
伊集院　静　乳房
伊集院　静　遠い昨日
伊集院　静　夢は枯野を〈競輪躁鬱旅行〉
伊集院　静　野球で学んだこと ヒデキ君に教わったこと
伊集院　静　峠の声
伊集院　静　白秋
伊集院　静　潮流
伊集院　静　冬の蜻《とん》蛉《ぼ》
伊集院　静　オルゴール
伊集院　静　昨日スケッチ
伊集院　静　あづま橋
伊集院　静　ぼくのボールが君に届けば
伊集院　静　駅までの道をおしえて
伊集院　静　受け月
伊集院　静　坂の上のμ〈野球小説アンソロジー〉
伊集院　静　ねむりねこ
伊集院　静　新装版 三年坂
伊集院　静　お父やんとオジさん (上)(下)
伊集院　静　ノボさん〈小説 正岡子規と夏目漱石〉(上)(下)
伊集院　静　機関車先生〈新装版〉
伊集院　静　ミチクサ先生 (上)(下)
伊集院　静　それでも前へ進む
いとうせいこう　我々の恋愛
いとうせいこう　「国境なき医師団」を見に行く
いとうせいこう　「国境なき医師団」をもっと見に行く〈ガザ、西岸地区、アンマン、南スーダン、日本〉
井上夢人　ダレカガナカニイル…
井上夢人　プラスティック
井上夢人　オルファクトグラム (上)(下)
井上夢人　もつれっぱなし
井上夢人　あわせ鏡に飛び込んで
井上夢人　魔法使いの弟子たち (上)(下)

井上夢人　ラバー・ソウル
池井戸　潤　果つる底なき
池井戸　潤　架空通貨
池井戸　潤　銀行狐
池井戸　潤　仇敵
池井戸　潤　空飛ぶタイヤ(上)(下)
池井戸　潤　鉄の骨
池井戸　潤　新装版　銀行総務特命
池井戸　潤　新装版　不祥事
池井戸　潤　ルーズヴェルト・ゲーム
池井戸　潤　半沢直樹1〈オレたちバブル入行組〉
池井戸　潤　半沢直樹2〈オレたち花のバブル組〉
池井戸　潤　半沢直樹3〈ロスジェネの逆襲〉
池井戸　潤　半沢直樹4〈銀翼のイカロス〉
池井戸　潤　半沢直樹　アルルカンと道化師
池井戸　潤　花咲舞が黙ってない〈新装増補版〉
池井戸　潤　ノーサイド・ゲーム
池井戸　潤　新装版　BT'63(上)(下)
石田衣良　LAST[ラスト]

石田衣良　東京DOLL
石田衣良　てのひらの迷路
石田衣良　40《フォーティ》　翼ふたたび
石田衣良　sex
石田衣良　逆《さか》島《しま》断《たつ》雄《お》〈進駐官養成高校の決闘編1〉
石田衣良　逆島断雄〈進駐官養成高校の決闘編2〉
石田衣良　逆島断雄〈本土最終防衛決戦編1〉
石田衣良　逆島断雄〈本土最終防衛決戦編2〉
石田衣良　初めて彼を買った日
井上荒野　ひどい感じ―父・井上光晴
飯田譲治　協力　梓　河人　神様のサイコロ
稲葉　稔　椋鳥の影〈八丁堀手控え帖〉
いしいしんじ　プラネタリウムのふたご
いしいしんじ　げんじものがたり
池永　陽　いちまい酒場
伊坂幸太郎　チルドレン
伊坂幸太郎　サブマリン
伊坂幸太郎　魔王〈新装版〉
伊坂幸太郎　モダンタイムス(上)(下)〈新装版〉

伊坂幸太郎　PK〈新装版〉
絲山秋子　袋小路の男
絲山秋子　御社のチャラ男
石黒　耀　死都日本
石黒　耀　忠臣蔵異聞〈家老 大野九郎兵衛の長い仇討ち〉
犬飼六岐　筋違い半介
犬飼六岐　吉岡清三郎貸腕帳
石川大我　ボクの彼氏はどこにいる?
石松宏章　マジでガチなボランティア
伊東　潤　国を蹴った男
伊東　潤　峠越え
伊東　潤　黎明に起《た》つ
伊東　潤　池田屋乱刃
石飛幸三　「平穏死」のすすめ〈口から食べられなくなったらどうしますか〉
伊藤理佐　女のはしょり道
伊藤理佐　また!　女のはしょり道
伊藤理佐　みたび!　女のはしょり道
石黒正数　外《げ》天《てん》楼《ろう》
伊与原　新　ルカの方《はこ》舟《ぶね》

講談社文庫　目録

大沢在昌　調毒師を捜せ　アルバイト探偵《アイ》
大沢在昌　女王陛下のアルバイト探偵《アイ》
大沢在昌　不思議の国のアルバイト探偵《アイ》
大沢在昌　拷問遊園地　アルバイト探偵《アイ》
大沢在昌　帰ってきたアルバイト探偵《アイ》
大沢在昌　雪蛍
大沢在昌　夢の島
大沢在昌　新装版　氷の森
大沢在昌　暗黒旅人
大沢在昌　新装版　走らなあかん、夜明けまで
大沢在昌　新装版　涙はふくな、凍るまで
大沢在昌　語りつづけろ、届くまで
大沢在昌　罪深き海辺(上)(下)
大沢在昌　やぶへび
大沢在昌　海と月の迷路(上)(下)
大沢在昌　鏡の顔〈傑作ハードボイルド小説集〉
大沢在昌　覆面作家
大沢在昌　ザ・ジョーカー　新装版
大沢在昌　亡命者〈ザ・ジョーカー　新装版〉

大沢在昌　悪魔には悪魔を
大沢在昌／藤田宜永／堂場瞬一／井上夢人／今野敏／月村了衛／東山彰良　激動　東京五輪1964
逢坂剛　十字路に立つ女
逢坂剛　奔流恐るるにたらず〈重蔵始末(八)完結篇〉
逢坂剛　新装版　カディスの赤い星(上)(下)
オノ・ヨーコ　飯村隆彦編　ただの私《あたし》
オノ・ヨーコ　南風椎訳　グレープフルーツ・ジュース
折原一　倒錯の帰結
折原一　倒錯のロンド〈完成版〉
小川洋子　ブラフマンの埋葬
小川洋子　最果てアーケード
小川洋子　琥珀のまたたき
小川洋子　密やかな結晶〈新装版〉
小野不由美　くらのかみ
乙川優三郎　霧の橋
乙川優三郎　喜知次
乙川優三郎　蔓の端々
乙川優三郎　夜の小紋
恩田陸　三月は深き紅の淵を

恩田陸　麦の海に沈む果実
恩田陸　黒と茶の幻想(上)(下)
恩田陸　黄昏の百合の骨
恩田陸　薔薇のなかの蛇
恩田陸　『恐怖の報酬』日記〈酩酊混乱紀行〉
恩田陸　きのうの世界(上)(下)
恩田陸　七月に流れる花／八月は冷たい城
奥田英朗　新装版　ウランバーナの森
奥田英朗　最悪
奥田英朗　マドンナ
奥田英朗　ガール
奥田英朗　サウスバウンド
奥田英朗　オリンピックの身代金(上)(下)
奥田英朗　ヴァラエティ
奥田英朗　邪魔(上)(下)〈新装版〉
乙武洋匡　五体不満足〈完全版〉
大崎善生　聖《さとし》の青春
大崎善生　将棋の子
小川恭一　江戸の旗本事典〈歴史・時代小説ファン必携〉

海音寺潮五郎　新装版 孫　子 (上)(下)
海音寺潮五郎　新装版 赤穂義士
加賀乙彦　新装版 高山右近
加賀乙彦　ザビエルとその弟子
加賀乙彦　殉教者
加賀乙彦　わたしの芭蕉
柏葉幸子　ミラクル・ファミリー
勝目　梓　小説家
桂　米朝　米朝ばなし〈上方落語地図〉
笠井　潔　梟《ふくろう》の巨《おお》いなる黄昏《たそがれ》
笠井　潔　青銅の悲劇〈瀕死の王〉(上)(下)
笠井　潔　転生の魔〈私立探偵飛鳥井の事件簿〉
川田弥一郎　白く長い廊下
神崎京介　女薫の旅　放心とろり
神崎京介　女薫の旅　耽溺《たんでき》まみれ
神崎京介　女薫の旅　秘に触れ
神崎京介　女薫の旅　禁の園へ
神崎京介　女薫の旅　欲の極み
神崎京介　女薫の旅　青い乱れ

神崎京介　女薫の旅　奥に裏に
神崎京介　I LOVE
加納朋子　ガラスの麒麟〈新装版〉
角田光代　まどろむ夜のUFO
角田光代　恋するように旅をして
角田光代　人生ベストテン
角田光代　ロック母
角田光代　彼女のこんだて帖
角田光代　ひそやかな花園
角田光代 石田衣良 ほか　こどものころにみた夢
川端裕人　せちやん〈星を聴く人〉
川端裕人　星と半月の海
片川優子　ジョナさん
神山裕右　カタコンベ
神山裕右　炎の放浪者
加賀まりこ　純情ババアになりました。
門田隆将　甲子園への遺言〈伝説の打撃コーチ高畠導宏の生涯〉
門田隆将　甲子園の奇跡〈斎藤佑樹と早実百年物語〉
門田隆将　神宮の奇跡

鏑木　蓮　東京ダモイ
鏑木　蓮　屈折光
鏑木　蓮　時限
鏑木　蓮　真友
鏑木　蓮　甘い罠
鏑木　蓮　京都西陣シェアハウス〈憎まれ天使・有村志穂〉
鏑木　蓮　炎罪
鏑木　蓮　疑薬
鏑木　蓮　見習医《けんしゅうい》ワトソンの追究
川上未映子　そら頭はでかいです、世界がすこんと入ります
川上未映子　わたくし率 イン 歯ー、または世界
川上未映子　ヘヴン
川上未映子　すべて真夜中の恋人たち
川上未映子　愛の夢とか
川上弘美　ハヅキさんのこと
川上弘美　晴れたり曇ったり
川上弘美　大きな鳥にさらわれないよう
海堂　尊　新装版 ブラックペアン1988
海堂　尊　ブレイズメス1990

2024年12月13日現在

池波正太郎記念文庫のご案内

上野・浅草を故郷とし、江戸の下町を舞台にした多くの作品を執筆した池波正太郎。その世界を広く紹介するため、池波正太郎記念文庫は、東京都台東区の下町にある区立中央図書館に併設した文学館として2001年9月に開館しました。池波家から寄贈された全著作、蔵書、原稿、絵画、資料などおよそ25000点を所蔵。その一部を常時展示し、書斎を復元したコーナーもあります。また、池波作品以外の時代・歴史小説、歴代の名作10000冊を収集した時代小説コーナーも設け、閲覧も可能です。原稿展、絵画展などの企画展、講演・講座なども定期的に開催され、池波正太郎のエッセンスが詰まったスペースです。

https://library.city.taito.lg.jp/ikenami/

池波正太郎記念文庫〒111-8621 東京都台東区西浅草 3-25-16
台東区生涯学習センター・台東区立中央図書館内 TEL03-5246-5915

開館時間＝月曜～土曜（午前9時～午後8時）、日曜・祝日（午前9時～午後5時）**休館日**＝毎月第3木曜日（館内整理日・祝日に当たる場合は翌日）、年末年始、特別整理期間　●**入館無料**

交通＝つくばエクスプレス〔浅草駅〕A2番出口から徒歩8分、東京メトロ日比谷線〔入谷駅〕から徒歩8分、銀座線〔田原町駅〕から徒歩12分、都バス・足立梅田町－浅草寿町 亀戸駅前－上野公園2ルートの〔入谷2丁目〕下車徒歩3分、台東区循環バス南・北めぐりん〔生涯学習センター北〕下車徒歩3分

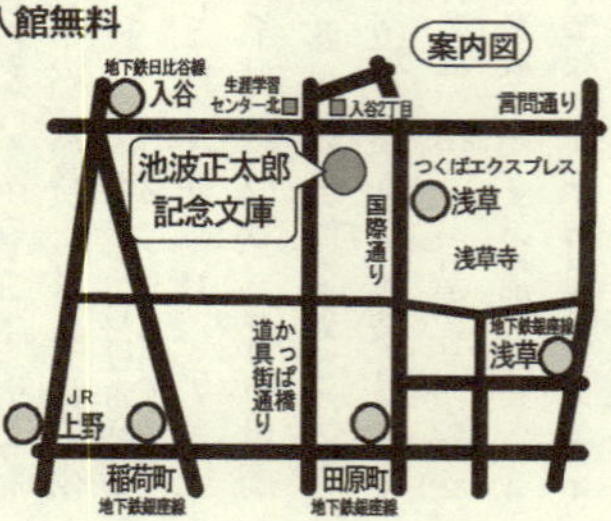